どうする家康

三

古沢良太［作］
木俣冬［ノベライズ］

NHK出版

どうする家康 三

古沢良太［作］
木俣冬［ノベライズ］

目次

第二十五章　はるかに遠い夢

命を振り絞るように無数の蟬が鳴いていた。

天正七年（一五七九年）、三河岡崎城下、夏の築山では、勢いよく葉を茂らせた庭の木漏れ日がまぶしい。瀬名《せな》はいつになく丁寧にお茶をたてた。

透き通った手ですっと差し出した茶器を受け取ったのは嫡男・松平信康《まつだいらのぶやす》である。

母の茶をしみじみと味わい、ふ、と一息。それから母子は同時に庭に目をやった。二匹の蝶が仲睦まじそうに舞っている。しばらくそれを愛でたのち、瀬名と信康は黙って見つめ合った。

ともに何かを受け入れているかのような、凪《なぎ》にも似た眼差しを交わし、ふたりは小さく微笑んだ。

戦《いくさ》のない世を作りたい。ただその一心の瀬名の行動が、織田信長《おだのぶなが》への謀反と判断された。すべては武田勝頼《たけだかつより》の謀《はかりごと》である。徳川《とくがわ》と手を組むと見せかけて織田と徳川の関係を壊そうとしていたのだ。

瀬名の行動が徳川家康《いえやす》の立場を危うくすることになったとあれば、瀬名と信康は武士の妻と子として覚悟を決めるしかない。

入道雲が白から濃い灰色へと変わり、やがて激しく夕立が降りだした頃、信長は人里離れた農家の縁側に腰掛け、雨宿りをしていた。いつも信長が家康と鷹狩という名の密会に使っている場所である。

信長は雨音を聞きながら心を静めているようだ。傍らに控えた佐久間信盛《さくまのぶもり》の目にはそう映った。静寂を断ち切るように、ばしゃばしゃと濡れた地面を走る音がして、徳川家康が現れた。数人の家来を従えた家康の顔は雨が滴《したた》り蒼白である。眉間に深くしわを寄せながら、信長の眼前まで進み出る。腰の刀を外して家来に預け、地面が濡れていることも気にかけず、跪《ひざまず》いて深々とひれ伏した。息遣いにただならぬものがある。家康のかすかに上下する両肩を黙って見つめる信長の代わりに、信盛が冷ややかに問いただした。

「岡崎にて謀反との噂あり。信康殿と奥方、我らを欺いて武田と結び、また、徳川殿もそれに加担しておられると」

頭を下げた家康に、

「虚説でござろう」と続けるも、家康は貝のように押し黙っている。

「虚説でなければなりませぬぞ！」と信盛は語気を強めた。

すっと信長が立ち上がり、縁側を降りた。固まったままの家康に近づき、

「お前の家中のことじゃ。俺は何も指図せん。お前が決めろ。間違っても己自身の幸せなど望むな」

冷めた口調で言うと信長はマントを翻し立ち去った。

ぽたぽたと家康の頬から顎へと雨が流れ、足元に落ちていく。それを無表情で見下ろしながら信盛は忠告した。

「上様はかつて、家をまとめるために弟君を殺《あや》められました。そのおかげで今があります。家康殿、何をせねばならぬか、わかっておられるでしょうな」

弟とは同母弟の信勝である。信長の廃嫡を企てたとの疑いにより、永禄元年（一五五八年）十一月、

信長は病を装い、清須城に見舞いに来た信勝を殺害している。

「ご処分がお決まり次第、安土《あづち》に使いを」

信盛が去ると雨の勢いはますます強くなった。家康の肩に、背中に、滝のように雨が降りかかる。

その夜、甲斐《かい》・躑躅ヶ崎《つつじがさき》館の主殿では、家康の進退が話題になっていた。静かに灯芯の炎がゆらぐ部屋で、武田勝頼が穴山信君《あなやまのぶただ》や岡部元信《おかべもとのぶ》ら家臣たちと酒を酌み交わしながら語らう。

「家康は、妻と息子を処刑せねばならんだろう。だが、家康にそれができようか？」

「まずできますまい。できなければ、徳川は織田と戦をするほかありませぬ」

勝頼と元信のやりとりに入っていけないのは信君である。瀬名を陥れたことに忸怩《じくじ》たる思いがあり、でもそれを押し殺しながら黙って聞いていたが、やがて、ぐっと酒を飲み干すとひとり部屋を出た。勝頼はふん、と鼻を鳴らし、それを一瞥《いちべつ》するだけだ。


信長との密会を終えた家康は重い足取りで築山へと向かった。部屋には瀬名、信康、信康の妻で信長の娘である五徳《ごとく》がかしこまって待ち構えていた。三人にかける言葉が見つからず、家康は縁側であぐらをかき外を見る。

雨が上がり月が出ているが、その風情も今は目に入らない。

信康が静かに家康に近づき、決意を述べた。

「私が腹を切ります」

「ならん」

「それですべて済みます」

「ならん！」

「ではどうするのですか」信康は縁側の家康ににじり寄った。

「信長と……手を切る」

「武田に裏切られた今、織田まで敵に回せばおしまいです」

「お前を死なせるくらいならわしが腹を切る！」

「それこそ徳川が滅ぶことでござる！」

信康の強い口調に家康は言葉に詰まった。その傍らに瀬名が素早く正座し手をつく。

「殿、すべては私と信康が企てたこと。私たちは、すべての責めを負う覚悟ができております」

そんな話は聞きたくない、と家康は身を固くした。

「生半可な処断は、信長様の不信を買います。忠誠のお心を充分にお示しにならなければなりません」

そう言いながら瀬名は五徳に向き直る。

「そなたは、信長様へ書状を書きなさい、私と信康の悪行の数々を書き連ねるのです。暴虐で、不《ふ》埒《らち》で、不忠な母子であると」

「そのようなことはできませぬ！」五徳は驚いて声をあげた。

「さもなければ、そなたまで私たちの仲間と思われます」

「仲間でございます！　母上と信康様と志を同じくした仲間でございます！」

「そなたには二人の姫を育て上げる勤めがあろう！」

瀬名は五徳を強く制した。

「すべての悪事は、私と信康が負わねばならぬのです」

瀬名は再び家康に向き直ると、深く伏した。

「殿、なんなりとご処断くださいませ」

続けて信康も伏す。

ふたりの強い決意を拒むように背を向け懊悩《おうのう》する家康に、瀬名が諭《さと》すように言った。

「悩んでも仕方ありません、ほかに手立てはないのですから」

信康と瀬名の言うことは正しい。反論のしようもないほど正しいのは、頭ではわかっている。それでも家康は諦めたくなかった。ここは考えて考えて考え抜かなければならない。家康は頭を極限まで絞り上げた。

どれだけ考えただろう。家康は顔を上げた。

「わしは……決めたぞ」

その声は少し低く、そして震えている。それだけ家康の決断は重いものだった。

「皆、わしの言うことを聞け！」

家康は周辺に誰もいないことを確認すると、瀬名と信康と五徳を力強く引き寄せ、囁いた。

「瀬名と信康には、責めを負ってもらう。五徳は、瀬名の言う通り、信長様に書状を書け」

「殿！」

とんでもないというような声をあげた五徳に、しっと黙るような仕草をし、

「そういうことにするんじゃ。誰にも他言するな、この四人だけの秘め事じゃ」

家康は一世一代の賭けに出たのである。

「信長を、世を、欺く！　そなたらは、わしの愛する妻じゃ、自慢の息子じゃ、死なせるものか！」

そしてふたりの肩を力を込めて抱き寄せた。

「断じて死なせはせん！」

家康の大きな瞳に皓々《こうこう》とした青白い月の光が映り、鬼火のようにゆらめいた。家康の選択は狂気の沙汰と多くの者に誹《そし》られるであろう。だがそんなことは構わない。

数日後、家康は酒井左衛門尉忠次《さかいさえもんのじょうただつぐ》と服部半蔵《はっとりはんぞう》にそれぞれ指令を出した。

すぐさま左衛門尉は家来を引き連れ吉田城《よしだじょう》を発ち、安土城へと向かった。

琵琶湖畔にそびえる摩天楼のごとき巨大城郭・安土城。その絢爛豪華な一室で信長に対面した左衛門尉は五徳の書状を極めて慎重に読み上げた。

「一つ、築山殿は悪人であり、五徳を日々そしり、信康様との間を不仲にいたし候事。一つ、信康様、暴虐にして、鷹狩の帰りに出会いし法師を引きずり殺し候事。一つ、築山殿、滅敬《めっけい》なる唐人《からびと》の医師を密かに招き入れ、これと不貞におよび候事。一つ……」

「もうよい」

信長は顔を背けた。

「で、いかに処断する」

「築山殿、信康様、ともにご自害していただく所存にございます」

「家康がそう決めたか」

「は、どうかお認めくださいますよう」

互いに探りを入れるように粘っこい話し方をした末、信長は、

「存分にせい」と吐き捨てるように言って部屋からのしのしと出て行った。

一方、半蔵が家康から受けた指令は、瀬名と信康に似た者を探してくることだった。

いつになく迅速に行動した半蔵が「幾人か見つけました」と報告すると、家康は一瞬ほっとした顔になった。だが、続く半蔵の提案に、たちまち顔が曇る。

「おふたりには、御成敗《ごせいばい》のため、よそへお移りいただくこととし、その途上にて我ら服部党がその身代わりとすり替え、お逃がしいたします。名を変え、別人として密かに生きていただく……いずれ世が変われば、また元通りに暮らせる日も来るやも」

「身代わりに、死んでもらうのか……？」

「貧しい者どもでござる。家の者に充分な褒美《ほうび》をやれば、受け入れましょう」

本当にそれでいいのだろうか。いざとなると家康には迷いが生じた。だが、

「それしかありませぬ」

半蔵の目の力には有無を言わさぬものがある。家康は悩んだ末、「頼む」と苦渋の選択をした。

信康が岡崎城から旅立つ支度を整えたのは、八月四日のことである。傍らに五徳と二人の娘、山田八蔵《はちぞう》ら家来たちが静かに控えている。別れを惜しみ泣いている家臣も廊下や庭に多くいた。

「お迎えでございます」

と平岩七之助親吉《ひらいわしちのすけちかよし》が迎えの一行とともに現れた。そのなかには半蔵も混じっている。彼の瞳に強い意志を感じとり、信康はこれからはじまる大仕事に覚悟を感じて背筋を伸ばした。そして、泣きじゃくる八蔵に穏やかに指示した。

「八蔵、くれぐれも騒ぎを起こすな。これからは石川数正《いしかわかずまさ》のもとで岡崎を守れ」

それから信康は五徳たちのもとへ向かい、二人の娘の髪を愛し気に、包むようになでた。

「五徳、姫たちを頼むぞ。いつでも織田家に戻るがよい」

「ひとつお願いがございます。これからもずっと、どこに行こうと、私は、岡崎殿と呼ばれとうございます。お許しくださいますか？」

「もちろんじゃ」

信康はうるんだ瞳で五徳と微笑み合うと、

「七之助、参ろう」と声をかけ、城を出た。

頭を下げて見送る五徳らの想いを背中に感じる。信康の眼差しは家族や家臣たちとの別れを惜しむやわらかなものから、次第に決意に満ちた強いものへと変化していった。

同じ頃、築山では瀬名が茶をたてていた。茶室には於大《おだい》と夫の久松長家《ひさまつながいえ》、今川氏真《いまがわうじざね》、その妻・糸《いと》らが鎮痛な面持ちで座っている。

「お世話になりました」と言いながら茶を差し出す瀬名に、

「このようなことになり、無念でございます」

長家は目を伏せた。糸はいまにも泣き崩れそうだったが、

「しっかりせい、お方様は、武家の妻としての勤めを果たされるのじゃ」と氏真に支えられかろうじて耐えていた。

しかし、於大だけは落ち着き払った様子で、瀬名の様子を静かに見ている。

「お瀬名や、私はそなたを誇りに思うぞ、見事に勤めを果たされよ」

「はい」

自分のせいで徳川家を滅すわけにはいかない。武家の妻としての瀬名の決意を於大は理解していた。

瀬名は庭の草花に目をやり、

「そうだ、よろしければ、ここの草花をお持ち帰りくだされ。手入れをする者もいなくなりましょうから」

そう言うと、庭に降りていそいそと草花を摘みはじめた。今が盛りの立葵《たちあおい》の花を多めに摘んで束にする。薬になる吸葛《すいかずら》の花も少し。於大や氏真、それぞれに合った花を選んだ。

その姿を見つめながら於大は呟いた。「きっとまた会えよう」

「え？」と糸は訝しげな顔をした。

「家康があのふたりを死なせようか。裏で密かに手を打っているに違いない。私にはわかる」

「確かに」と氏真は大きくうなずいた。

「左様でございますね」と糸も少し気がまぎれたようだ。

「きっとそうじゃ……」

長家も祈りをこめて、草花を摘む瀬名の背中を見つめた。

於大の予想通り、家康は着々と準備を進めていた。

瀬名と信康に生き延びてほしい――。

あれほど信長に釘を刺されたにもかかわらず、家康はただただその願いに突き動かされていた。

作戦はうまく進むかに見えた。ところが、数日後の夜、半蔵がもたらした報告は、家康をあぜんとさせた。

「信康様は、そのまま堀江城に入られました」

八月九日、信康は遠江堀江城に入ったという。身代わりと入れ替わるという策はどうなったのか。

「しくじったのか」家康は語気を強めた。

「はあ」

気の抜けたような半蔵の物言いに家康は苛立った。

「いつまでたっても駄目な忍びじゃ……」

「私は忍びでは……」

反射的に言い返す半蔵に、さすがの家康も口調を荒くした。

「なぜしくじったか!」

「若殿が拒まれました」

「信康が?」

「ご当人にそのお心がなければ、お逃がしすることはできませぬ」

「もう一度移す。大久保忠世《おおくぼただよ》のいる二俣城《ふたまたじょう》へ。今度こそ必ず逃がせ」

かくして信康は天竜川の東に位置する、二俣城に移された。忠世は信康と七之助を、小さな一室に案内した。

「粗末な部屋で申し訳ございませぬ」

「なに、かまわぬ」

「腰のもの、お預かりいたします」

七之助が信康の腰の大小を受け取り、忠世に預けた。信康が自刃することは万が一にもあってはならない。

そこへ半蔵が現れた。忠世が人払いしたのを見計らうと、坐禅を組んで瞑想をしている信康に近づき、もどかしげに訊ねた。

「なぜお逃げになりませぬ」

だが信康は答えない。瞑想にふけり続けている。

「逃げていただかねば、私が殿に叱られます」

なおも瞑想したままの信康を、半蔵は眉を寄せてせっついた。

「若殿」

「母上が……お逃げになってからじゃ」

そのとき瀬名はまだ築山にいた。

ようやく瀬名が築山を出る支度を整えたのは八月二十七日である。家康に買ってもらったお気に入りの艶やかな小袖に愛用の香をたき染《し》め、被衣《かつぎ》を被ると、静かに庭を眺めた。その目にすべてを焼き付けるように。

「お迎えに参りました」

鳥居彦右衛門元忠《とりいひこえもんもとただ》の静かな声がした。石川数正もいる。迎えの一行のなかには侍女に扮した大鼠も混ざっている。瀬名は立ち上がり、飾り棚の木彫りの兎を手に取った。しばし愛おしそうに見つめてからそっと懐に収めた。

「数正、そなたにはたいそう世話になった。達者でな」

そう言うと瀬名は、

「参ろう」と廊下に出た。

「お方様」

数正が神妙な顔で呼び止めた。

「どうか、殿のお指図通りに」

数正に念を押され、瀬名は微笑むと、もう振り返ることなく、築山を旅立った。


八月二十九日の早朝、浜松城の寝室で休んでいた家康は胸騒ぎがして目覚めた。心を落ち着かせるために、お守りにしている摩利支天《まりしてん》の像を小刀で削る。心配した於愛《おあい》が笛を手にやって来たが、家康の思いつめた姿を見ると声をかけられない。そこへ井伊万千代《いいまんちよ》が風のようにやって来て、家康に近づき跪いた。

「お方様、湖を舟にて渡り、間もなく富塚《とみつか》へ」

家康は摩利支天を拝むようにぐっと握りしめた。

浜松城の西に位置する佐鳴《さなる》湖畔に朝もやが立ち込めるなか、一艘の小舟がゆっくりと進んでいく。そばには護衛の小舟がもう一艘。

やがて着岸した小舟から降りたのは被衣姿の瀬名である。ここから家康の待つ浜松城へと向かうのだ。

同船していた彦右衛門ら家来たちや大鼠も岸へと降りた。大鼠が侍女の着る少し質素な小袖を瀬名に差し出し、

「藪の中でお着替えいただきます」

と、目の前にうっそうと生えた竹藪を大きな瞳で示した。

「織田方の密偵が見ているやも。お早く」

と急かす彦右衛門に、

「信康は、逃げたのか?」と瀬名は訊ねた。

彦右衛門が困った顔をするので、

「私の身代わりの者は?」

と今度は大鼠に訊ねた。

大鼠の瞳は再び藪の方を指す。瀬名は黙って藪の中へ入った。藪の中は人が数人隠れることができるような空間が作られていて、隅で、瀬名に背格好の似た女が身を潜めていた。身代わりにされる恐怖に震える女に瀬名は、

「行くがよい」

と微笑んだ。

「家にお帰り」

瀬名の言葉に女は一瞬躊躇したが、助かる機会を逃してはなるまいと、一礼だけして全速力で走り去った。思いがけない瀬名の行動に、彦右衛門と大鼠は激しくうろたえた。

「お方様……!」

彦右衛門の悲鳴にも似た声をすり抜けるように、瀬名は竹藪を出た。風の吹き抜ける見晴らしのいい岸辺で、湖面に向かって正座すると、帯に差した懐剣を取り出す。

「お、お待ちくだされ……!」

「彦や、介錯を頼む」

「できませぬ！」

蒼白な彦右衛門に拒まれると、瀬名は大鼠に頼んだ。滅相もないと大鼠も首を激しく横に振った。

瀬名は右手に懐剣を持ち、左で胸のあたりをそっと押さえた。中にしまった木彫りの兎に祈ると、静かに懐剣の鞘を抜く。

「おやめくだされ……城で、殿がお待ちでございます！」

「行けなくなったとお伝えせよ」

瀬名は彦右衛門の制止を振り切り、刃を首元に押し付けた。

青白い首にかすかに血が滲んだとき、大鼠が声をあげた。

「あ、あれを」

湖の方を示す大鼠の指先に、一艘の小舟が進んでくる様子が見えた。

舳先に立っているのは家康である。後ろには本多平八郎忠勝《ほんだへいはちろうただかつ》と榊原小平太康政《さかきばらこへいたやすまさ》が付き従っている。

矢も盾もたまらず、家康は瀬名を迎えに来たのだ。小舟が岸につくが早いが、家康は飛ぶように舟を降り、瀬名のもとへと走った。

向き合う家康と瀬名を、平八郎、小平太、彦右衛門、大鼠たちは少し距離をとって見守った。

「死んではならん」

家康は瀬名に哀願した。

「生きてくれ」

「それは、できませぬ」

「なぜじゃ！」

「信長様を、世を欺くなど、うまくいくはずがありませぬ。そんなことをして、嘘が暴かれたら、今度こそ本当に徳川は滅びます」

「うまくやる」

「できませぬ」

「やってみせる！」

「己の妻子を助けるために、国を危うくするのでございますか？」

瀬名に問われ、家康は言葉に詰まった。

「それが国の主《あるじ》のやることでございますか？」

黙り込む家康の代わりに、瀬名は彦右衛門たちに問いかけた。

「そなたらもそう思うておろう、彦、平八郎、小平太？」

彦右衛門も平八郎も小平太もどう答えていいかわからず、ただ立ち尽くす。

「私たちは、確かに死なねばなりませぬ」

瀬名は眉間に力を入れた。

「本当は、信康だけは、どんな形でも生きてほしいけれど。あの子はそれをよしとしないでしょう。

私もともに行きます」

「いやじゃ」

「それはわがまま」

瀬名の口ぶりはまるで幼子をあやすようである。

だが家康は承服できるわけがない。ぐっと声を絞り出した。

「わしはかつて一度そなたたちを見捨てた……！」

桶狭間での戦を経て、今川を捨て信長についたとき、今川の人質になった瀬名と竹千代と亀を、家康は見捨てる決断をした。その後、やっとの思いで瀬名たちを奪還することができたのだ。それを家康は深い後悔と憤りの念とともに忘れることができない。

「わが手に取り返したとき、わしは心に決めたんじゃ、二度とそなたたちを見捨てんと！　何があろうと、そなたたちを守ってゆくと！」

瀬名もそのときのことをまざまざと思い出した。彦右衛門も平八郎や小平太も、あの場にいた。大鼠は瀬名奪還作戦に参加していた。

「守らせてくれ……！」

家康はそっと瀬名の手から刀を外すと鞘にしまって懐に戻し、両手を強く握った。

「あなたが守るべきは、国でございましょう」

「国なんぞどうでもいい！　知ったことか！　そんなものはくそくらえじゃ！　わしは、そなたたちを守りたいんじゃ！　そのために今まで、そのためにわしは！　そのためだけに！」

「そんなことを言ってはいけません、平八郎たちに見放されますよ」

瀬名は困ったように微笑んだ。それから、ゆっくりと天を仰いだ。

「かつて父上と母上に言われました。いつか私の大切なものを守るために命をかける時が来ると」

あのとき、瀬名と子供たちを助けるために父・関口氏純《せきぐちうじずみ》と母・巴《ともえ》は命を投げうった。

「今がその時なのです」

私の番が回ってきたのだ——そう瀬名は感じていた。その証拠に天からはしごが降りてきたように雲間から光が差している。

「きっと父上も母上もようやったと褒めてくれるでしょう」

竹藪を背にした瀬名は神々しさがあり、家康も、彦右衛門たちも引き込まれるように見入った。

「すべてを背負わせてくださいませ」

「世の者どもは、そなたを、悪辣《あくらつ》な妻と語り継ぐぞ……」

「平気です。本当の私は、あなたの心におります」

瀬名はやさしく微笑んで、家康の胸に手を当てた。瀬名のぬくもりに触れて、家康の目から涙があふれた。それをぬぐうこともせず、瀬名を強く抱きしめる。なつかしい、大好きな香りがした。

絶対に離さない。離すものか——。

ぎゅっと抱えた腕のなかで瀬名が顔を上げた。

「相変わらず弱虫泣き虫鼻水たれの殿じゃ」

鼻先をいたずらっぽくくすぐるようなこの声、この口調が家康は大好きだった。

「覚えておいでですか？　ずっと昔、どこかに隠れて私たちだけでこっそり暮らそうと話したのを」

それは、家康がはじめて金の具足を身に着け、大高城《おおだかじょう》に米を運んだときのことである。出陣の前、ふたりはたわむれに、誰も知らない地で、小さな畑を作って世の喧騒から離れ、親子だけでひっそり暮らそうと言い合ったのだ。

そんなふうに武将とその妻にあるまじきことを夢想して、その想いを打ち払い、家康は出陣していった。

あの頃、ふたりはまだとても若かった。

「ああ、憶えておる」

「あれがずっと、瀬名のたったひとつの夢でございました」

家康は胸を突かれた。そんな素振りを少しも見せてこなった瀬名だが、ずっと想い続けていたのか——。

「はるかはるか、遠い夢でございましたなあ」

瀬名はそっと家康から離れた。

「さあ、お城へお戻りなさいませ、ここにいてはいけませぬ」

家康は激しく頭を横に振る。

「私たちの目指した世は、殿に託します。きっと、戦のない世を築いてくださいませ」

「そんなこと、わしには……」家康は瀬名にすがるように手を伸ばす。

「できます」

瀬名は懐から小さな木彫りの兎を取り出すと、震えるその手に握らせた。

「よいですか、兎は強うございますよ」

家康の弱い心だと瀬名に託した兎である。

「狼よりもずっとずっと強うございます」

瀬名の手が、兎を握らせた家康の手をふわりとやさしく覆った。

「あなたならできます」

そして、家康の指に口づけをした。いつものおまじないを行った瀬名は、眉をきりりと上げると平八郎たちの方に向き直った。

「平八郎、小平太、殿をお連れせよ。そして、殿とともにそなたたちが安寧な世を作りなさい」

瀬名の思いを平八郎と小平太は胸に刻んだ。そして、この人の代わりに殿を守ってゆくと心に誓うのだった。

「ゆけ」

凛として、それでいてまろやかで包容力のある瀬名の声に突き動かされ、平八郎と小平太は左右から家康を支え、小舟に向かう。

うなだれた家康が乗った小舟が静かに水面を滑りだす。

岸辺に立つ瀬名の笑顔が小さくなっていく。遠ざかるふたりの間に広がる朝霧の静けさに、ギイィギイィと櫂《かい》の音だけが響いた。

岸に残った瀬名は、家康の姿が見えなくなるまで見送ると、安らかな表情で懐剣を首に当てた。介錯役の大鼠が無表情に刀を構える。彦右衛門はただただ動転して頭を抱えていたが、やがて武士らしく瀬名の姿を見届けようと覚悟を決め、居住まいを正した。

瀬名の姿は霧に隠されてよく見えない。舟上の家康は手の中の木彫りの兎を見つめた。その脳裏に、瀬名との日々が蘇る。駿府《すんぷ》の森の中での出会い。ままごとをして逢瀬を重ねた日々。子供が生まれ、一緒に遊んだ日々。一向宗の寺で踊って鉢合わせしたこと。金平糖を食べたこと。喧嘩をしたこと。笑い合ったこと……。

家康はやはり耐えられず、

「うおおおっ」

と虎のような咆哮をあげた。

やはり駄目だ、こんなの間違っている、やめろ、舟を戻せと泣き叫び、転覆しそうなほど大暴れする家康を、平八郎と小平太が羽交い締めにする。家康の悲痛な叫びは湖上の霧のなかに吸い込まれていく。

しばらくすると、霧のなかできらり、と何かが反射した。おそらく刀であろう。それはまるで流れ星のように、家康には見えた。


九月十五日、二俣城の小さな一室で信康は毎日、一心に坐禅を組み続けていた。

半蔵、忠世、七之助が静かに入ってきて、信康を取り囲んだ。

「お立ちくだされ」

「力づくでもお逃がしせよと、殿の命でござる。が、手荒なことはしとうございませぬ」

七之助と忠世に促され、信康は目を開けた。

「母上は？　母上がお逃げになってからと言うたはず」

顔を背ける忠世と七之助に代わって、半蔵が低い声で言った。

「お方様は、無事お逃げになりました」

「まことのことを申せ」

「まことでございます！　殿が直々に説得なさいました。とある村の古寺に身を寄せておられます」

信康は半蔵の目を見つめた。

「半蔵、お前は、忍びのくせに嘘が下手じゃな」

半蔵は目を伏せる。

「ご自害なさったのじゃな……？」

「すべては、若殿に生き延びていただくためでござる」

半蔵は無念そうに答え、だからこそ「お逃げくだされ」と続けた。

抑制された半蔵の声に一層、悲しみが募る。信康は涙を堪えながらうなずくしかない。

「さ、参りましょう！」

七之助に促され、信康は手を伸ばした。

「手を貸してくれ」

長い時間坐禅を組み続けていたため足が痺れているのだろうと七之助は思った。

信康はよろりと立ち上がった。と、見せかけて、素早く七之助の腰の脇差を抜くと、一気に自らの腹に突き刺した。

「ああ！」

「若殿！」

「若殿！　なりませぬ！　若殿！」

七之助と忠世が絶望的な声をあげた。

「何ということを！」

膝をついてうずくまり苦悶しながら、切腹を遂げようとする信康に七之助と忠世は飛びついた。刀を奪い、どくどくと流れ出る血を押さえようと両手を押し当てる。その様子を、半蔵は何もできず、ただ呆然と見ていた。

「我が首を……しかと……信長に……届けよ……」

息も絶え絶えながら、信康の顔は誇らしそうだ。

「わしが……徳川を守ったんじゃ……信康は……見事……勤めを……果たしたと……父上に……」

半蔵は覚悟を決め刀を抜いた。

「どかれよ」と七之助たちに言い、刀を構える。

「ならん！　半蔵！」七之助が叫ぶ。

「どけ！」

「駄目じゃ！」

七之助は泣きながら信康を守ろうと覆いかぶさった。信康が岡崎の城主となって以来、ずっと側で仕えてきたのが七之助だった。一方、忠世は、信康の思いを酌んで静かに立ち上がった。

「楽にしてさしあげよ……」

深く腹を切った勇気と覚悟に忠世は感じ入っていた。

だが、半蔵は振り上げた刀を下ろすことができない。力を少し抜くだけで重力によって刀はすとんと信康の首に落ちるだろう。それだけの重みを半蔵はぐっと両手で支えていた。

信康はもう言葉を発する力を失いつつあった。小刻みに震える体で半蔵を見上げる。潤んだ瞳には感謝が宿っていた。日頃は感情表現の薄い半蔵の目から大粒の涙が流れた。

「御免！」

ただ一点を凝視し、思い切ったように刀を振り下ろした。

信康が二十一年の生を終えたとき、血のような夕焼けが浜松城を染めた。於愛が廊下を歩いて来ると、家康は縁側に背中を丸めて座っていた。急に老け込んだように小さくなった家康の隣に於愛は座った。そして手にした笛を吹きはじめた。哀調を帯びた音色が茜色の空に上っていく。今日は珍しく間違わずに吹けて、ほっとした於愛だったが、家康の耳にはまったく入っていないようだった。その瞳にも何も映っていない。

そこへ万千代が音もなく現れた。相変わらず家康に近づくことに躊躇がない。素早く跪き耳打ちする。

ぴくり、とようやく家康は動いた。ところが、肩を落としたまま立ち上がろうとした刹那、ぐらりと倒れ、そのまま気を失った。瀬名に続いて信康まで自害したという報告は、家康には耐え難いものだった。

信康自害の報告は夜、岡崎城にも届いた。数正の絞り出すような報告に、五徳はわっと泣き崩れた。

同じ夜、上ノ郷城にも知らせはもたらされた。於大と長家はただ呆然とするしかなかった。知らせは氏真と糸のもとにも届いた。氏真は悲嘆にくれる糸の肩を強く抱きしめた。

そして、甲斐・躑躅ヶ崎館にも。

千代《ちよ》から報告を受けた勝頼の反応はごく薄いものだった。報告した千代は内心、怒りをたぎらせていたが、ぐっと堪えた。黙って頭を下げると、勝頼のもとを辞した。そこへやって来た信君が千代を呼び止めた。「どこへ行く」

結果的に瀬名と信康を陥れることになった自分たちのふがいなさを分け合うように、千代は口の端を少しだけ上げ冷たく微笑んだ。そしてもう一度頭を下げ、どこへともなく去って行った。

部屋に入った信君と元信に勝頼はにやりとした。

「人でなしじゃな……家康は」

「まことに」と元信はうなずく。

「これで徳川の我らへの憎しみは計り知れぬものとなりました。すべての力をもって、我らを滅ぼしにくるでしょう」

信君は忠告するように勝頼に言った。しかし信君も勝頼とともに歩む運命を受け入れるしかなかった。

安土城では信盛から報告を受けた信長が、「そうか」と立ち上がり窓辺へ向かった。

「やったか」とこぶしを握り締める信長に信盛は、

「これで徳川殿と我らとの結びつきはより強固なものとなりましょう！　いやぁ、よかったよかった」と笑った。信長がこの事態を喜んでいると思ったのだ。ところが信長はたちまち顔を歪ませ、握ったこぶしをそのまま信盛の頬に突き出した。

「何がよかったんじゃ？」

激しい勢いで殴り飛ばされ、もんどりうって目を白黒させている信盛に、

「二度と顔を見せるな」と信長は鬼の形相で怒鳴りつけた。

信盛が転がるように出て行き、信長ひとりになった部屋はしんと静まり返っている。窓の外は雲に覆われ、月も星も見えない。信長は虚空を睨むように呟いた。

「家康……俺を憎め」

浜松城の寝室には、心労で倒れた家康が寝かされていた。目を見開き、まばたきひとつしていない。ただ呼吸をしているだけの家康の枕元に、於愛が心配そうに付き添っている。

ほろり、と家康の光のない瞳から涙がこぼれ、頬から首を伝って布団を濡らした。

第二十六章　ぶらり富士遊覧

長きにわたった徳川家康と、武田信玄《たけだしんげん》・勝頼《かつより》父子との戦いに決着がつこうとしていた。
天正九年（一五八一年）一月、幾度かの攻防の末、目下、武田方が死守している高天神城《たかてんじんじょう》を徳川軍の大軍が包囲した。

高天神山山頂に築かれた山城・高天神城をめぐっては、瀬名の謀《はかりごと》のもと、天正五年（一五七七年）から、徳川軍と武田軍が戦うふりを続けていた。それが勝頼の裏切りによって、瀬名と信康を失う結果となってしまった。天正八年（一五八〇年）に入ると家康は新たな砦を築き、高天神城の包囲網を強化した。

城内には武田方の城将・岡部元信《おかべもとのぶ》率いる軍が籠城している。飢え死に同然であえぐ兵たちを元信は見回した。自身もやつれ果てている。頼みの勝頼は北条《ほうじょう》との戦いにかかりきりで救援どころではなかった。無念だがもはやこれまでと決断し、重臣に指示を出した。

「勝頼様の助けは望めぬ……。家康に、矢文を放て、降伏すると」

一方、徳川本陣は余裕の構えである。家康は小姓に月代《さかやき》の手入れをさせている。その周辺では、本多平八郎忠勝《ほんだへいはちろうただかつ》、榊原小平太康政《さかきばらこへいたやすまさ》、大久保忠世《おおくぼただよ》、鳥居彦右衛門元忠《とりいひこえもんもとただ》らがそれぞれ武具の手入れなどをしている。そこへ井伊万千代《いいまんちよ》が颯爽と駆けて来て、家康の前に勢いよく跪《ひざまず》いた。

「高天神城中より矢文あり！　城を明け渡す用意ありとのこと！　高天神がついに我らの手に戻りました！」

文を差し出す万千代を見ながら彦右衛門は、

「これで次は駿河、そしてその先は甲斐。勝頼の首が近づいたな！」

とにやりと笑う。その傍らで、忠世が受け取った書状を声に出して読んだ。

「城将、岡部元信、高天神城、滝境城《たきざかいじょう》、小山城《こやまじょう》の三城と引き換えに、助命を求めております」

真っ先に小平太が反応した。「受け入れましょう、殿」

その声に一同は賛同し、許可を求めるように一斉に家康に注目した。が、家康は月代を剃られながら目を瞑り、眠っているかのようである。

「殿」と小平太がせっつくと、家康はゆっくり目を開けて、忠世から書状を受け取った。が、それを読みもせず右から左へと火にくべてしまった。

「降伏は受け入れるなと、上様から言われておる」と家康は大儀そうだ。

「ですが、敵はもう戦わぬと申しております」

「放っておけば、そのうち打って出てくるじゃろう」

家康の判断に釈然としない一同は押し黙った。平八郎が、

「我らも武田は憎い、されど無益な殺生でござる」と言うと家康は、

「無益ではない。奴らが無残に死ねば死ぬほど、助けを送れなかった勝頼の信用はなくなり、武田は崩れる」と反論した。

「だからと言って負けを認め、命乞いをしている者を殺せましょうか。さむらいの道にもとる！」

「いやなら帰っていいぞ」家康は冷ややかだ。

「帰れ」と言われ、平八郎は憮然とした顔で出て行き、小平太も家康を気にしながらあとに続いた。

「おい、本当に帰る奴が……」忠世が慌てて呼び戻そうとするが、

「放っておけ。上様の命じゃ、奴らを皆殺しにせい」と家康は静かに言うと、また目を瞑る。まったくもってとりつく島がなかった。

徳川軍は高天神城攻めを続行した。進退窮まった敵軍は三月二十二日、打って出たが、ことごとく討ち死にし、城は落ちた。城攻めを任された彦右衛門が城の中を見回ると、おびただしい数の戦死者と餓死者のなかに、痩せ細った元信の遺体も混じっていた。

二十四日、なんとも後味の悪い気分で彦右衛門は家康とともに浜松城に戻った。だが、どんなに死者の顔を見ても、腹は減る。大台所を覗くと、ちょうど平八郎、小平太、忠世、七之助、万千代が集まっていた。夕食のおかずをつまみ食いしながら、彦右衛門は高天神城の戦の様子を報告した。話を聞いて七之助は目を背けた。

「殿は、変わられたのう……そのようなむごいことを」

「無理もなかろう……武田への憎しみも深えことじゃろうしな」

七之助と彦右衛門は肩を落とした。瀬名と信康の悲劇的な顛末から二年が経っていた。その間、武田との戦に全力を注いでいる家康のことを、

「か弱さがなくなって、頼もしいかぎりではありませんか」

と万千代は目を輝かせ尊敬の念を表すが、

「どうだか。俺にはむしろ、武田への憎しみも消え、ただの腑抜けになったように見えるがな」

と批判するのは平八郎である。

「左様。気骨というものがなくなった。二言目には上様、上様、上様」

小平太も平八郎に同意する。

「信長の足をなめるだけの犬に成り下がったのかもしれん」

調子に乗って言い過ぎる平八郎を忠世がすかさず咎めた。

「やめんか。……伊賀の国を見よ。服従せぬ伊賀者は根絶やしじゃ。今の上様には誰も逆らえん」

「そうじゃ……殿は、賢くなられたんじゃ」

彦右衛門もかばった。年かさの者たちはいつだって家康をかばうばかりである。忠義者にもほどがあると、平八郎は忌々しく思い、「結構なこった」と言うと、かじっていた芋の皮をぺっと吐き出して大台所を離れた。小平太もそのあとに続いた。目下、家康に批判的なのは平八郎と小平太だけである。

年が明け、天正十年（一五八二年）、一月下旬、家康は信長との密会に使っている農家で鷹狩を行った。参加者は羽柴筑前守秀吉《はしばちくぜんのかみひでよし》である。

農家の納屋で暖を取りながら家康は呟いた。

「しかし一羽も獲れませんでしたな」

「まぁええがね、上様のもとに新年のご挨拶《えーさつ》に参《めぇ》ったついでに、ちょびっと足を延ばしたまでだでよー」

「毛利攻めの真っただ中でござろう、こんなところに寄り道してよろしいので？」

信長に西国攻めを命じられた秀吉は、この頃まさに飛ぶ鳥を落とす勢い、昨年の十月二十五日には、毛利方の吉川経家《よしかわつねいえ》が籠もる鳥取城を兵糧攻めにして落としていた。

「よくねえに決まっとるがね！　上様に知られたらえれーこったわ、くれぐれも内緒にしてちょーよ」

「そこまでしてなぜここに？」

「そりゃ会いたかったからに決まっとるわさ！　なげーことお会いしとらんかったでよー、このやーらけーほっぺたによー！」

なれなれしく密着してくる秀吉から、家康はそっと距離をとった。

「お辛《つれ》えときゃ、この猿めを頼ってくだせーまし！　何でも力になりますで！　わしゃ、徳川殿が心配《しんぺー》で心配《しんぺー》で」

「心配とは？」

「その、若殿と奥方様のこと……」

いつもはずけずけとものを言う秀吉だが、この件に関してはさすがに遠慮がちに声を落とした。

「ああ、お恥ずかしい限り」

「墓参りでもして、おふたりに手を合わせてえと」

「それには及びませぬ。ふたりとも罪人でございますゆえ」

「罪人……」

「上様にもご迷惑をおかけしました」

「恨んどるんだないきゃ？」

「誰を？」

家康が訝しげな顔をするので秀吉は声を潜めた。

「上様を」

「まさか。なにゆえ？」

「だってよー、実のところ、上様のお指図みてえなもんだったんでは……？」

「滅相もない。私が決めたことです。すべては我が愚かなる妻と息子の不行状《ふぎょうじょう》ゆえ」

「……ふうん」

何食わぬ顔で火にあたっている家康の腹の内を探るように、秀吉は見つめた。

「ほんじゃ徳川殿。武田攻めのご武運、お祈りしとりますでよー」

「羽柴殿も。お互い上様のために励みましょう」

「ごもっとも！　今年は、ええ年になりそうでごぜーますな！」

秀吉はにやにやと不敵な笑みを浮かべながら、馬にまたがり飄々《ひょうひょう》と去って行った。家康もまた、警戒する目で秀吉の背を鋭く見送った。とどのつまり二人は一度も気を許す瞬間はなかったのである。互いに本音を探り合い、隠し合いながら情報を引き出す。それもひとつの兵法である。家康はいつの間にか腹芸というものを体得していた。

浜松城の主殿に戻った家康は次の戦に備えて軍議を行った。左右に左衛門尉と石川数正《いしかわかずまさ》、その前には、忠世と万千代が座っている。

「上様も御自らご出陣あそばされる。武田勝頼を討つときが来たんじゃ」

左衛門尉が感無量とばかり、身を震わせた。

「三方ヶ原《みかたがはら》以来幾星霜《いくせいそう》……ついにこの時が。大久保忠世、涙を禁じ得ませぬ」

「勝頼の首、この万千代が獲ってみせます！」

勢いよく唾を飛ばし張り切る忠世と万千代だったが、

「お前たちは連れて行かん」と家康に言いわたされ、拍子抜けした。

「左衛門尉とともに残ってもらう」と数正が言った。

留守居と知って落胆するふたりに左衛門尉は、

「留守居ではない。殿は我らに格別なる役目を密かにお与えじゃ」と励ました。

そこへ於愛が神妙な顔で現れ、

「お呼びでございましょうか？」と手をついた。

「於愛、そなたにも大いに働いてもらわねばならぬ」

家康の言葉に、数正はもったいぶった様子で補足した。

「これは、武田攻めと同じく、いや、それ以上に重大かつ困難な役目、決してしくじりは許されぬ」

「ゆえにわしか……そういうことならお任せを！　いかなるお役目にございましょう？」

忠世は胸を張り、於愛も興味津々の様子である。家康は両手で囲むように一同を近くに集めると小声で作戦を伝えた。


天正十年二月、織田・徳川両軍は、勝頼との最終決戦をすべく、甲斐侵攻を開始した。織田軍は三日に先発隊が、十二日に信長の長男・信忠が岐阜を出発し信州を経由して甲斐へ、徳川軍は十八日、浜松から駿河を経由して甲斐へ向かった。

平八郎と小平太は先発隊として駿府へと馬で進んでいた。道中、平八郎はふと、腰にぶらさげている瓢箪《ひょうたん》を見つめた。それは三方ヶ原で散った本多忠真《ほんだただざね》の形見である。あれ以来、平八郎が大数珠を巻き、瓢箪を腰に提げるようになったことを、ずっとそばにいる小平太は知っている。平八郎が今の家康に苛立つのは、平八郎も別れの悲しみを味わっているからではないかと、小平太はふと思うのだ。この時代、誰もが少なからず、深い喪失を経験している。一国の主である家康には自身の悲しみに沈み込むだけでなく、そのことに向き合ってほしいと期待するからではないのかと。だが小平太はあえてそこには触れず、「ついに武田を滅する時が来たな」とだけ言った。

「勝頼の首は俺が獲る」と大槍「蜻蛉切《とんぼきり》」をぐっと握る平八郎に「負けんぞ」と小平太は鐙《あぶみ》を強く踏んだ。

勝頼は前年新しく築城した新府城《しんぷじょう》（山梨県韮崎市）を出ると、二月二日、諏訪上原に陣を敷いた。決戦を前に勝頼は見晴らしの良い山腹までやって来た。一部雪の溶けた大きな岩の上に座って坐禅を組んだ。浅間山《あさまやま》の方角を見ると空が赤く染まり噴煙が見える。雪と見紛う火山灰がちらほら舞っていた。

そこへやって来たのは、法衣をまとった穴山信君《あなやまのぶただ》である。信君は昨年二月に出家して梅雪斎不白《ばいせっさいふはく》と名乗っていた。

「浅間山が噴きましたな」

記録によれば約五十年ぶりのことである。二月十四日に噴火した名残の火山灰を払う梅雪に勝頼は「不吉と見るは、己の心の弱さよ」と平然と返した。

「織田は信濃から、徳川は駿河から、ともに大軍勢をもってこちらに向かっております」

梅雪の報告を聞くと勝頼は立ち上がり、「望むところ」と脇に置いた槍を摑んだ。

「家中の多くが敵に寝返り、逃げ出しております。むろん、拙者は拙者の役目を果たしますが。武田家と甲斐の領民を守るため……」

そう語る梅雪の気持ちを悟った勝頼は、ふっと笑ったあと、つとめてさわやかに言った。

「行きたい奴はどこへでも行くがよい。止めはせん。すべては、我が身ひとつが背負えばよいことじゃ。なに、わしは武田信玄がすべてを注いだ至高の逸材。たとえ一人になろうとも五万の敵を打ち払って見せようぞ」

勝頼が渾身の力で槍を振るうと、ひゅっと風を切る鋭い音がした。微笑みながら悠々と去って行くたくましい後ろ姿を梅雪は万感の思いで見送った。

「勝頼様……信玄公に劣らぬ名将であられたと存じまする。諏訪大明神のご加護を」

梅雪が去ったあと、勝頼は諏訪から、甲府盆地の西に位置する新府城に戻った。しかし武田勢は裏切りも多く総崩れとなる。三月三日、勝頼は新府城に火を放つと、今度は東、岩殿城へと向かった。新府城が焼けたと聞いた家康は甲府へ向かった。三月十一日、数正とともに行ったのは要害山《ようがいさん》の石窟である。躑躅ヶ崎館の背後に用意された最後の砦で、ここが使用されたときにはもう後はない。険しい岩場に武士の一団が跪いて待っている。率いている人物は見知った顔だった。

「お待ち申し上げておりました、徳川殿」

「穴山殿」と家康は格別な感情を込めて声をかけた。

「この穴山梅雪、お約束通り、織田様と徳川殿の御ために力の限りを尽くす所存にございまする」

「よくぞご決断くださった。礼を申し上げます」と数正が深く頭を下げると、

「せめてもの、償いでござる」梅雪は控えめに言った。

結果的に梅雪は瀬名を陥れることになってしまった。家康の胸は疼いたが、自身の中にそっと留める。今は同じ織田についている者同士であるからだ。

「残っているのは、ここだけ……信玄公も勝頼様もここで瞑想をされていました」

案内された洞窟はひんやりとし、突き当たりに巨大な不動明王の仏像が鎮座している。家康の目には、その炎を背負った仏像が武田信玄に見えた。

「ようここまで来たな、三河のわっぱ」

信玄が家康に笑いかけたような気がして、家康は目をしばたたかせた。が、たちまち信玄の幻は消えた。

家康は深い感慨をもって仏像を見つめた。確かに、長い道のりであった。今川、武田という最強の武将と戦って今、家康はここにたどりついたのだ。多くのものを失った道のりを振り返っていると、平八郎、小平太、彦右衛門、七之助が神妙な面持ちでやって来た。

彦右衛門は梅雪に気遣いながら報告した。

「武田四郎勝頼。今朝、天目山《てんもくざん》の麓にて、織田信忠様の手勢によって討ち取られましてございます」

家康は梅雪をちらと見た。裏切ったとはいえ、主君は主君、複雑な思いがあるだろう。が、表情は読み取れなかった。

新府城に火を放ち、岩殿城へ向かった勝頼であったが、ここでも家臣の裏切りにあった。上野岩《こうずけいわ》櫃《びつ》の真田《さなだ》を頼ろうとしていたともいうが、最後は、田野（山梨県甲州市）の地での戦いを挑むことになった。織田軍が山中まで勝頼軍を追い詰めたときには、勝頼の供回りはわずか四十一人であった。勝頼は家来たちに「おぬしらは逃げよ。ここまでついてきてくれて礼を申す。行け！」と命じたが、家来たちはひとりも離脱せず、勝頼とともに最後まで戦った。「我こそは、武田四郎勝頼である！」と勝頼は織田軍に向かって突進していったという。

七之助と小平太が順繰りに報告する勝頼の最期を聞いているうちに、梅雪の目には涙が浮かんでいた。

「我らの手で討ち取れず、無念」と唇を噛む平八郎に家康は、

「信忠様が功を挙げられたのは、よいことじゃ」と仏像に手を合わせた。梅雪も黙って続いた。

終わってみればあっけないものである。

夜になって要塞の一角で平八郎、小平太、彦右衛門、七之助たちは酒を飲み、疲れを癒した。

「武田が……ついに……武田が滅んだ……！」

「若殿や、お方様や……皆の仇が討てた！」

彦右衛門と七之助は、こらえきれずむせび泣き、少し離れたところで平八郎は、忠真の瓢箪から静かに酒を飲んでいた。

皆の脳裏に、三方ヶ原で散った忠真や夏目広次《なつめひろつぐ》の姿が浮かんだ。

「討ち取ったのは、織田じゃ、我らではない」と平八郎は悔し涙を拭う。

「殿は我らに討たせてはくれなかった。織田様に花を持たせるためじゃ」

と言う小平太に、

「どこまで織田の足をなめるのか！」

平八郎は悔しげに呟くと立ち去った。

勝頼が討ち死にしたとき、織田信長はまだ美濃の地にいた。十四日に浪合《なみあい》（長野県阿智村）で勝

頼の首実検を行うと、十九日、上諏訪の法華寺に着陣した。家康と梅雪は数正や家来を数人伴い、さっそくそこへ向かった。信長を中心に明智光秀《あけちみつひで》たちが上機嫌で酒を飲んでいる場に家康を案内したのは、森乱《もりらん》（森成利《なりとし》）である。最近、信長が目をかけている才色兼備の小姓だった。

家康たちは部屋に通されるなり、すぐさま膝をついた。

「上様！」と家康が口火を切り、

「おめでとうございまするー！」と一同揃って祝福を述べる。

「見事勝頼を討ち取り、武田を滅ぼされたこと、心よりお慶び申し上げまする！」

伏す家康たちに信長は、

「すまんな、お前の手で討ち取りたかったことであろう」と体裁を繕った。

「滅相《めっそう》もないことにございます！」

家康も本心を隠してへつらった。

社交辞令を交わし合ったあと、信長は梅雪に目をやった。

「お初にお目にかかります、穴山梅雪にございます」

「信長である」

「お目通りかなない恐悦至極！　粗末ながらご挨拶代わりの品々、どうかお納めくださいませ！」

梅雪の家来たちが恭しく献上した刀、壺、茶道具、金などを見た光秀は感心したように嘆息した。

「さすがは武田きっての風雅の仁であられる。どれも逸品ばかり。穴山殿の所領は、上様がしかと安堵してくださる。ご安心なされ」

「有り難き幸せに存じまする！」

「徳川殿は、三河、遠江、駿河の三国を治める大大名でございますな」

と光秀に世辞を言われた家康は、

「何もかも上様のおかげ」と頭を下げた。信長が論功行賞で家康に駿河一国を与えたのである。

信長が「お乱」と顎で指示すると、森乱が恭しく桶を持って来た。

「さあ、お待ちかね、武田当主の憐れなる姿をとくと御覧《ごろう》じろ」

光秀が嬉々として桶を開けた。

「徳川殿、憎き憎き勝頼でございますぞ。蹴るなり踏みつけるなり、気のすむまで存分になさいませ。さあ、遠慮なさらず」

光秀の勧めに家康は戸惑った。隣の梅雪はしばらく首を直視していたが、耐えかねて目を逸らした。

「上様に献上されたる御首級《みしるし》を、私などが汚すわけには参りませぬ」

家康は言葉を選んで言った。

「上様はお許しでござる。さあさあ、積年の恨みを込めて」

「恨んではおりませぬゆえ」

「心にもないことを」

「死ねば皆、仏かと」

家康たちの反応に、光秀はあからさまにつまらなそうな顔で桶に蓋をした。

「お前が恨んでおるのは、別の誰かか？」

信長が意味ありげに訊いた。

「何のことでございましょう？」

家康は信長の挑発に乗るまいととぼけて見せる。

いつまたぶつかり合うかわからない信長と家康を心配し、数正が割って入った。

「ときに上様、安土へのお帰りの日取り、すでにお決まりでございましょうや？」

「ん？」

「武田亡き今、上様の世は揺るぎないもの。もはやこれまでのように慌ただしくお帰りになることもございますまい。さすれば、我らにその祝いをさせていただきとう存じまする」


数日後、家康、数正、小平太、彦右衛門、七之助らは浅間神社《せんげんじんじゃ》を訪れた。広い敷地に急拵えで信長を歓待する御座所建設の工事を行っているところだ。工事の指揮をとるのは左衛門尉と忠世である。於愛は、女たちを率いて煮炊きをしていた。男も女も総出で、額に汗して働いているなか、万千代だけがふてくされていることは明らかだった。

家康の姿を見て左衛門尉と於愛が駆け寄って来た。家康が首尾のほどを訊ねると、

「大急ぎでやっておりますが、間に合うかどうか」

左衛門尉が弱ったような顔をするので、

「間に合わさねばならんぞ、金は足りそうか？」

心配する数正の耳に、聞き覚えのある、よく通る声が飛び込んできた。

「お久しゅうございます！　茶屋四郎次郎《ちゃやしろうじろう》にございます！　殿の御ため、京より馳せ参じましてございまする！」

「おぬしか、すまんな」と家康はねぎらいの言葉をかける。

「商いますます繁盛！　この茶屋四郎次郎にご用意できぬものはございませぬ！　万事お任せくださいませ！」

「あとは、人の手さえあれば」と左衛門尉が言うので、家康は平八郎たちを見た。

「おぬしらにも力を尽くしてもらうぞ」

「はあ……ただわしら、何も話を聞いとらんもんで」

「こりゃ一体何でございましょう？」

彦右衛門と七之助は不安そうにあたりをきょろきょろ見回した。

「富士じゃ」と家康は胸を張った。

「上様は、富士の山をしかと御覧になったことがないと思われる。よって、街道の要所要所でおもてなしをし、富士の絶景をご覧いただきながら、悠々と安土へお帰りいただく！」

「何のために？」と平八郎は訝しげに片眉を上げた。

「上様にお喜びいただくために決まっておろう！」

平八郎たちは開いた口が塞がらない。さらに於愛が「殿、茶屋殿と相談して、私、道行きの手引き書を作ってみました！」と手作りの冊子を掲げるので、下顎が外れそうになった。

家康は手にとってめくり「これはよい！　上様もお喜びになるだろう」と満面の笑みを浮かべた。

数正も「なかなか盛りだくさんの道中じゃな」と感心している。

「各地の名所名物を余すことなく網羅しております」と於愛は鼻高々だ。

妙にはしゃいだ雰囲気に、平八郎たちは顔をしかめた。

「これが、つまり……」と小平太が信じ難いという顔で訊くと、

「格別なるお役目でござる！」と万千代がやけくそ気味に釘を打ちながら答える。

あからさまにげんなりする平八郎、小平太を左衛門尉がたしなめた。

「この役目を甘く見るなよ。相手は上様じゃ、そんじょそこらの戦ごとより、よほど困難であるぞ！」

「さあ皆さま、徳川家中の威信にかけて、上様ご一行、富士遊覧おもてなしの道行き！　見事成し遂げられませ！　エイエイ！　オー！」

四郎次郎が音頭をとり、於愛も「エイエイ！　オー！」と続け、女たちを鼓舞した。

富士山は駿府では特別のものであり、長らくそこで育った家康も富士山には価値を見出していた。

戦後処理を終えた信長は、四月十日、甲府を発ち本栖《もとす》へ向かった。家康は信長一行が通る街道を拡げ、小石ひとつに至るまで取り除き、茶店や休みどころを各地に設け、連日連夜酒と肴でもてなし、信長に極上の旅を提供するよう努めた。どこからでも富士山が様々な姿で見られるようになっていて、一番の見せ場は本栖湖の近くに造った富士見の場所である。そこが完成するまでに時間稼ぎをしつつ、家康と数正は信長と光秀を案内した。信長が本栖に一泊した翌日、

「ささ、こちらでございます！　足元お気を付けくださいませ！　しからば、こちらをご覧くださいませ！」

家康が先頭に立ち案内した先には大きな幕が下がっている。

「よろしゅうございますな、参りますぞ。せーの！　それ！」

幕が上がると白雪をかぶった見事な富士山が現れた。澄んだ本栖の湖面は鏡のように富士を映し出した。「富士見の名所でございます！」

それまでむすっとしていた信長も「ほう」と目を輝かせた。

「これは絶景なり！　逆さ富士でござるな？　まさに日本一というにふさわしい。上様のようでございますな」光秀はここぞとばかりに信長を持ち上げた。

だが信長は「見事じゃ」と言ったものの、すぐに「参ろう」と歩きだした。

「あ、いや、もうしばし、眺められてはいかがでしょう」

「眺めれば眺めるほど味わい深いものでございます」

家康と数正に言われ、信長は一瞬止まったが、すぐにまた「参ろう。次は何じゃ」と慌ただしく冊子をめくった。せっかちなのである。

「えー、この先の脇道を山奥へずーっと入って行きまして」と数正が慌てて説明する。

「そこに何と、信玄の隠し湯なるものがございまして！」

「戦の傷を癒しつつ、鳥の声を聞きながら一献というのも実によいものでございます」

またもや家康と数正が順に勧めるが、信長は興味がなさそうである。

「湯は好かぬ」

「されど、傷も病も快癒すると言われる湯だそうで」

「当家の鳥居元忠と平岩親吉が万全の支度を整えてお待ち申しておりますれば、是非とも」

家康と数正はさらに勧めるが、「湯はいらん」の一点張り。みるみる信長の機嫌が悪くなりそうなので、家康は慌てた。「湯はなしじゃ！　湯はなし！　先へ行くぞー！」

信長をもてなすため、山奥に温泉を準備する任務を任されたのは彦右衛門と七之助である。日常ではまだ風呂といえば蒸し風呂だった時代だが、山奥に湧いた温泉では、戦いで負傷したり疲労した兵士たちが湯につかり骨休めすることもあった。

彦右衛門と七之助は兵を率いて山奥に入り、温泉の湧いている場所を探し、湯治場の体裁を整えた。まず、自ら入って、温度を確かめてみる。「熱すぎて入れんぞ！」「押すな押すな！」などと大騒ぎをしながら近くの川から水を汲み、ようやく、いい湯加減になった。

ところが、信長が温泉を好まなかったため、温泉行きは中止となってしまった。そうとは知らない彦右衛門と七之助は、信長を待ち続けた。

日が落ち、星あかりのもと、温泉の湯けむりが漂っている。

「遅いな……」と七之助、

「……ここで待てと言われたからには、待たねば」と彦右衛門。

変に生真面目なところのあるふたりは、ひたすら待ち続けた。そのうち、どこかで山犬か狼の遠吠えが聞こえてきた。心細いのと、冷えで、彦右衛門と七之助はひしと抱き合った。

話を信長一行に戻そう。湯に立ち寄らなくなったため、浅間神社に拵えている御座所への到着が早まった。だが完成が間に合わない。

「もう来る！　もう来るぞ！　急げ急げ！」忠世が駆けてきて左衛門尉に告げた。

「ゆ、湯はどうしたんじゃ！」左衛門尉が青ざめた。

「平八郎、小平太！　てきぱきとやらんか！」

忠世に急き立てられ、平八郎と小平太はしぶしぶ作業の手を早めた。

土間で女たちと煮炊きをしている於愛は薪が足りなくて「誰か薪を！」と叫んだ。

薪を割っているのは万千代だが、その周りに女たちが集まり、万千代が片手で軽々と薪を割ってみせるたびに「まあ！」「すごい！」と黄色い歓声があがっている。

「私は、見た目は華奢だが力はあるのさ。まあ、九郎義経《くろうよしつね》と同じだな」

などと調子に乗っている万千代の横に於愛が立ち、目をつり上げた。

「万千代！　またおなごをたぶらかして！　いい加減になされ！」

「於愛様、誤解です。私がおなごを好きなのではなく……」

などと言い訳をしていると、平八郎と小平太がこそこそとどこかへ行こうとしている。すかさず追いかけた万千代が、

「どちらへ？」と訊ねると、

「やってられん、先に帰る」

と平八郎は憮然とした顔で歩を早めた。

「じゃ私も！」

と斧を放り出す万千代に、

「お前は残っておれ」と小平太が制した。

「待て待て！　許さんぞ！　持ち場へ戻れ！」

慌てて追いかけてきた左衛門尉と忠世に、

「殿のあのようなお姿、これ以上見とうございませぬ」と小平太は嘆いた。

「だとしてもわしらの主じゃ」と言う忠世を平八郎はきっと睨んだ。

「何のためにおふたりはご自害なさった？」

平八郎の問いかけに場が凍りつく。

「おふたりが報われん。そう思いませぬか？」

悲劇の死を遂げた瀬名と信康のことを思って皆がうなだれたそのとき、於愛がつかつかと平八郎の前に歩み寄ると、思い切りその胸を両腕で突き飛ばした。鍛えられた平八郎が不意をつかれて尻もちをつく。

「そのようなこと言うでない。殿が、どんなお気持ちで上様をもてなしておられるか。お前たちにわかるのか」

於愛は泣きそうな顔で絞り出すようにそれだけ言うと、身を翻して駆け去った。尻もちをついたまま呆然とする平八郎に小平太が手を貸す。ゆっくりと立ち上がり、土を払った。気まずい沈黙が場を覆うなか、左衛門尉がぽつりと言った。

「殿には、深いお考えがおありなのだと、わしは信じておる」

妻と息子を亡くしてから、家康は心を固く閉ざしてしまったようだった。その心の裡は誰にもわからない。肩を落として立ち尽くす平八郎と小平太の鼻面を春の生ぬるい風がなでていった。夕方になり、なんとか完成した御座所で、信長をもてなす酒宴が開かれた。信長の隣に家康と光秀が座り、その前に左衛門尉、数正、平八郎、小平太、忠世、万千代らが座る。四郎次郎が軽妙に鼓を打ち、於愛が笛を吹き、女たちが踊る。

「さあさ、どうぞどうぞ」

家康は信長に酌をした。信長はほろ酔いで、いつになく饒舌に語りはじめた。

「前から言おうと思ってたんだがな、お前んとこの旗に書いておる、あの文句な」

「文句……？」

「厭離穢土《おんりえど》、欣求浄土《ごんぐじょうど》でございましょうか」

と左衛門尉が答えると、

「おお、あれは気味が悪いな」

と信長が不躾なことを言う。

「え、いや、大変ありがたい言葉で、穢《けが》れたこの世を……」

と家康が説明しようとするも、

「陰気臭い。気分が萎える。なあ！」と信長は遮る。

「ごもっとも！　戦う気が失せまするな」

話を向けられた光秀をはじめ、信長の家臣たちは一斉に笑った。

家康もしぶしぶながら愛想笑いを浮かべるしかない。

「お前んとこのは、大体が田舎臭い。これからは駿河もお前が治めていくんじゃ、馬鹿にされるぞ」

「は、そのことで一つおうかがいが……」

「申せ」

「駿河の国は、今川氏真に任せたいと考えておりまして」

「氏真？」

と聞いて信長は、

「お前はたわけか？」と声を荒らげた。

にわかに宴会場に不穏な空気が立ち込める。四郎次郎や於愛も演奏をやめて信長を見つめた。

「今川から奪った国を今川に返すおつもりで？」と光秀が鋭い目つきをした。

「今川が蘇ったらいかがなさる？」

「恐れながら、駿河の民はいまだ今川を慕う者多く、氏真殿が最もうまく治められるかと」

すかさず数正が助け舟を出すが、

「無能な奴には任せられぬ」と信長は厳しい。

「氏真は無能では……」と家康がかばうと、

「無能だから国を滅ぼしたんだろうが」とけんもほろろで、家康はカチンとなるが、何とか笑顔をつくり「ごもっともで」と受け入れた。

「この話はしまいじゃ」と信長が言うと、光秀が続けた。

「徳川殿、ついでに申し上げますが、伊賀の国の件は、心得ていらっしゃいますな」

「は」

「銭次第で誰にでも従う伊賀者がはびこっては世が乱れるもと。今こそ根絶やしにいたします。徳川殿もお使いでありましょう」

「うちのは出来損ないばかりで」

「始末なさいませ。よろしいですな？」

「一人残らず始末いたします！」

信長の言うことに唯々諾々と従い、小さくなっている家康を、平八郎と小平太たちはやり切れない表情で見つめた。於愛が家康を救おうと、意識的に明るい声で提案した。

「酒井殿、あれをご披露なさっては？」

「おお、そうですな、喜んで！」

四郎次郎が鼓で音頭を取り、左衛門尉は「えびすくい」を踊りだす。於愛も踊りに加わった。

「またこれか、好かん」

信長はつまらなそうにそっぽを向いた。金ヶ崎《かねがさき》では楽しんでいたようだが、この手は二度は使えないようだ。このままでは場の空気が沈殿する一方である。家康は意を決して踊りに加わった。

「えーびすくい〜、えびすくい〜！」

これまで一度たりともまともに踊ったことのない踊りを家康が真剣に踊っている。平八郎たちは驚いて、踊る家康から目が離せない。

左衛門尉、於愛、家康は声も振りも大きく踊り続けたが、そうすればするほど、信長はうんざりした顔になっていく。そのうち苛々と貧乏ゆすりをはじめた。

平八郎がえいとばかりに立ち上がって踊りに加わり、小平太も続いた。それを見た数正と忠世も踊りに加わる。万千代だけは最後まで渋っていたが、於愛に促されて渋々加わった。

「えーびすくい〜、えびすくい〜」

さすがの信長も、徳川家臣団が一丸となって踊る様子を見てなかば呆れたように顔を綻ばせた。それを見て明智らも笑いはじめ、場がようやく和んできた。

気をよくした於愛が笑顔で、信長に手を差し伸べた。

「さあ上様も！」

恐れを知らない於愛の態度に、家康たちは青ざめた。だが、眉をぴくりとさせた信長に、於愛は怯むことなく、手拍子しながら、誘う。

「遠慮なさらず！　ほれ、うーえさま！　うーえさま！　それそれそれ、うーえさま！」

信長は於愛の勢いに乗せられて一瞬腰を浮かしかけるが、我に返ってただ座り直したかのように取り繕うと、再び険しい表情に戻った。その様子に光秀たち織田の家臣たちも慌てて険しい顔になる。さすがの於愛も不安げな顔になり、声がだんだん小さくなる。そのとき軽やかに信長の前に躍り出たのは四郎次郎だ。

「上様の代わりは四郎次郎～！　お呼びでなくとも踊りたや！　えーびすくい～、えびすくい～」

鼓を打ちながら踊る四郎次郎に合わせ、家康たちはやけになって勢いよく踊り続けた。汗だくで踊る家康たちを信長は酒を飲みつつ鋭い眼差しで見つめていた。

翌朝、富士の良く見える高原で信長と家康は馬駆けをした。

「遅いぞ！」信長に挑発され、家康は本気になり、鐙《あぶみ》を強く踏む。少年時代に戻ったようなふたりを後ろから汗をかきかき追いかけるのは光秀である。

ひとしきり走ったあとは、白糸《しらいと》の滝《たき》を眺めながらゆっくり野点の茶を飲んだ。

「家康よ、愉快であった」

「恐れ入りまする」

「おぬし、安土にはまだ来たことがなかったな」

「は！」

「すぐに来い。今度は俺がもてなす」

「恐悦至極に存じまする」

「私めが饗応役を勤めさせていただきます」

光秀が恭しく言った。

信長は笑顔で茶を飲みながら、白い雪をかぶった富士を見上げた。その顔は満足そうである。

「また、すぐに会おう」

信長は機嫌よく、家康と別れて安土城へ戻って行った。

ところが、光秀と並び街道をゆく信長の横顔は、満面の笑顔が消えて陰りを帯びていた。

「あれは、変わったな」

「は。たいそう素直になられました。よいことでございます」

「逆だ。腹の内が読めなくなった」信長はぼそりと言った。

「化けたかもしれん」

家康の変化は、これからのふたりの関係を変えていくのではないか、そんな予感を覚えながら、信長が安土に戻ったのは四月二十一日であった。

その頃、備中《びっちゅう》（岡山県西部）では秀吉が苦しい戦況を迎えていた。信長の命により、高松城攻略を図っている秀吉は、陣で地図を睨み戦略に知恵をめぐらせていた。そこへ羽柴秀長《ひでなが》が甲冑姿で現れた。彼は秀吉の異父弟だが、兄とは違って常識人で人柄もいい。秀吉のいい補佐役である。

「兄《にい》さま」

「何じゃい」

「武田が滅んだと。徳川殿が、上様をえらいおもてなしされたそうじゃ」

「へぇ」と秀吉は軽く受け流すかに見えて、ふっと鋭い眼差しになった。

「弟よ、家康から目ぇ離すな。ことによると、面白えことになるかもしれんがや」

その場にいなくても、秀吉は信長の感じたものと同様のことを感じ取ったかのようだった。なかなかに敏《さと》い人物なのである。

前代未聞の富士遊覧の旅という信長の接待を大成功のうちに終えた家康は浜松城に戻った。夜、居室でひとり静かに薬草を煎じていると、庭先に半蔵が現れた。

「伊賀の国から逃れてきた伊賀者、百人ばかりかくまっております。皆、織田様に深い恨みを持つ者ばかり。いつでも動けるよう、手なずけておきます」

それだけ言うと半蔵は闇に消えた。

家康は無表情で薬を煎じ続けた。鉄製の薬研《やげん》の車の軸を両手でつかみ、前後に転がして押しくだいていると、ふと、瀬名の手のぬくもりが蘇った。家康の手を取って煎じ方を教えてくれた瀬名の息遣い、声、におい……。瀬名の動きを正確になぞるように家康は手を動かした。

そこに左衛門尉、数正、平八郎、小平太、万千代、忠世、彦右衛門、七之助がやって来た。一様に思いつめた顔をしている。

「かようなお振る舞いをお続けになるなら、俺たちはもうついていけませぬ」

まず、平八郎が激しい調子で詰め寄った。それを制するように左衛門尉が抑えた調子で言う。

「殿……お心の内を、そろそろお打ち明けくださってもよい頃合いでは？」

家康は眉ひとつ動かすことなく粉にした薬を土瓶で煮出し静かに飲んだ。それを黙って見守る平八郎たち。息苦しい沈黙がしばらく続き、やがて家康が茶碗を置いて、ふうと細く息を吐いた。

「わしもそう思っておった」と言うと、声を落として「……閉めよ」と命じる。

さっと彦右衛門らが戸を閉めると同時に、一同が家康の前にずいっと膝を進めた。

部屋には瀬名の愛用した香の香りがかすかにしている。

家康は静かに一同を見回すと、本心を明かした。

「わしは、信長を殺す」

人が変わったように落ち着き払った家康に、一同は見入った。

信長を殺した先にあるものは――。

「天下を獲る」

第二十七章　安土城の決闘

天正十年（一五八二年）五月、朝日が降り注ぐ浜松城の庭で徳川家康はしきりに刀を振るっていた。額からは玉のように汗が噴き出している。その目には実戦のような鬼気迫るものがあった。

「天下を獲る」と宣言したからにはもうあとには引けない。

織田信長《おだのぶなが》を富士遊覧の旅で歓待した家康は、家臣たちからその真意を問われ「天下を獲る」という決意を表明した。その場にいた全員が絶句した。酒井左衛門尉忠次《さかいさえもんのじょうただつぐ》と石川数正《いしかわかずまさ》と榊原小平太康《さかきばらこへいたやす》政《まさ》はうすうす感じていたとみえ、やはりと深刻な表情になった。不満をずっと抱えていた本多平八《ほんだへいはち》郎《ろう》忠勝《ただかつ》と井伊万千代《いいまんちよ》は一転して喜色満面となり、大久保忠世《おおくぼただよ》と鳥居彦右衛門元忠《とりいひこえもんもとただ》、平岩七之助親吉《ひらいわしちのすけちかよし》はただ呆然と口を開けたままだった。

「織田にとって徳川は、武田への備え。その武田が滅んだ今、厄介者と見られても不思議はない。……やられる前に、やる」

家康の決意を聞き、平八郎が少し考えてから声を潜めて訊いた。

「どうおやりなさる？」

「安土で左様なことはできますまい」と小平太が心配すると家康は、

「安土ではやらん。信長は、京に移るはずじゃ」と予想した。

「今や、都は信長の庭。すっかり穏やかになり、敵への備えは極めて手薄。すでに半蔵たちを忍ばせてある。服部党と、伊賀から逃れてきた伊賀者、合わせて二百。近頃の信長の宿は、本能寺という寺だそうじゃ」

本能寺は当時、四条西洞院《しじょうにしのとういん》（京都市下京区）にあった。偶然にも茶屋四郎次郎の豪邸と目と鼻の先でもあった。家康は四郎次郎に命じて様々な支度をぬかりなく進めさせていた。

「信長を……本能寺で討つ」

家康の明確な意思に一同は背筋を伸ばした。

「忠世、彦、七、ここに残り、いつでも出陣できるようにしておけ」

三人は「は」とうなずきつつも、戸惑いを隠せない。

「たしかに信長さえ討ち取れば、織田は混乱に陥りましょうが……」と忠世。

「配下の将たちがおりましょう」と彦右衛門は心配した。

が、数正は「いや……おらん」と言う。

「秀吉は毛利攻め。柴田は北国《ほっこく》。力のある連中は皆、各地に打って出ている。すぐには駆けつけられぬ」

「まさに千載一遇《せんざいいちぐう》の好機っちゅうわけか……」と七之助が顔を上げた。

「唯一、厄介なのが饗応役の明智……」

と数正が顔をしかめたが、家康は堂々と、

「奴を遠ざける策も考えてある。異存反論一切許さぬ。従えぬ者は、この場で斬る」

と言って力を込めて腰の刀に手を添えた。

張り詰めた空気のなか、左衛門尉は不安を覚えながらも、できるだけ穏やかに、刺激を与えないように頭を下げた。

「殿……お打ち明けくださり、嬉しゅうございます」

上目遣いで家康をうかがうと、目が爛々としている。

「わしは、もう誰の指図も受けん……。誰にも、わしの大切なものを奪わせはせん」

左衛門尉は全身に鳥肌が立つのを感じた。


家康は、宿敵・武田を滅したことと、富士遊覧の返礼に、穴山梅雪《あなやまばいせつ》とともに、安土城での祝いの宴に招かれた。梅雪は武田討伐に寄与したことが高く評価されたのだ。

五月十一日、これから安土に向かって出立するという日。素振りをやめて居室に戻り、汗を拭き、旅装束に着替えた家康は文机《ふづくえ》の引き出しを開けた。中から木彫りの兎を取り出し、小刀で少し削って手入れをする。ほのかな木屑の香りとともに佐鳴湖《さなるこ》畔での光景が蘇った。

別れ際、瀬名は「私たちの目指した世は、殿に託します。きっと、戦のない世を築いてくださいませ」と言うと、懐からこの兎を取り出して家康の手に握らせた。

「よいですか、兎は強うございますよ。狼よりもずっとずっと強うございます。あなたならできます」と、家康の指に口づけをした瀬名の唇の感触が今も残っている。

軽く指先を口に含んだあと、家康は木彫りの兎を袂に入れた。頃合いを見計らったかのように、於愛が現れた。家康との間にできた四歳になる長丸《ちょうまる》と三歳の福松《ふくまつ》を伴っている。

「さあ、長丸、福松、父上にご挨拶なさい」

「行ってらっしゃいませ、父上」

行儀よく頭を下げるふたりの息子の頭をポンポンとなでながら、家康は言い含めた。

「留守を任せたぞ」

やけに神妙な言い方に於愛は、

「まだ何もできぬ幼子でございますよ」と笑った。

「時折突拍子もないことをしでかすそなたよりは、こやつらのほうが頼りになる」

「まあ、ひどい」

軽く冗談を言い合ったあと、家康は再び真顔で於愛を見つめた。

「わしに何かあれば、あとは頼む」

「御馳走になりに行かれるだけでしょう?」

於愛は家康のただならぬ雰囲気をなんとなく感じていた。が、それを決して表には出さず、

「何かご心配事でも?」と深刻になり過ぎないよう配慮して訊いた。

そこで家康は問いかけた。

「兎は狼より強いと思うか?」

「なぞかけ?」

「そんなことを言っていた者がおってな」

「狼が強いに決まってます」

「そうじゃな」

「でも考えてみたら、私は、狼というものをこの目で見たことがございませんので、わかりません」

「まあ、滅多におらんからな。数も減っているらしい」

「兎は子供の頃かわいがっておりましたが」

「兎はそこらじゅうにおる」

「では、兎が強いんじゃありません？」

於愛は大きな瞳を愉快そうに光らせた。

「狼は数が減っていて、兎はたくさんいる。ならば、勝ち残っているのは、兎でございます。案外、兎のほうがたくましいのかもしれませぬなあ」

於愛はそう言うと、

「世の中は面白いものですね、長丸、福松」

子供たちに教え込むようにふたりを抱えた。

家康は於愛の言葉にいたく感じ入り、その華奢な肩を両手でぐっと摑んだ。

「よう教えてくれた」

「はあ」

「そなたはたま〜に、よいことを言う」

「はあ」

褒められたのかどうかわからず、於愛は気の抜けたような返事をした。それもまた彼女らしさである。凝り固まっていたものがほぐれた気がして家康は立ち上がった。

「では行って参る」

出て行く家康を於愛は思わず呼び止めた。

「殿……」

「ん？」

「お気をつけて」

「うん」

家康の背中を見ながら於愛の胸にふと不安がよぎる。それを押し隠して子供たちと笑顔で家康を見送った。

大台所では左衛門尉、数正、平八郎、小平太、万千代、忠世、彦右衛門、七之助が集まって相談していた。

「左衛門尉殿、どう思いなさる？　……このまま殿を安土へ行かせてよいものか」

案じる忠世に、左衛門尉は腕を組んだままで何も答えることができなかった。

信長を殺すと宣言した家康の顔を思い出し、一同は黙り込む。たちまち大台所がしんと冷えこんだ。

「殿は並々ならぬ決意だ……やり遂げるだろう」と言う平八郎に、

「私もそう思います、殿とともに天下を獲りましょうぞ」と万千代はうなずいた。

たいてい平八郎と同意見の小平太がこればかりは「そう容易《たやす》い話だろうか」と疑問を呈す。

「臆したか小平太」と平八郎はあざけるように言った。

「いま信長を討てば乱世に逆戻りだ」

「我らがしかと鎮めればよい！」

「それが容易くないと言っておる！」

「小平太の言う通りじゃ。大義がない。ただの主殺しと見なされれば誰もついてこん」

数正は小平太の意見に賛同した。

「また屁理屈ばかりだ」と万千代は口をとがらせた。

「勝負をかけるときには、やらねばならん！」

いきりつ平八郎を、忠世が「落ち着け！ 口を慎め」となだめる。

意見が激しく対立するなか、彦右衛門と七之助は小さく震えていた。

「わしゃ、安土に行ったら、殿が信長に殺されちまうんじゃねえかってほうが心配だ」

「そうじゃ、罠かもしれん……毒をもられるかも」

ふたりの心配はもっともである。数正は「殿をお止めしてくる」と大台所を出ようとした。その行く手を塞いだのは、左衛門尉である。

「どけ」と目を剝く数正に、左衛門尉は一歩も引かない。

「お方様と若殿様を失って……殿はお心が壊れた。信長を討つ。この三年の間、ただその一事のみを支えに、かろうじてお心を保ってこられたのじゃろう。それを止めることは、殿から生きる意味を奪うのと同じじゃ、わしにはできん」

苦悶の表情で語る左衛門尉の言葉は、皆の心に染みわたっていく。数正も肩の力を抜いた。

「殿に委ねよう。そして最後は、我らが殿を守ろう」

左衛門尉の意見に異存のあるものはもういなかった。

家康の来訪を待ちながら、信長は安土城の天主に登り、遠くを眺めていた。ここからは世界の果てまで見える気がする。その日は天気もよくいつも以上に遠くまで見渡せた。

その朝、信長は夢を見た。少年時代の夢である。

夢の中で信長は那古野城《なごやじょう》にいた。尾張の中心部、濃尾平野に建つ平城で、父・織田信秀から譲り受け、信長には四人の家老がつけられた。信長は吉法師という名だった幼少期から十代の多感な時期を那古野城で育ち、元服《げんぷく》も初陣《ういじん》も、斎藤道三の娘・帰蝶《きちょう》との婚姻も那古野城時代である（元服自体は父の住む古渡城で行われた）。信長の原点がここにあるといっても過言ではない場所である。

吉法師は薄暗い一室で、火皿の明かりを頼りに勉学に励んでいた。まわりには書物が山積みになっている。暗記した難しい漢文をひたすら書き記す吉法師のそばで長い棒を持って監視している年かさの人物は教育係の平手政秀《ひらてまさひで》。信秀から二代にわたり織田家に仕え、いまは那古野城の次席家老である。和歌や茶道に通じた文化人で、対外交渉も得意な頼もしい人物が吉法師に当主としての英才教育を施していた。

書いたものを何度も何度も「やり直し」させられ、吉法師が汗だくで書き直しを繰り返していると、政秀とはまた違う視線を首筋に感じた。おずおずと振り向くと、部屋に入ってきたのは信秀だった。信秀は部屋中を満たすような圧を放ち、吉法師に語りかけた。

「誰よりも強く、賢くなれ。おぬしの周りはすべて敵ぞ。誰もがその首を狙っておる。身内も家臣も、誰も信じるな。信じられるものは、己ひとり、それがおぬしの道じゃ」

はっと目が覚めると、そこは安土城、信長の居室であった。那古野城と比べたらずいぶんと広く、装飾も豪華である。その差異は信長のこれまでの道のりを表すようだ。

夢かと額の汗をぬぐったとき、信長は何者かの気配を感じた。枕元に置いた刀掛けからそっと刀を手に取り構える。すると、いつの間にか、傍らに家臣らしき男が伏して控えているではないか。

だが何か様子がおかしい。ゆっくりと顔を上げた家臣は覆面をしていた。

信長は怪しい覆面の人物を一刀のもとに斬り捨てようとしたが、一瞬早く信長のほうが斬られた。

熱いような衝撃を受けながら、信長は相手の覆面を力任せにはぎ取った。

そこに現れたのは――。

息が止まるほど驚き、また目が覚めた。二重の夢だったのだ。信長は半身を起こした。心臓は早鐘を打ち、全身は汗をかき冷え切っている。激しい疲労を感じ、ふうと長く息をした。

起きて小姓を呼び、部屋の襖を開けさせ風を入れる。陽光が差すなか、着替えを手伝わせながら、信長はぼんやり光の差すほうを眺めた。

五月十五日、この日は家康と梅雪一行が安土城に来る日である。天下を一統する者の権勢を大いに見せつける機会だった。この広い世界をすべて掌握するのだと、そのためにこれまで生きてきたのだと、自分を奮い立たせていると、明智光秀が素襖《すおう》姿で、すっと現れた。

「まもなく、徳川殿ご一行お着きになります。料理は万端、ぬかりございません」と告げた光秀は、

「かようなものの用意も」と節ばった親指と人差し指で小瓶をつまんで見せた。

「密かに、徳川殿の料理に入れることも」と説明すると、余韻を持たせ、

「お望みとあらば」

と、信長の反応をうかがうように上目遣いになった。

安土城は安土山の上に建てられた山城で、大手道は長い階段状になっている。素襖姿の家康と穴山梅雪一行は石段を上り御殿までたどり着いた。家康には左衛門尉、数正、平八郎、小平太、万千

代が付き従い、梅雪にも数人の家来たちが同行している。

平城とはまるで違い、天主（天守）が高くそびえた建物を家康たちは見上げ、息を呑んだ。

「これが……安土城」と梅雪は首を長く伸ばして天主の先端を見つめた。

「何という城だ」と万千代も呆然となる。

信長がその覇権を天下に示すべく築いた巨大城塞、安土城。天を突くような天主は圧倒的な存在感があり、これまでの城の概念を覆すものだ。外観には金と黒と朱が効果的に使われ、目を引いた。城の中も大胆な襖絵や南蛮から取り寄せた珍しい調度品の数々であふれていた。何もかもが豪華絢爛で一同はただただ圧倒され、見入ってしまうばかりだった。

家康たちは大広間に通され、にぎにぎしく饗応がはじまった。家康と梅雪が信長と対面して座ると、たちまち豪勢な食事が運ばれてきた。左衛門尉、数正、平八郎、小平太、万千代も膳の中身を珍しそうに見つめた。饗応役の光秀は、いつもの慇懃無礼なふるまいはどこへやら、やけに殊勝に立ち働いていた。

食事は到着後すぐに出された「おちつき」という昼食にはじまって、五月十五日から十七日の三日間、四度にわたり供され、その品数は百を超えた。皿を乗せた台には金や銀を用い、絵も描かれている。串も敷き紙も金、造花も添えてある。

十七日、連日、見たことのない料理が次々出たが、この日もまたさらに手のこんだ料理が家康たちの前にずらりと並んだ。「三鳥五魚」といわれる貴重な肉や魚を一品一品、味わうように口に運んだ。だがこれは単に楽しい食事会ではない。油断のならない場でもあった。連日、左衛門尉たちは家康を心配そうに見ている。平八郎と小平太と万千代は、信長や光秀への警戒を一瞬たりとも怠らない。毎食、あまりの緊張感で、実際のところ、誰ひとりとして料理を味わっている者はいなかった。

家康が緊張のあまり強張った顔で料理を口へ運んでいると「うまいか」と信長が訊いた。

「は」と家康は恐縮する。

「身に余りまする」と梅雪は落ち着いた様子で返事をした。

「作法など気にするな、好きなように食うがよい」

信長が言うと、

「次なる膳は、淀の鯉にございます」

光秀の声がして、次の膳が運ばれてきた。それは鯉の味噌汁であった。

「これは見事な」

隣の梅雪は鯉を眺め、感嘆する。

そのときふと家康の目つきが変わった。鯉を口元に運ぼうとした手を止めて顔をしかめて見せる。

部屋がざわめき、左衛門尉が腰を少し浮かせた。眼差しは幼子を心配する母親のようである。

「どうかなさいましたかな？」

梅雪も食べようとした箸を止め、家康を案じた。

「いいえ」

家康はそう言いながらも、味噌汁のにおいが気になるというように、遠慮がちに嗅いだ。

家康の様子を見て、左衛門尉たちも目の前の鯉の味噌汁に鼻を近づけにおいを確かめる。信長や梅雪もそれぞれにおいを嗅いだ。

「臭みは一切ございませぬ、日本一の淀鯉と言われるゆえんで」

自らの吟味に自信のある光秀は動じない。

「そうでしょうな……いや、贅沢なものを食べ慣れておりませんもので。いただきます」

家康は微笑むと、鯉に箸をつけた。が、再び顔をしかめる。

「におうならやめておけ、あたったら一大事じゃ」

信長が止めた。ちらりと、家康は光秀を見てから、椀を膳に戻した。それを見て、梅雪も膳に戻した。左衛門尉たち一同も倣った。

はじめは澄ました顔をしていた光秀だったが、全員が一斉に鯉を食べることをやめたので、顔に焦りが滲みはじめた。じろり、と信長が光秀を睨む。

「におうはずはありませぬ。徳川殿は高貴な料理になじみがござらぬのでございましょう」

それでも光秀がいつもの調子で嫌味を言うと、信長はふいに立ち上がった。家康や左衛門尉たちは緊張して身構える。平八郎、小平太、万千代もすぐに動けるように腰を浮かせた。

信長が向かったのは光秀の前だった。

「何と申した」

「私は、万全の支度を」

どんっと乱暴な音がして、一気に光秀が後方にすっ飛んだ。信長が肩を蹴ったのだ。

「上様……お待ちを……！」

慄《おのの》く光秀を信長は扇子で何度も激しく打ちつけた。

「私は……何も細工は……上様のお申し付け通り、私は何も……！」

小瓶を見せたとき、信長は細工をする必要はないと申し付けていた。それを光秀が聞かず、独自の判断で使用したのではないかと信長は疑ったのである。

「出て行け」

烏帽子《えぼし》がひん曲がった光秀に、信長は命じた。屈辱にまみれた顔で光秀は広間から逃げるように立ち去った。その際、家康を睨むように一瞥していったが、家康は一切感情を表すことはなかった。

「膳を下げよ！」

信長が声を張り上げ、係の者が大慌てで膳を下げた。梅雪は何事かと、目を白黒させるが、家康はどこ吹く風というような顔をしていた。

出て行った光秀は腹立ちまぎれに大台所の裏庭の一角に料理をすべて打ち捨てた。

「三河の田舎者が……ッ」

毒づきながら怒りにまかせて、何度も何度も執拗に踏みつけた。

後味の悪い食事になったあと、家康たちは宿舎に戻った。部屋の中央に集まって家康、左衛門尉、数正、平八郎、小平太がひそひそ話をしていると、万千代が小走りでやって来た。

「明智殿、任を解かれ、羽柴秀吉殿の毛利攻めを手伝いに行かされるようでございます！」

万千代の報告に家康はほっとしたように「よし」と呟いた。

「目論見通り、明智を遠ざけましたな、殿も役者じゃ」

左衛門尉は家康をまぶしそうに見た。

「淀の鯉はもったいのうございましたが」と小平太が笑うが、

「本当に毒が入っていたかもしれんぞ」と平八郎は疑う。

「確かにな」

そこへ、家来が現れ、数正に耳打ちする。光秀が謝りたいと訪ねて来ているということだった。

一瞬、緊張が走るが家康は落ち着いた様子で、

「お通しせよ」と許可した。

光秀が顔を出し、深々と礼をした。

「我が不手際により大変なご無礼を。お詫びのしようもございませぬ。しかるべき始末をつけた上、腹を召す所存」

「いやいや、この陽気で悪くなっていたのでしょう、気になさいますな」

家康が穏やかに言うと、

「気になさいますな……?」

光秀はぎろりと目を剝いた。

「上様は、しくじりを決してお許しにならぬお方……ご存知のはず」

そう言うと、

「私はもう終わりました」と諦めたように顔を背けた。

「上様が徳川殿とおふたりだけで語り合いたいとのことでございます」

光秀はもう一度深く礼をして出て行った。家康を疑う嫌味なひと言もなく、それが逆に不安なものを感じさせた。

来るところまで来た。家康は腹を決め、立ち上がった。刀掛けから刀を取ると、鞘を払い、刃先まで丹念に確認する。青白い刃文がきらめき、家康の顔に反射した。

「何かあれば大声を。すぐに駆け付けます」

左衛門尉が神妙な顔をした。

「来んでいい……すぐに逃げよ」

家康は静かに言うと刀を差し、たったひとりで出て行く。「どうしよう、どうしよう」と皆に頼っていた家康はもうそこにいなかった。

月も星も雲に陰っている。信長は部屋でひとり、気に入りの南蛮製の酒器を傾けた。今宵の酒の供は、遠くで夜鳴きする時鳥《ほととぎす》の声と、あたりに漂う青葉の香りである。酩酊とまではいかないが、少し思考が揺らぐような、その状態を楽しんでいると、ひたひたと思い詰めたような足音が聞こえて来た。

やがて家康が現れた。

互いに何も言わず、しばらく見合う。信長は黙って盃を差し出した。

家康は信長の前に座ると、盃を受け取った。信長はそこに酒をなみなみと注ぐ。家康はぐっと飲み干すと、今度は信長に注ぎ返した。

信長は鋭い瞳で家康を睨み、「おい」と声をかけた。

「……は」と家康はやや戸惑いながら返事をした。

「おい！」と呼ぶ声が一段大きくなった。

「は」と家康はしぶしぶはっきり声を出した。

信長は探るように訊いた。

「本当に……におったのか？」

家康はそれには答えず、

「明智殿の御処分はほどほどに」とだけ言った。

「しくじりを許すわけにはいかん」

「上様は厳しすぎます」

「お前が甘すぎるんじゃ。使えん奴は、切り捨てねばならん」

「うちは、使えんのがようけおります。……でも、なかなかそうは……」

「それがいかん。お前の家臣は、お前をまるで友垣《ともがき》のように扱うではないか」

「友垣。たしかに、そうかもしれませぬ」

「甘く見られれば、寝首をかかれるぞ」

信長に指摘され、家康は一瞬間を置くと、

「それならそれで、しょうがない」と答えた。

「何？」

「かつて、古い家臣に言われました。信じなければ、信じてもらえんと。それで裏切られるなら、それまでの器だったのだと」

三河一向一揆のとき、疑心暗鬼になって家臣を遠ざけていた家康に鳥居忠吉翁《とりいただよしおう》が言った言葉だ。心底、その言葉を信じてきた家康だから、瞳に揺らぎはない。

「上様……あなたは何でもひとりでおできになる。常人ではござらん……まさに乱世を鎮めるために天が遣わしたお人かもしれません」

家康の言葉を聞いて、信長は黙って盃を傾けた。信長の脳裏に英才教育を施された那古野城時代が蘇った。夢に見た、あの光景である。書物を凄まじい速さで読まされた。はじめは苦痛だったが、訓練すると読む速度は上がり、次から次に難しい書物を読破することができた。書き取りも凄まじい速度で行った。潜在能力もあっただろうが、厳しい鍛錬を強いられたからこそ、能力は覚醒し、向上していったのだ。まるで刀を繰り返し熱しては打つ作業によって鍛えていくように。

　信長の途方もない道のりを知る由もない家康は続けた。

「しかし私は違います。ひとりでは何もできぬ。これまで生き延びてこられたのは、周りの助けがあったゆえ」

　家康の周りを固める家臣たちの顔を思い浮かべ、信長はふっと薄く笑った。「えびすくい」を歌い踊るお人好したちの顔である。信長がそんなことを思い出しているとは気づくはずもなく、家康は話題を変えた。

「京へ入られるのでございましょう？　一足先に行って、お待ちしております。上様と、穏やかになった京を堪能しとうございます。今後のことは、そのときに。今宵はこのへんで」

　それだけ言うと家康は立ち上がり、一礼した。

　信長は家康をしみじみと見つめた。仲間に助けられてきたというが、ひとりで堂々とここまで来て、言いたいことを冷静に語る家康は見違えたようだ。信長は呼び止める代わりに、訊ねた。

「腹の内を見せなくなったな。何を目論んでる？」

　家康は家康で、決死の覚悟でここにひとりで来ているのである。信長に揺れる心を見透かされてはなるものかと、指先をそっと口に含んだ。

「その爪を嚙む癖、やめろ、みっともない」

たちまち信長の怒声が飛んで来た。

爪を噛んでいるのではない、瀬名のおまじないを心の支えにしているのだ。信長もまた、家康がこれまでどんな思いで激しい戦をかいくぐってきたか、その気持ちを知らない。そして、家康がほんとうに大事にしていた瀬名を、信長によって失うことになった筆舌に尽くせない絶望の深さを。

家康の目に昔のように反抗的な光が宿った。やっと感情を露わにした家康に向かい、信長はにやりと笑うと、家康の胸ぐらをぐっと掴んだ。

「京で待ち伏せて、俺を討つ気か？」

家康の燃える目を覗き込み、信長は吐き捨てた。

「やめとけ、お前には無理だ」

信長が乱暴に突き倒し、家康は尻もちをつく。だが、怯まず信長を睨み続ける家康を、

「白兎が」

信長は挑発する。その途端、兎が強い脚力で跳ねるように家康は信長に掴みかかった。ふたりはそのまま取っ組み合った。


いつしか鳴きやんでいた時鳥が再び鳴きはじめた朝方、一睡もせず、家康の帰りを待っていた左衛門尉、数正、平八郎、小平太、万千代のもとに家来が駆けつけて来た。

「殿、お帰りでございます！」

大急ぎで出迎えると、家康の襟元が乱れている。

「案ずるな、何でもない。……京で信長を待ち構える」

色めき立つ一同を家康は制し、奥の間へと入った。部屋に座り込み、指を口に含む。左衛門尉たちに案ずるな、と言ったものの、家康にもまだわずかに迷いがあった。だが、それを振り払うように首を振った。


時代の風向きが変わりはじめていた。

備中では、五月八日から清水宗治《しみずむねはる》の守る高松城を包囲した羽柴秀吉は、降伏を拒んだ城を水攻めにした。しかし毛利輝元《もうりてるもと》自らが救援にかけつけるなど、事態は膠着していた。秀吉の本陣では秀吉が秀長相手に本音を漏らしていた。

「この戦、これ以上手こずると、上様に何とされるか……」

「わかっとるわ。あぁ、そろそろおらんくなってくれんかしゃん」

秀長はぎょっとして秀吉を見た。

「安心しやー、わしゃやらんわ。やった奴は馬鹿を見る」

「徳川殿なら……?」

「どうかしゃん……まあ、引《ひ》き返《けぇ》す用意だけはしときゃー」

信長の独裁的なやり方に不満を持つ者が増えていたのである。

五月二十一日、家康たちは上洛すると、茶屋四郎次郎邸を訪ねた。豪商らしく大きな蔵があり、四郎次郎の指示で下働きの者に案内されて、家康、左衛門尉、数正、平八郎、小平太、万千代は中に入った。薄暗い蔵の中には半蔵と三十人ほどの伊賀者が潜んでいて、握り飯を頬張っていた。案内した人物も実は伊賀者であった。

「お待ちしておりました」

握り飯を食べる手を止め頭を下げる半蔵に、家康は低い声で聞いた。

「首尾は？」

「本能寺周りのあちこちに、伊賀者を散り散りに潜ませております。その数、五百」

五百とはかなりの数である。左衛門尉たちは息を呑んだ。

「特にこ奴ら、伊賀から逃れてきた連中は、信長への恨みでいきり立っております」

逃れ伊賀者たちは「信長」という言葉を聞くと眼光を鋭くした。天正六年（一五七八年）から九年（一五八一年）にかけて、のちに「天正伊賀の乱」と呼ばれる戦いがあり、伊賀の住人たちは織田軍に数多く殺害されていた。ことの起こりは北畠家に養子に入り家督を継いでいた信長の次男・信雄《のぶかつ》が伊賀に敗退したことだった。信雄は信長に無断で伊賀を攻めた揚げ句、大敗を喫したのである。信長は烈火のごとく怒り、伊賀を徹底的に叩いた。そのとき逃げ延びた伊賀者たちを家康は庇護していた。

四郎次郎の財力と人脈で、蔵には弓矢鉄砲をはじめとした様々な武器が大量に集まっていた。

「こりゃ、ひと合戦できますよ」と万千代は嬉々として武器を触っている。

半蔵は本能寺の見取り図を見せた。詳細に描かれたよくできたもので、平八郎たちは感心した。やる気のない半蔵の仕事とは思えない出来栄えだった。

「茶屋殿の店の者が出入りしとりますので。上様の寝所はここでございましょう。はっきり言って、守りは極めて手薄。油断しきっております。攻め落とすのは容易いかと」

調べも万全。あとは、本当に信長が来るかどうかである。そして、どれほどの軍勢を引き連れて来るか。家康たちは想像して武者震いした。

その頃、安土城の天主では信長が京都の方角を眺め、物思いにふけっていた。

幼い頃、父・信秀に言われた言葉が蘇る。

「誰も信じるな……信じられるものは、己ひとり……それがおぬしの道じゃ」

家康の信条とは真逆であると思い、信長はふっと笑った。どちらの生き方が正しいか、決着をつけるときである。

信長が右手を上げるといつでも近くに控えている森乱が素早く駆けつけた。森乱に「京へ向かう」と信長は告げた。

運命の刻《とき》は近づいていた。

天正十年、五月二十九日、朝から雨が降っている。茶屋四郎次郎邸の庭は雨に濡れ、自慢の青もみじが一層鮮やかであった。家康はひとり、雨に濡れながら迷いを振り払うように刀を振るっていた。その姿を背後で、ともに濡れながら見つめている左衛門尉、数正、平八郎、小平太、万千代。誰もが複雑な気持ちの蠢《うごめ》きを懸命に抑えていた。

「殿！」と半蔵が声をかけた。庭の一角に跪く半蔵の傍らには大鼠もいる。信長が安土を出立し、京へ向かっている。軍勢は見たところわずか百ほど。

「やれます」と自信に満ちた半蔵の声に、左衛門尉たちは家康を見つめた。いつの間にか、逃れ伊賀者たちも庭に出て、家康の命を待っていた。

これは好機なのか――。家康の心は揺れた。

あの日、安土城の御殿で家康と信長は取っ組み合いになった。むきになって技をかける家康を巧

みにかわしながら信長は、

「おお、そうじゃ、お前は俺の相撲《すもう》の相手をすればよい」と嬉しげに言う。さんざん取っ組み合った末、勝負は決まらず、ふたりはもつれて倒れ込んだ。

「ひどい相撲じゃ、お互い歳かのう」

はあはあと息をしながら、信長は思わず本音をこぼした。この年、信長は四十九歳、家康は四十一歳であった。

「爪を噛んでいるわけではござらぬ……」

家康がぼそりと口にする。

「我が妻のぬくもりに……触れております」

信長は、一瞬、はっとなったが、すぐにいつもの精悍な顔つきに戻った。

「謝ってほしいのか」と家康を覗き込んだ。

「妻子を死なせてすまなかったと、俺が頭を下げれば、それで気が済むか？」

こういうとき素直に謝れないのが信長である。

「俺は謝らんぞ」ぷいっと横を向いた。「くだらん」

その言葉がまた家康を怒らせた。

「くだらん？　我が妻と息子の死を……くだらんと申すか！」

「ああ、くだらんな。左様な情けもやさしさも、俺はとうの昔に捨てたわ」

「わしはおぬしとは違う！　捨てられはせん！」

「だから、お前に俺の代わりは無理なんじゃ」

信長の言葉は弓矢のように、家康の心を刺し貫いた。

「人を殺《あや》めるということは……その痛み、苦しみ、恨みを我が身に受けるということじゃ。十人殺せば、十の痛み……百人殺せば、百の恨み……。俺は幾万人殺した？　その報いはいずれ必ず受ける。俺は誰かに殺されるんじゃろう……誰よりも無残にな」

そう言うと、信長は少し声を落として言った。

「俺は構わん。だがお前には無理じゃろう。俺を支えるのがせいぜいだ」

信長は何を考えている？　家康は心がざわつくのを抑えられない。胸の鼓動が高まり顔が紅潮するのを家康は感じた。

「家康よ、本当に難しいのはここからじゃ……。戦なき世の政《まつりごと》は、乱世を鎮めるより困難じゃろう。この国のありすがたのためには、やらねばならんことが山ほどある。俺とお前でな」

どくんどくん、と心臓が鳴る。

「憎んでいい、恨んでいい」

信長が言葉を発するたび、家康の心臓が跳ねた。それは共感か、反発か、家康にはわからない。

「俺のそばで、俺を支えよ」

信長は真っすぐに家康の目を見て言った。それは信長がはじめて語った、おそらく本音だった。

だが、家康はそれを単に支配と受け止めた。吐き出しそうな心臓を抑え、ようやく言葉を返した。

「私には……あなたの真似はできん……したいとも思わん。わしは、わしのやり方で世を治める」

信長は少しだけ顔の筋肉を動かした。家康が続ける。

「確かにわしは弱い。だが弱ければこそできることがあると信じる！」

そして、家康は信長の圧をはね返すように問いかけた。

「行き詰まっているのは、おぬしではないのか？」

そう指摘すると、家康は宣言した。

「弱い兎が、狼を食らうんじゃ！」

家康の意思を聞いた信長は、「なら……やればいい」と言いながら立ち上がった。

「俺は、いつも通りわずかな手勢だけで京へ行く。本当に俺の代わりをやる覚悟があるなら、俺を討て」

パンパンとほこりを払い、乱れた着物を整えると、信長は半身の姿勢で言った。

「待っててやるさ。やってみろ、白兎」

――あのとき、信長は「いつも通りわずかな手勢だけで京へ行く」と言っていた。その通り、わずかな手勢で京に向かっている信長の心情を思った。

考え込む家康の頭上に、肩に雨が降る。左衛門尉、数正、平八郎、小平太、万千代、半蔵、大鼠、服部党、伊賀者たちの視線を感じながら、家康は呟いた。

「できる……わしは、やってみせる。信長を討つ。……わしが天下を獲る」

夕方になっても雨はやまなかった。錦小路を物売りになりすました服部党の伊賀者たちが歩き、本能寺の門前まで来た。通りすがりに門の向こうへ探るように鋭い視線を向けると、ちょうど信長の一隊が本能寺に到着したところだ。森乱ら、わずかな人数の護衛だけしかいない。

――信じなければ、信じてもらえんと。それで裏切られるなら、それまでの器だったのだと。

信長の脳裏に家康の言葉がよぎったことは、信長以外誰も知る者はいない。ただ、信長が森乱らわずかの護衛を連れて本能寺に入ったという事実だけが伊賀者たちの目に刻まれただけである。

　六月二日の早朝、本能寺の界隈には黒山の人だかりができていた。空を赤く染めるほどに本能寺が燃え上がっているのだ。

　あたふたと逃げ惑う者たちと、好奇心で群がる者とが入り乱れる。町人たちが右往左往しながら叫んでいた。

「やられはった！　織田様が討たれはった！」

「徳川様がやりおったんや！　織田様の首もって逃げとるいう噂やで！」

「家康の首を獲ったもんに褒美が出るいう話や！」

　人々の叫び声が響くなか、本能寺は真っ黒な炭と化し、もろく崩れていった。

第二十八章　本能寺の変

天正十年（一五八二年）五月二十七日愛宕《あたご》神社が小雨にけぶっている。苔むした石段を、息を切らしながら上がってきた明智光秀《あけちみつひで》は、恭しく参拝すると御籤《みくじ》を引いた。

徳川家康と穴山梅雪《あなやまばいせつ》の饗応役の任を解かれた光秀は、織田信長《おだのぶなが》から、羽柴秀吉《はしばひでよし》が苦戦している毛利討伐を支援するように命じられた。五月二十六日、戦の準備のため所領の丹波亀山城（京都府亀岡市）に入った光秀は、翌日、必勝祈願で愛宕神社に立ち寄ったのだ。比叡山と高さを競う愛宕山は京の北西部、山城国（京都府南部）と丹波国（京都府中部、兵庫県東部）の国境沿いにあった。その山頂に建立された神社は霊験あらたかと信仰されている。

あいにく御籤にいい結果が出ない。苦虫を噛み潰したように口をひん曲げ、いじましく二度、三度引いているところへ、家来が来て告げた。

「つまり、上様と信忠様と徳川殿が、一同に京に集まる、ということになるな。ろくな守りもなく」

小雨を首筋に感じながら、開いた御籤の文字を見た光秀に、和歌が思い浮かんだ。

「時はいま……雨が下知る……五月かな」のちに、謀反の意を込めて詠んだと伝えられている。

見違えたように顎を上げた光秀は、六月一日、軍勢を率い、中国方面を目指さず、京へと向かった。桂川を渡って七条口を北へ向かい、目指したのは本能寺である。

相前後して、家康も決意していた。

「信長を討つ。……わしが天下を獲る」

家康の決意に、伊賀者たちは喜ぶが、不安を感じる酒井左衛門尉忠次《さかいさえもんのじょうただつぐ》たちは考え直すように進言した。

「殿……信長様を討てば、天下が転がり込んでくるわけではござらん」

「左様、信長の息子たちはどうなさる？　天子様や公家連中は？　彼らを味方につけなければ」

左衛門尉と石川数正《いしかわかずまさ》が固唾を呑んで見守るなか、家康は言った。

「わかっておる。だからこれから堺へ向かう」

面食らう左衛門尉たちに構わず、家康は澄ました顔で命じた。

「半蔵、伊賀者たちは指図あるまで動かすな」

五月二十九日、信長は自ら中国征伐に出陣する前に、京都に入った。光秀もそれを追って京へ。そして家康一行は入れ違うように京を離れた。運命が向きを変えた。

同日、家康一行は和泉国（大阪府南部）・堺に着いた。南蛮船が行き交う巨大な貿易都市である。南蛮商人たちも数多く、活気に満ちたこの街で、家康は積極的に多くの有力者たちと親交を深めはじめた。

この日の夜は、信長の側近で堺代官である松井友閑《まついゆうかん》の接待を受けた。六月一日の朝には、茶人にして豪商の今井宗久《いまいそうきゅう》のもとへ向かう。昼には、同じく茶人にして豪商・津田宗及《つだそうぎゅう》の屋敷を訪ねた。街の中心にある豪邸に設えられた風雅な茶室で茶会が行われるのだ。招待客には友閑もいた。

「徳川様とお近づきになれることは、手前ら堺の商人にとってもこの上ない喜び」

宗及は満面の笑みを浮かべた。

「この堺の町は、徳川殿の座敷であり、蔵であるとお心得あそばされませ」

友閑も家康を歓迎した。堺の顔役のようなふたりと親しくなれることは強みである。家康は「かたじけない」と頭を下げた。離れには左衛門尉、数正、本多《ほんだ》平八郎《へいはちろう》忠勝《ただかつ》、榊原《さかきばら》小平太《こへいた》康政《やすまさ》、井伊《いい》万《まん》千《ち》代《よ》が控えている。家康から片時も目を離さない。

「堺の会合衆《えごうしゅう》と懇意となれば、堺に集まる人、金、物、そして鉄砲を手に入れるも同様……」

会合衆は豪商たちによる自治組織である。家康は信長を討つ準備を堺で整えようとしているのだろうと家臣一同はうすうす想像してはいたが、数正の言葉はそれを確信に変えた。

「信長を討ったあとの備えも抜かりない、殿は本気じゃ！」

万千代はそわそわしはじめた。あまりに張り切って、小平太に「声が大きい」とたしなめられるほどである。逆に数正は不安になって、左衛門尉に意見を仰ぐ。

「殿は、おやりになる気じゃ……力ずくでもお止めするべきでは」

だが、左衛門尉は黙り込んだ。代わりに平八郎が言う。

「殿のご決断に従うと決めたはず。臆すれば為せることも為せぬ」

「その通り」と万千代はますます鼻息を荒くする。

「平八郎……我らは、お方様に言われたはずじゃ、殿を頼むと」

いつもは平八郎に賛同する小平太もこればかりは賛同できない。

「殿が危ういことをなさろうとしているのならば、それを止めるのが我らの勤めと思わんか」

言われて平八郎はあの日に思いを馳せた。瀬名に家康を託され、抵抗する家康を舟に乗せて去った日のことを。平八郎は思い詰めた声で言った。

「俺はずっと悔いている……あのとき、お方様に従ったことを」

それを聞いて小平太はどきり、となった。

「信長を討てばよかった。今ぞその時じゃ」

「それがお方様と若殿様の望みと思うか」

「ああ、思う」

平八郎の気持ちもわかる。だが、安易に肯定はできない。小平太は複雑な気持ちで口を閉ざした。

傍らで左衛門尉も、じっと考え込んでいる。やがて「殿のご決断を信じて待つ」と悩ましげに言った。その場にいる誰ひとり、明確な答えを出せる者はいない。だが、視線の向こうの家康は何事もないように穏やかに茶を飲み談笑していた。

家康は何を考えているのか――。

家臣たちの心配をよそに家康はいたってなごやかに商人たちと交歓し、茶会が終わると足早に宗及の屋敷を出た。数正たちが慌てて追いかける。

「いま一度今井宗久殿とお会いし、鉄砲の買い付けの算段を……」

混雑した大通りをすり抜けていく家康。後ろから守るように追った平八郎は、通りに立つ人物に目を奪われた。

「あ」と固まる平八郎に、

「どうした？」

と小平太は平八郎の視線の先へ目を向ける。左衛門尉と数正も視線を追った。

「あ」三人は一斉に驚きの声をあげた。

万千代だけが「誰です？」と訊きながら、平八郎たちの視線の先をきょろきょろするばかり。

少し遅れて平八郎たちの視線を追った家康の驚き方は、平八郎たちとは比較にならないものだった。先程までの落ち着いた表情が崩れ、つんのめるように立ち止まった。我が目を疑うように目を激しくしばたたかせる。

遠くから家康を見つめていたのは、信長の妹・市だった。家来を数人連れて、なつかしそうに目を細め、家康を見ている。その立ち姿は昔と変わらず凛として、まなざしは涼やかだ。家康はふらりと吸い寄せられるように市に近づいて行った。

小谷城《おだにじょう》が落ち、夫・浅井《あざい》長政《ながまさ》が死んだあと、信長の庇護を受け、三人の娘とともに身内のもとを転々としていたことは耳にしていた。家康は市と久しぶりに語らいたいと思って、宿にしている妙國寺に案内した。

黄昏色に染まる部屋で、家康と市はふたりきりで向き合った。しみじみお互いを見つめ合う。市の小袖にたき染めた香のにおいは瀬名とも於愛とも違う。花のような甘さがなく、情熱的であり清々しくもある。ちょうどこの季節のようだ。家康がそんなことを思っていると市が口を開いた。

「あなた様がこちらに来ておられるとうかがったもので。あのあたりをそぞろ歩いておりました」

「岐阜におられると聞いておりました」

「娘たちに様々なことを見聞きさせよう……ということにして、本当は私が遊びたくてこちらに」

ふふ、といたずらっぽく笑う顔は昔とちっとも変わっていない。

「姫様たちも大きくなられたことでしょう」

「あなた様に抱っこしていただいた茶々は、もう気が強うて強うて、口ではかないませぬ」

「あんなに小さかったのに」

家康は幼子だった茶々を抱いて桜を見上げたことを思い出した。が、その思い出には辛い思いがつきまとう。

「いまさらながら、浅井長政殿のこと、あのようなことになり、残念でございました」

「私の至らなさゆえです」

市は静かに目を伏せた。それから、

「あなた様こそ……何と申し上げたらよいか……お悔やみ申し上げます」

心から気の毒そうに頭を下げた。

家康は何と返すだろうか——。襖を隔てた隣室で左衛門尉、数正、平八郎、小平太、万千代は耳をそばだてていたが、家康の声は聞こえない。決して盗み聞きをしているわけではないのだが、興味はやや下世話なものとなる。

「やけぼっくいに……ってことも?」と小平太が言いだすと、

「なかろう」

女性関係にことさら生真面目な平八郎は憮然となる。

「ほう、そういう間柄」

逆に女性に目のない万千代は好奇心に目を光らせた。家臣たちの想像と違って家康と市はいたって実直である。

「ずっとおひとりで?」と家康は訊いた。

「いくつかお話はありますが……。あなた様は」

「側室たちがようやってくれております。正室を取るつもりはもうありません」

家康の決意に「そう」と言う市の声はやや寂しげだ。

市は家康の顔をうかがうようにすると、言いにくそうに訊ねた。

「兄を恨んでおいででしょう」

家康は少しだけ間を置いて、

「とんでもない」と答えた。

それが市への気遣いなのかは定かではない。

「私は恨んでおります」

市の返事は家康を驚かせた。金ヶ崎の戦いでは、信長を助けようとして長政を裏切ったのではなかったか。家康は市の真意を探るように、信長に似た瞳を覗き込んだ。市にしてみれば、あれは家康が兄の犠牲になることから救いたかったのである。でもそれをいまさら言ってもせんないことだ。

「もっとも、兄ほど恨みを買っている者はこの世におりますまい」

市は冗談めかして言った。

「でも、あなた様は安泰。兄は、あなた様には決して手出ししません。だって、あなた様は兄のたったひとりの友ですもの」

「……友？」

「兄はずっとそう思っております」

「……まさか」

呆然とする家康を見て、市はため息をついた。

「やはり伝わってない。本当に哀れだこと。皆から恐れられ、誰からも愛されず。お山のてっぺんでひとりぼっち。心を許すたったひとりの友には憎まれている。あれほど哀れな人はおりませぬ」

あれほどの仕打ちをしながら、心を許した友と思っているなどとは信じられない。家康が混乱していると、市は庭の青もみじが西日に照らされている様子を見つめながら言った。

「きっと兄の人生で楽しかったのは、ほんのひととき、家を飛び出して、竹殿たちと一緒に相撲を取って遊んでいた、あの頃だけでしょう」

楽しいどころか、家康はさらわれて、尾張につれて来られたのだ。毎日、乱暴に扱われて苦しみしかなかった。それを楽しんでいたと言われても複雑な思いがある。

「たまに思うことがあります。いずれ誰かに討たれるのなら、あなた様に討たれたい。兄はそう思っているのではと」

もし市の言うことが正しいとすれば、散々、酷い仕打ちをしてきた相手に討たれることを願っているということである。信長はどれだけ屈折しているのか。

「きっと兄は……あなた様がうらやましいのでしょう」

「うらやましい……？」

「弱くて、やさしくて、皆から好かれて……兄が遠い昔に捨てさせられたものを、ずっと持ち続けておられるから」

あまりに意外すぎる市の話に、家康は返す言葉が見つからない。市もはたと我に返り、頭を下げた。

「出過ぎたことを申しました。そろそろ岐阜へ帰ります」

ゆっくり顔を上げた市は少し微笑み、「またお会いできますよう」とお辞儀をすると、家来たちを従えて帰って行った。

優雅かつ凛とした市の衣擦れの余韻に家康が浸っていると、左衛門尉、数正、平八郎、小平太、万千代が隣室から出て来て、家康の様子をうかがった。家康は西日が照らす庭を眺めた。かすかに吹く風に青もみじが揺れている。築山の庵がなくなってからは、草木をゆっくり見ることもなかった。

一部始終を聞いていた左衛門尉は、そっと家康の心をなでるように「殿……」と声をかけた。だが家康は乱暴に振り切って、「知ったことかッ」と吐き捨てる。

市の言葉に、家康の心はざわついていた。次第に怒りが湧いてくる。なぜか信長のことになるとかっとなる。

「何が友じゃ……わしの思いは変わらんぞ」

そのとき、ざわっと庭の風が強くなり、地面でくるくるとねずみ花火のように風が舞った。家康の気持ちを左衛門尉は慮った。

「お止めはいたしませぬ。我らは、殿に従います。いつでもお下知を」

家康と左衛門尉は長い付き合いである。家康はいつだって最終的には自分で決断することを理解していた。

家臣たちは常に家康の決断に従ってきた。家康に命を預けているのである。その気持ちは決して揺るがない。だからこそ、家康の決断も慎重になる。

その翌朝、未明、家康は目がさえて眠れず、半身を起こして考え込んだ。考えても考えても決断できず、枕元に置いた木彫りの兎を手にとって見つめた。木に目鼻を粗削りした無表情な兎は何を答えるわけもない。

大きなため息をつく家康を心配して、左衛門尉、数正、平八郎、小平太、万千代が集まってきた。迷いや苦悩を共有しようというかのように。

やがて空が白々と明けはじめた。家康は左衛門尉たちを見る。どんな命令でも受け入れる覚悟の左衛門尉たち一人ひとりの瞳を家康は見つめた。

京では、信長が本能寺でひとり、香をたきながら書状をしたためていた。家来たちは廊下に出て、伏して控えているのみである。筆を走らせていると、三十五年ほど前の那古野城時代の日々が思い出された。

信長（当時、吉法師）が那古野城を与えられたのは元服する前である。そこで信長は、当主にふさわしくなるため、徹底的に英才教育を施された。

毎日毎日、城の薄暗い一室に閉じこもり、わずかな明かりを頼りに書物を凄まじい速さで読み続けた。みるみる加速して、何冊も読破する。次は、凄まじい速さで書き取りを行う。尋常ではない集中力の源は、父、織田信秀の言葉だった。

「身内も家臣も、誰も信じるな……信じられるものは、己ひとり……それがおぬしの道じゃ」

まだ遊びたい盛りだった吉法師だが、信秀の教えを守り、ひとりっきりで自分を高め続けた。だが、あまりにも自分を追い詰め過ぎて、とうとう忍耐力の限界を迎えた。

ある日、いつものように、読書のあと書き取りを行っていた吉法師は、ふと、手を止めた。教育

係たちが訝しみ覗き込むと、吉法師は筆を落とし、がくりと頭を垂れた。教育係が心配して肩をゆする。その瞬間、

「うわあああああー！」

吉法師は顔を上げて絶叫し、教育係に襲い掛かった。棒で制されても、素早くかわす。学問だけでなく、武術の鍛錬もしていた吉法師の腕っぷしは大人をも凌いだ。吉法師は、教育係を叩きのめすと、書物をめちゃくちゃに破き、筆や墨を投げつけ、戸や襖を破壊した。

尋常ではない物音を聞きつけて、信秀が家来とともに入って来たときには、気絶した教育係と散乱した書物や書き取り用の紙、そして墨だらけになった部屋の真ん中に、長い棒を手にした吉法師が肩を怒らせ、仁王立ちしていた。そして、殺気を露わにして信秀に向かって棒を振り上げ襲い掛かった。

だが、信秀はいとも簡単に棒を払いのけ、それを奪うと、またたく間に吉法師を打ちのめした。手厳しく打たれた吉法師は、無力感に苛まれ、信秀を睨みつけると、部屋から逃走した。

そのまま城を飛び出した吉法師は、以後、那古野城から距離をとるようになる。父からの厳しい教育を拒否して、熱田の海に近い破《や》れ寺に入り浸った。同世代の少年たちとつるんで遊び回り、世間から「うつけ者」と呼ばれるようになって数年が経った。その間、元服し、信長と名乗るようになっていた。

十七歳になったとき、信長は信秀に呼ばれ久しぶりに那古野城に戻った。かつて学んだ、薄暗い一室を覗くと、信秀が長い木製の棒を二本手にして仁王立ちをしていた。

信長は、紅色や萌黄色の糸で巻き立てた茶筅髷《ちゃせんまげ》を結い、華美な柄の湯帷子《ゆかたびら》に半袴、火打ち袋など

いろいろな物を身につけ、朱色の鞘に収めた太刀を差し、いわゆる傾《かぶ》いたいでたちをしている。

日に焼けた顔にギラギラした瞳がひときわ目立つ。その瞳で見据えた父・信秀は、年をとり、以前の精悍さは失われていた。が、それでも威厳をもって腹から声を響かせる。

「懐かしい部屋じゃろう。いや……忌まわしい部屋か？」

反抗的に唇をとがらせる信長に、信秀は言った。

「遊び惚けるのも飽きた頃じゃろう、戻って来い」

信秀は持っていた棒を一本、信長に放り投げると同時に、残った一本を素早く構えた。

パシッと棒を取り、信長は受けて立つ。もう吉法師の頃とは違う。放蕩しているとはいえ、鍛錬は怠っていない。鍛え上げられた信長の腕が一閃、信秀の首に棒先を寸止めした。膝をついた信秀は、悔しいのか嬉しいのか判別できない表情で笑った。

「わしはもうすぐ死ぬ……家督を継げ」

「己ただひとりの道を行けと」

「そうじゃ。どうしても耐え難ければ……心を許すのは、ひとりだけにしておけ」

「ひとり……」

「こいつになら殺されても悔いはないと思える友を、ひとりだけ」

言われて信長の脳裏によぎったのは、相撲の稽古をつけた幼い家康（竹千代）の姿だった。

なぜ、家康だったのか。同じにおいを感じとったとしか言いようがなかった。孤独のにおいである。そして孤独を燃料にして強くなる宿命である。

その後も信長はふらふらしていたが、ほどなくして信秀が死んだ。父の葬儀のときも信長は、うつけ者として振る舞い、皆の顰蹙《ひんしゅく》を買った。信長なりに、父の教えを守り，誰も信じず、孤独を貫こうとしたのだ。

当時を思い出しながら、書きものを続けた信長は疲労を覚えた。いつもは短時間しか寝ない信長がその晩は珍しく早く寝床に入った。だが眠りは浅く、信長は何度も寝返りをうった。部屋に強めにたいた沈香《じんこう》を信長は深く吸い込んだ。

同じ頃、茶屋四郎次郎邸では、蔵の中で服部半蔵や伊賀者たちが、武器の手入れなどをしていた。

「お下知はまだで？」

「夜が明けちまったぜ」

伊賀者たちがしびれを切らしたように口々に言った。半蔵も下知を待つしかないため、押し黙り、武器を磨いていると、

「頭！」と大きな声がして、服部党の大山犬が巨体をゆすりながら駆けこんで来た。

大山犬から話を聞くと、半蔵はすぐさま服部党や伊賀者たちとともに、新町通りを南に小走りする。ざっざっという規則正しい足音がして軍勢が本能寺に向かって進んで来る姿が見えた。いったい何が起こっているのか。半蔵たちは目立たないように身を潜め、軍勢を見送った。

六月二日、払暁。本能寺では信長がまんじりともせず過ごしていた。

かたりと香炉の蓋が傾く音がして、外に奇妙な気配を感じて起き上がった。白い寝間着のまま、槍掛けに置かれた槍を手にし、縁側へ出る。

庭は虫も鳥も鳴かず静まり返っている。が、耳を澄ますと、足音と馬の蹄の音が規則正しく徐々に近づいて来る。かなりの数である。ぐっと槍を持つ手に力を入れて身構えたとき、ドーン、ドー

ンと丸太をぶつけて門を破壊しようとしている音がした。

「敵襲！　敵襲！　出あえ！　出あえ！」

家来たちの怒号が響く。

森乱が風のように信長のもとに駆けつけ、慌てふためいている家来に向かい冷静に訊ねた。

「いずれの手勢か！」

報告を聞くより早く、門が破壊され、どっと軍勢が突入してきた。弓矢、鉄砲が一斉に放たれ、銃弾が信長の肩をかすめた。

「上様！」

森乱が信長の盾になる。不覚にも傷を負って朦朧とする信長に槍を持った敵兵が襲って来た。その者は布で顔を覆っている。その瞬間信長に夢の記憶が蘇り、妙な期待に震えながら信長はその布を力任せに剝《は》いだ。

その顔の主に向かって信長は叫んだ。

「たわけ、あれほど言ったものを……！」

信長の目の前に家康がいた。

渾身の力で家康を突き飛ばし、槍を構える。家康と対峙すると、信長の全身に喜びが湧き上がってきた。

「そうか……ついに俺に牙を剝いたか……ならば相手になろうぞ。来い、俺の白兎！」

家康は勢いよく襲いかかる。信長も嬉々として槍を振るい、家康を打ち倒した。

が、廊下に倒れ込んだ相手を確かめると、それは家康とは似ても似つかぬ顔をしていた。

「どこじゃ……どこじゃ家康……！」

信長は泣き笑いの表情で、声を震わせ叫びながら、敵兵のなかへ遮二無二飛び込む。

猛烈な勢いで敵をなぎ倒してゆく信長は、手傷を負ったとはいえ圧倒的に強い。森乱は最期まで信長を守ろうと後を追う。幻の家康を求め、信長はなにかに取り憑かれたように門の外へと出てゆく。そこに布陣している軍は、水色の桔梗紋の旗印を掲げた明智勢であった。その数、一万人を超え通りを埋め尽くしている。

先頭の馬上に鎧兜の明智光秀が見える。

呆然と立ち尽くす信長をかばうように森乱が立ちはだかる。

「明智勢！　明智勢！　上様、お逃げくだされ！」

馬上の光秀を見ると、信長は力が抜けたように笑った。「お前か」

家康ではなく、光秀とはなんたる張り合いのなさか……。

「貴公は、乱世を鎮めるまでのお方。平穏なる世では、無用の長物。そろそろお役御免でござろう」

「できるのかキンカン頭、お前に俺の代わりがァ！」

このあだ名を光秀は嫌っていた。怒りに火がつき、叫ぶ。

「信長の首を獲れぇー！」

乱戦になる信長、森乱らと明智勢。だが多勢に無勢、数ではかなうはずもなく、森乱も討たれた。

たったひとり残った信長は敵兵に取り囲まれた。振り返れば、本能寺から火の手が上がっている。

「かかれ、かかれー！　何をしておる！　首を獲れー！」

光秀が必死に命じるが、兵たちは信長の圧に立ちすくんでいた。

燃え盛る本能寺を背景に、信長はやけに清々しい気持ちになっていた。

「いかな世になるか……楽しみじゃ」

家康が信長を討ちに来なかったことは未来の啓示であろうか。この後は家康の世になるだろうと信長は確信にも似た気持ちを抱いた。孤独よりも仲間を選んだ家康の時代がきっと来る。悔しいようでもあり嬉しいようでもある。いずれにしてももう未練はなかった。信長は堂々とした態度で紅蓮の炎の中に静かに消えて行った。

この日、京の朝はいつもと違って、いつまでも空が朝焼け色をしていた。それも血のような不吉な色だ。本能寺から上がる炎に空が染まっていたのである。

騒ぎに集まった人々のなかに、茶屋四郎次郎がいた。寺から燃え上がる炎がだんだんと黒い煙になり曇っていく空を、あんぐりと口を開けて見ていた四郎次郎だが、はっと我に帰ると、慌てて駆けだした。急ぎ屋敷に戻り、旅支度を整えると、四郎次郎は一路堺へ向かった。

そのとき、家康はまだ堺にいた。前の晩、妙國寺の一室で家康は左衛門尉たちを見つめ、しばらく沈黙した末、絞り出すようにこう言ったのだ。

「情けないが……決断できん」

涙をこらえながら家康は、家臣たちに頭を下げた。

「ここまで精いっぱいの用意を進めてきたが……今のわしには、到底成し遂げられぬ。無謀なることで、皆を危険にさらすわけにもいかん。すべては我が未熟さ……すまぬ……！」

左衛門尉が、家康よりも低く頭を下げた。

「何を仰せでございます。我らこそお力になれず申し訳ございませんでした」

数正がそれに続く。

「今はまだ……まだその時ではないと言うばかり……」

平八郎は悔し涙を浮かべた。

「そうじゃ。いずれ必ず、その時は来る！」

小平太、万千代も泣いている。

「そうじゃ。いずれ必ず！」

「いずれ必ず、天下を獲りましょうぞ！」

最後に、左衛門尉が慈しみ深く言った。

「それまで、お方様の思い、大切にはぐくみましょうぞ」

こらえきれず、家康の目から涙がこぼれ落ちた。

六月二日の朝、家康一行は支度を整え京に向かって出立した。すると穴山梅雪とその家臣一行が追いかけて来た。

「徳川殿、京へお戻りになるそうで。我らも国へ帰ることといたします」

「穴山殿、あまりお構いできず、申し訳ございませんでした」

「いえ、充分堪能いたしました。ただ……」

「ただ……？」

「主を裏切って得た平穏は、虚しいものでございますな」

梅雪は信長に気に入られ、織田に仕えることになっていた。だが、武田家への思いも忘れることができず板挟みになっていたのだ。

梅雪の苦い顔に、家康と家臣たちも胸が疼き、返答に詰まっていると、

「殿、平八郎が戻って参りました」

小平太がやって来て報告した。

平八郎は先発隊として一足先に出立していたのだ。それがなぜ戻って来たのかと家康たちが首をかしげていると、顔色を変えた平八郎が四郎次郎とともに慌てた様子で駆けつけて来た。

「京へ向かう途中、茶屋殿と鉢合わせしまして……落ち着いてお聞きくだされ」

四郎次郎は肩で息をしながら、家康の前に向かい膝をついた。

「四郎次郎、どうした?」

「それが……」

言いかけて四郎次郎は、梅雪をちらと見た。

「かまわぬ、申せ」と家康がせっつくと、
緊張した面持ちの四郎次郎の口から出てきたのは、今日の未明、本能寺が襲撃され、織田信長が討たれたという衝撃の事実だった。

怖いほどの静寂が場を支配する。左衛門尉が声を上ずらせ訊いた。

「誰が……やった?」

「……明智光秀」

そう聞いて、家康はあの饗応の場でのことを思い出した。「私はもう終わりました」と肩を落として去って行った光秀。まさか信長を弑《しい》するとは。

数正がつとめて冷静に問う。

「間違いなく……上様は、間違いなく討たれたのか？」

「おそらく」

「首を獲られたのか！」

「わかりません！」

梅雪が数正と四郎次郎の会話に静かに割って入った。

「生き延びておられるやもしれん」

確かに、あの信長がそうやすやすと討たれるとも思えない。

すぐさま、万千代が気炎を上げた。

「京へ戻って、明智を討ちましょう」

左衛門尉が冷静に制した。

「相手は大軍勢じゃ」

するとと、四郎次郎が心配そうにこう言った。

「殿……すぐにお逃げくだされ。殿は、狙われております！」

四郎次郎がとるものもとりあえず京都から駆けつけてきたのは、それを言うためだった。

「明智が殿の御首を獲れと号令を発しております！　なかには、殿が下手人だと思っている者たちも！　明智の兵、名を上げたい浪人、褒美目当ての民百姓、四方、敵だらけと思し召せ！」

気がつくと、街道を行き交う者たちが好奇の眼差しで家康たちを見ている。徳川家康一行であることを知っている者もいて、幾人かは、誰かに知らせに走りだして行った。ここに長くいるのは危険だ。

「船は使えるか？」

と平八郎が四郎次郎に訊いた。

「港は危ういかと」

とすれば山道を行くしかない。

「こんなことなら俺たちが信長をやっておけば……」

頭に血が上っている万千代はうっかり口を滑らすと梅雪に目をやり、はっと口をつぐんだ。「いや、あの、んん……」と言葉を濁す。だが梅雪は穏やかな表情を崩さなかった。

「殿……いかがなさる」と左衛門尉が判断を求めた。

不思議と家康は落ち着きはらっていた。

「信長のことじゃ……明智ごときにやられるはずがない……生き延びておる……きっとそうじゃ」

やっぱりそうだ、そうに違いないと一同は一息ついた。

「四郎次郎、よう知らせてくれた」

家康はねぎらうと、一同に指示を出した。

「これより山を越えて、三河へ向かう。軍勢を整え、上様の仇を討つ！」

左衛門尉以下、深くうなずいた。四郎次郎は懐に手を入れ、「殿、少ないですがお使いくだされ」とずしりと金の入った袋を差し出した。

今いるのは飯盛山《いいもりやま》のあたりである。上洛はせずにとにかく木津川を渡り、三河へ向かうことにする。家康が歩み出そうとしたとき、梅雪が提案した。

「家康殿……大勢で動けば目につくばかり。別々に逃げましょう」

「確かに。ご無事を祈ります」

「徳川殿も」

家康は、梅雪に「先を行かれよ」と道を譲る。一礼し、家来たちを連れて去って行く梅雪一行を、家康たちも一礼して見送る。すーっと深呼吸してから家康は家臣たちに声をかけた。

「一同、三河まで走り抜くぞ！　三河はどっちじゃ」

びしっと平八郎、小平太、万千代が一斉に違う方向を指で差し示す。それを見て四郎次郎が冷静に三人と違う方向を示した。

「一同、誰も死ぬな。ゆくぞ！」

家康は四郎次郎の差した方角へ力いっぱい走りだす。

「おお！」と左衛門尉たちも全速力であとを追った。

一方、信長を討ち果たした光秀は陣のなかで香をたき、勝利を味わい恍惚としていた。そこへ家来が報告に現れた。信長の嫡男・織田信忠を討ち取ったと聞いて、光秀はますます昂ぶった。

「残るは、家康だけ……。断じて逃がすな。できれば生け捕りにせえ。あの田舎者の口に腐った魚を詰めて殺してやる」

光秀の瞳は怨恨でぎらついていた。

信長が討たれたとの知らせを、備中の羽柴秀吉が知ったのは六月三日の夜である。床几《しょうぎ》に座って夕食を行儀悪くかきこんでいた秀吉は秀長から知らせを聞いて「あん!?」と飯を噴き出した。

「またまた！　嘘《うっそ》こいとるな」と言うが、秀長はゆっくり首を横に振った。

「まことに……？　まことにやってまったんきゃ？」

「上様は害されました」

秀吉は立ち上がりしばし呆然としていたが、やがてへなへなと腰砕けになり、床にしゃがみこんで号泣した。

「上様……なんちゅうこっちゃあ……！」

「うわあああ！」とひとしきり泣くと、けろりと上体を起こした。鉛のような目で秀長に指示を出した。

「今すぐ毛利と和議を結べ。高松城主の切腹で許したる」

毛利方に情報が伝わる前に動かなければならない。ここからは時間との勝負であなる。それから勢いよく立ち上がった。

「この猿が仇を討ったるがや。ただちに引き返《けぇ》して徳川家康の首を獲ったろまい！」

てっきり家康がやったと思い込んでいる秀吉を、秀長が慌てて訂正する。

「あ、いや……兄《にい》さま、違うんだわ」

「何があ！」

「やったのは徳川殿だなく、明智だわ」

「明智……」

「ああ」

「なるほどな。……ほんじゃあ、徳川殿はどこに？」

「わずかな連れと堺見物だとか」

秀吉の瞳が光った。

「こりゃ死んだわ」

連れの家来も少人数であろう。この機に家康を討とうとする者は後を絶たないはずだ。自分がやるまでもないと秀吉は予測した。

秀吉の考えた通り、堺を出た瞬間から、家康は追われていた。陸路で三河を目指すため、この日は宇治田原へ向かった。山の中を、家康、左衛門尉、数正、平八郎、小平太、万千代ら五十名ほどが、懸命に木々の間をかいくぐりながら全速力で走る。追うのは家康の首を狙った野伏《のぶせり》の集団である。野伏は落ち武者狩りや略奪などで利益を得ていた武装集団である。

必死で走る家康の脳裏に浮かんでは消える記憶は、信長とのものだった。安土城で取っ組み合いになったとき信長は言った。

「おお、そうじゃ、お前は俺の相撲の相手をすればよい」

市の話を聞いたあとで思えば、このとき信長は嬉しそうな顔をしていた。もつれて倒れ、横たわったまま信長は家康に計画を語った。

「家康よ、本当に難しいのはここからじゃ……戦なき世の政《まつりごと》は、乱世を鎮めるより困難じゃろう……この国のありすがたのためには、やらねばならんことが山ほどある……俺とお前でな」

そして信長は言ったのだ。

「俺のそばで、俺を支えよ」

ああ、あのとき語られた信長の思いを、どうして自分はもっと理解できなかったのか。家康は涙がこみ上げた。なぜ、信長は、もっと素直にならなかったのだ。信長という男に対する苛立ちと、後悔と、もはやどうしようもないという苦悩。それらにがんじがらめになり、

〈信長……信長〉

いつの間にか家康は心の声で信長の名をひたすら呼び続けた。

「家康じゃ！　家康に違いねえ！　首を獲れ！」

と野蛮な声が森に響き渡る。

野伏たちの襲撃をかわし、山道を転げるように走る。が、足場が悪く、たちまち野伏たちに押さえ込まれた。もうだめかと観念したとき、

「金をやる！　わしらの味方につけ！」

左衛門尉が金を地面にばらまいた。茶屋から預かった金である。野伏たちは目の色を変えて金に群がった。助かった、とその場を離れようとすると、野伏たちは家康たちを再び襲いはじめた。

「金を奪え！　家康も殺せ！」

野伏たちは餓鬼のごとく家康を追う。

「何じゃ、お前らは！」左衛門尉は悲鳴をあげた。

平八郎、小平太、万千代が刀や槍を振り回し次々に野伏を倒している。

「殿！」

家康を助けようと必死だが、どこから湧いてくるのか野伏たちは後を絶たない。

〈信長……〉

家康は押さえ込まれながら懸命にもがき、心の中で叫んだ。

〈信長ァ……！〉

ふいに家康に力が漲《みなぎ》ってきて、野伏を投げ倒した。

次々と襲い来る野伏を、家康は信長仕込みの体術を用いて投げ飛ばす。右に左に体を翻すたび、幼少期の信長との思い出が蘇る。

――あなたがいたからじゃ。

若き信長に相撲というういたぶりをされ、何とか食らいついていた日々。追い込まれて身につけた技。大高城で震え上がったこと。清須での対面。鷹狩。姉川の戦い。長篠をめぐる大喧嘩……。

――あなたに地獄を見せられ……あなたに食らいつき……あなたを乗り越えねばと……弱く臆病なわしが、ここまで生き延びてこられたのは……あなたがいたからじゃ。

だからこそ、今、ここで死ぬわけにはいかない。野伏たちを次々倒す家康は獰猛な虎そのものだった。家康の強い生命力の発露に平八郎、小平太、万千代たちも勇気凜々となり、山道で大暴れし、大人数の野伏を全員、打ちのめした。

戦いが終わり、はあはあと肩で息をしながら家康は家臣たちに声をかけた。

「皆、大事ないか」

「おう!」

「皆の者、誰も死ぬな! 生き延びるぞ!」

「おお!」

家康は家臣を連れて山道をひた走る。鬱蒼《うっそう》とする森のなか、かすかに差す光に向かって。

途中、山のどこかで狼の遠吠えが聞こえた気がした。それは少しかすれた切ない声である。家康はその声に心で応じた。

さらば……狼。
ありがとう、わが友。

第二十九章　伊賀を越えろ！

「まさか……我が殿が本当におやりになるとは……！」

浜松城の主殿の広間で、大久保忠世《おおくぼただよ》、鳥居彦右衛門元忠《とりいひこえもんもとただ》、平岩七之助親吉《ひらいわしちのすけちかよし》から、織田信長《おだのぶなが》が討たれたという報告を受けた於愛《おあい》は声を震わせた。いつも血色のいい顔からはみるみる血の気が引いていく。

信長に恨みがあったとはいえ、そんな大それたことを決断できるとはとうてい思えなかった。妙な興奮にぶるりと身震いし、座り直すと、彦右衛門が慌てて正した。

「あ、いえ、うちの殿ではありません。やりおったのは、明智光秀《あけちみつひで》のようで」

「明智殿？　どうして明智殿が？」

「さあ……」

「やれたからやった、までのことかと」

忠世が存外、軽い調子なので、於愛も気楽になり、

「あれはそんな顔よね……」とけろりと言いのけた。

光秀のやや辛気臭い、どこか執念深そうな目つきを於愛は思い浮かべた。それから、はたと首をかしげた。

「じゃあ、うちの殿は？」

「わかりません……明智は、殿のお命も狙いましょう」

徳川家康が危機的状況であることだけは確かだ。彦右衛門の言葉に於愛はまた気をもみはじめた。

「殿には、わずかなお供だけ！　丸裸じゃ！　やられちまうわ！　すぐに軍勢を引き連れて殿を助けに行こまい！」

と七之助が息巻く。しかし、

「事の子細もわからんのに、勝手に軍勢を動かすわけにはいかん」と忠世は慎重だ。

どうしたものかと一同は腕を組む。

「ともかく落ち着きましょう。物見をほうぼうに出して子細を集めて、城の守りを固めましょう」

於愛は気を取り直して、毅然と立ち上がった。

信長に続いて信忠をも討ち取り、光秀は瞬く間に京都を制圧した。敏い光秀は同時に朝廷の公家たちへの工作も開始し、手際良く次の天下人への足場を固めていく。すっかり気の大きくなった光秀は、琵琶湖に面した居城の坂本城《さかもとじょう》へ戻り、食事をしていた。

目の前にはぐつぐつ煮立つ鍋がある。

「首を持ってきた者には、褒美の金に糸目をつけんと日本中に触れ回れ。天下人、惟任日向守《これとうひゅうがのかみ》光秀の命じゃとな」

光秀は煮立った鍋の中身を箸でつつきながら舌なめずりをした。

「逃げる三河の白兎、焼いて食おうか煮て食おうか、皮をはいで塩ゆでか」

柴田勝家《しばたかついえ》は北陸、羽柴秀吉《はしばひでよし》は中国と、信長の重臣たちは遠方にいる。目下の難敵は家康のみと光秀は考えていた。それもすでに手は打ってある。家康の首級《しゅきゅう》を獲れと号令を発したので、多くの者たちが家康の命を狙っているはずだ。光秀はのんびり待てばよいと考えていた。

六月五日、光秀は信長の安土城へ入ると、信長の財宝を家臣に分け与えた。家来たちに「これからの世に、大事なのは学問じゃ。学あらば、不毛の争いもなくなろう。わしが日ノ本を統《す》べたる暁にはな、民百姓にいたるまで、読み書きを……」

と説いていると、家来が駆けつけてきた。

「申し上げまする！　徳川家康が首級、持参いたしましてござりまする！」

「これへ」と光秀は低い声で言った。

持ち込まれた首桶をわくわくしながら覗き込む。

「ほお……これは、首違いぞ」

中に入った首級は家康ではなかったが、これもまた味わい深い首よと、光秀はしげしげ眺めた。

野伏《のぶせり》の集団に追われていた家康は、一時は全員をなぎ払いながらも、新たな野伏が現れてまた格闘を繰り返していた。町では、茶屋四郎次郎が「徳川様のことは黙っとれ！　金ならやるから黙っとれよ！」と町人たちに金をばらまいていたが、その効果もわずかばかりで、噂は勢いよく広まっていたのである。

逃げても逃げてもきりがない。それでも、家康、酒井左衛門尉忠次《さかいさえもんのじょうただつぐ》、石川数正《いしかわかずまさ》、本多平八郎忠《ほんだへいはちろうただ》勝《かつ》、榊原小平太康政《さかきばらこへいたやすまさ》、井伊万千代《いいまんちよ》らは走り続ける。逃げ続ける彼らを襲う野伏たちの足元に音を立てて手裏剣が刺さった。とんとんとん！　と小気味よく、野伏たちの首にも手裏剣が刺さる。半蔵と大鼠ら服部党が駆けつけて来たのだ。

「殿！　こちらへ！」

半蔵たちの声に、

「半蔵に続けー！」

と家康は号令をかけながら走った。

だがひとり、平八郎だけは走りながらも「大丈夫か」と心配した。なにしろ、あの頼りない半蔵である。

とりあえず追手を巻き、村に入った。野伏の襲撃を退けたあたりですでに金も底をつきはじめていたため、半蔵と大鼠たちが食べ物を盗み出しに農家に向かう。村人に見つかり「盗人ー！　盗人じゃー！」と追いかけられるが、背に腹はかえられない。それほど家康一行は食い詰めていた。農民に変装して、ようやくたどり着いた木津川を渡るにあたっては、平八郎が船頭を締め上げて「船を出さんかァ！　渡り切ったらすべての船を壊す！　船を出せ！」と脅して無理やり渡った。そのむちゃくちゃさは、野伏の野蛮さとさほど変わらない。

木津川を渡り、六月二日は無事に宇治田原にたどり着いた。堺から十三里（約五十二キロメートル）をひた駆けたことになる。

翌三日、宇治田原を出て朝宮（滋賀県甲賀市）に差しかかった頃には、家康、左衛門尉、数正、平八郎、小平太、万千代、数人の家来と伊賀者たち一行は疲労困憊していた。草鞋《わらじ》は破れ、あちこち傷だらけで、暑さと飢えと疲労でぐったりとしている家来も多い。それでも数は減らず、皆、ついて来ていた。

平八郎は家康の傍らから片時も離れず、慎重に周りを見張っている。そこへ半蔵と大鼠ら服部党が奪ってきた野菜を家康に差し出した。「こんなもんしか」と申し訳なさそうな半蔵に、家康は「ありがたい」と丁寧に感謝して、やせた大根にかじりついた。だが一口かじっただけですぐ家臣たちに回す。皆、拝受して一口ずつ食べた。家康は野菜を大鼠たち服部党にも「食え」と渡した。大鼠が目で半蔵をうかがうと、半蔵は黙ってうなずくので、服部党も奪い合うようにして食べた。

このままでは身が持たないと半蔵は判断し、

「殿、伊賀越えで参りましょう」と提案した。

「それが一番早うござる」

だが、一同の表情に不安の色が浮かんだ。

「大丈夫なのか？　あそこは、織田様との戦でひどいありさまと聞いておる」

数正は眉をひそめた。

「伊賀の国は、我が服部家の故郷。こ奴らの親や祖父母の故郷でござる。伊賀に入れば安心」

半蔵は自信満々に大鼠たちを目で示すので、それもそうかと左衛門尉は「どれほどかかる？」と訊いた。

「御斎峠《おとぎ》を走り抜けば、丸一日半」と半蔵は迷いがない。

「伊賀越えか……」

やはり左衛門尉は気が進まないふうでちらと数正と見合った。

「途中、夜を過ごせるところはあるか？」と小平太が半蔵に訊ねた。

「この先に小川城《おがわじょう》が」

「ああ、多羅尾《たらお》殿か」

と家康が安堵の表情を浮かべた。信楽《しがらき》の地にある小川城主の多羅尾光俊《みつとし》は甲賀衆の親玉で、戦の折、何度か徳川を手伝ったことのある人物だ。

だが平八郎は、「今度も力を貸すとは限らん」と半信半疑の様子だ。

すると、半蔵がいつになく真剣な顔で反論した。

「甲賀者と伊賀者は、忍び同士、困ったときは助け合う」

一瞬、希望の光が差した気がしたが、

「そうなのですか？」と万千代が訊ねると、

「こともある」

と半蔵は付け加えた。やはりいつもの半蔵である。皆が苦笑していると、家康は、

「頼るしかない」と覚悟を決めて立ち上がった。家康がそう言うならと皆もしぶしぶ立ち上がった。

それでも心配は消えない。左衛門尉と数正は阿吽《あうん》の呼吸で、家康の前へと進み出た。

「殿……追手を欺くため、三手に分かれましょう……私は、信楽から近江路《おうみじ》を」と左衛門尉、

「私は、桜峠《さくらとうげ》を」と数正が神妙に提案した。

「近江路は遠回り、桜峠は人目につく。危のうござる」と半蔵が口を挟むが、「それでよい」と押し切った。ふたりがおとりになる覚悟をしていることに気づいて平八郎が「おとりならば、俺と小平太が」と身を乗り出した。

「左様、左衛門尉殿と数正殿はなくてはならんお方、殿のおそばに」と小平太も続いた。が、数正と左衛門尉の決意は固い。

「打ち明けてしまえばな、我らはもうお前たちほど速く山中を走り抜くことはできん……足手まといになろう」数正が言うと、

「平八郎、小平太、万千代……これからは、お前たちが殿を支えてゆくんじゃ」と左衛門尉も続けた。「お前たちに任せる」

数正と左衛門尉に交互に見つめられた平八郎、小平太、万千代は感極まりながらうなずいた。三方ヶ原の戦いのような別れはもうたくさんだと思いながらも、順番というものがあるのだとも感じる。

「殿……どうかご無事で」

「これまで長い間、殿のおそばで……」

左衛門尉と数正の別れの言葉を、

「そんなことは言うな！」と家康は遮った。

「死んだら許さんぞ。伊勢、白子《しろこ》の浜で待つ！　必ずや落ち合おうぞ！」

家康の言葉に深くうなずいて、左衛門尉と数正は半蔵ら服部党一同に言い含めた。

「半蔵、お前たちが頼りじゃ。服部党、一世一代の大仕事と心得よ」

「やり遂げれば、末代までの誉れとなろう」

半蔵たちはごくりと唾を呑んだ。それぞれの家来たちを率いて立ち去る左衛門尉と数正を見送りながら、大鼠が半蔵にそっと呟いた。

「これが……俺の最後の仕事と心得る」

大鼠同様、半蔵も覚悟を決めて、ぐっと拳を握った。

「御一同、参ります」

半蔵は家康に合図し、勢いよく飛び出した。家康たちも後に続いた。

朝宮から御斎峠を目指して南下し、山間に建つ小川城に着いたのは夕刻だった。夕焼け色に染まった田畑に囲まれた極めて簡素な山城である。

「ようおいでなさった！　どうぞ城にてお休みくだされ！　どうぞぉー！」

家康たちを迎えた城主の多羅尾光俊は城主というよりは盗賊の親玉ふうで、家来たちも揃って野趣にあふれていた。その姿を見て、まず万千代が「あれはまずいでしょう」と小声で言った。

「うさん臭い。罠だ」と平八郎もいやな予感を覚えていた。

「引き揚げたほうがよいでしょう」と小平太も同意する。三人揃って反対するので家康も腰が引けてきたところ、「あ、あいつは……」と大鼠が指を差した。

城の奥から、食料を持った者たちが出てきた。その先頭にいる人物に半蔵は見覚えがあった。

「昔、上ノ郷を攻めたときにともに戦った甲賀者でござる……何という名だったか」

しばし頭を捻った末、甲賀衆の伴与七郎《ばんよしちろう》だと思い出した。

「信用できるか？」と家康が訊くと、半蔵は口をへの字にする。代わりに大鼠が忌々しげに言った。

「あのときの手柄は全部持って行きやがった」

服部党にはいい印象のない与七郎が愛想良く、器を両手に掲げた。

「ご案じなさるなー！　炊き立ての赤飯《あかめし》でございますぞー！　さあ、冷めないうちにー」

炊き立ての赤飯のにおいに腹をすかせた万千代は心惹かれたが、ぐっと堪えた。

「卑怯者め！」と小平太も腹が鳴るのをじっと耐えていると、

「干しいちじくも、たーんとたーんとありますぞー！」と与七郎はさらに続けた。

「ほ、干しいちじく……何と卑劣な！」と平八郎はよだれを拭う。

「わしらが毒見してきます……不穏な動きあらばすぐお逃げくだされ」

半蔵は意を決して家康に許可をとると、大鼠を伴ってゆっくり城門へと向かった。家康たちが心配げに見守るなか、半蔵と大鼠は与七郎と挨拶を交わし、警戒しながら赤飯をひと口――。

しばしの間があり、ふたりはなんともない様子で、次に干しいちじくもひと口。とくに何も起こらない。ふたりは再び赤飯を食べ、いちじくもかじる。赤飯、いちじく、赤飯、いちじくとただ夢中でむさぼりはじめた。その様子を遠くから見ながら、

「毒見ってあんなに食うもんでしたっけ」

と万千代は首をかしげた。

「徳川様、なくなりますぞー！」

与七郎が家康に向かって声をかけた。

もはや我慢できなくなってきた家臣たちは、懇願するように家康をうかがう。

「行こう」

家康が許可すると、一同、一斉に猛然と駆けだした。とりわけ、平八郎と小平太は、「全部食うな！」「残しとけ！」と叫びながら先を争うようにもつれあいながら走った。それだけ腹が空いていたのだ。

小川城の広間に案内された家康たちは、赤飯や干しいちじく、そのほかの食べ物を腹いっぱい食べた。その様子を笑顔で見つめながら光俊は、自らかいがいしく白湯をふるまった。

「えらい目に遭いましたな、夜具も今かき集めております、今宵《こよい》はぐっすりお休みくだされ」

与七郎が家康たちの着替えを持ってきた。

「明日は、皆様これにお着替えなされ、山伏の装束でござる。大勢で旅をしていても怪しまれんでしょう」

「かたじけない、何から何まで」

家康は丁寧に頭を下げた。

「上ノ郷の戦功で、我ら、大いに名を上げさせてもらいましたからな、恩返しでござる」

そう言う与七郎の目が笑っていないような気がして、家康たちは少し身を固くした。その気配に気づいたか気づかないかはわからない。光俊が考え込む顔になった。

「しかし、いかがなもんじゃろなあ……伊賀を越えると言うのは」

「いけませんか？」

「お勧めしませんな」

「我が服部家は伊賀の名家。我が父は、かの地の名士でござった」

と胸を張って言う半蔵だったが、

「半蔵殿、伊賀に行かれたことは？」と与七郎に訊かれると、
目を逸らして黙り込む。

「え、ないのか？」と驚く家康に半蔵はやや気まずい顔をした。

「大鼠、お前らはあるんだろう？」と平八郎が訊くと、大鼠も首を振り「おとうの代に捨てた」と言う。するとほかの服部党の者たちも一斉に首を振った。

「あそこはもともとめちゃくちゃなところ。それが織田様との戦で、さらにめちゃくちゃになって

ござるぞ」と光俊は心配して言った。

「皆、織田様を心底憎んでおる。腕利きの軍師を雇って戦に備えておるそうじゃ」

「軍師？」と平八郎はぴくりとなった。

「松永久秀《まつながひさひで》やら名だたる武将のもとを渡り歩き、信長相手に見事な戦を幾度もしたらしい」

「そんな奴が……」と小平太も身を引き締めた。

「戦をする気満々でござる。そんななかに、織田様のお仲間である徳川様が入り込めばどうなるか……」

与七郎の言葉に家康は不安になって、半蔵の顔をうかがった。

「我が殿は、伊賀から逃れた伊賀者を数多くかくまいなさった。その御恩があるはず」

半蔵は言うが、

「御恩……伊賀にそんな言葉があるかのう」と光俊は懐疑的である。

「半蔵、その伊賀から逃れてきた者らはここにおらんのか？」

小平太の問いに半蔵は服部党を見渡した。

「おらんくなった……信長様が討たれたと知ったとたん、散り散りに逃げた」

家康たちは呆然となった。半蔵の提案に乗り迂闊《うかつ》に伊賀越えを目指したことへの後悔がよぎる。

「それが伊賀者でござる」と与七郎。

「悪いことは申さぬ。伊賀を避け、近江路を通りなされ。そのほうが安全。ともに参りましょう、わしらがしかとお守りいたします」

光俊に勧められ、家康は次第に考え直そうかと思いはじめていた。

その夜、広間で雑魚寝をしている家康たちは疲れているにもかかわらず、誰ひとり熟睡できなかった。まんじりともしないで横たわっていると、廊下から光俊と与七郎たちの声が聞こえる。耳をそばだてても内容は聞こえなかったが、家康たちは寝ているふりをしながら警戒を強めた。

家康は寝転がったまま、半蔵を近くに招いた。

「どう思う？」と意見を求めていると平八郎も寄って来た。

三人は頭を寄せ、話し合う。

「近江路へは、左衛門尉殿が向かわれたはず」と平八郎が言うと、

「どうも親切が過ぎるかと」半蔵は疑っているようだ。

「というと……罠だと？」

平八郎も眉をひそめる。

「左衛門尉殿には気の毒でござるが……道中に明智方の手勢が待ち受けておるものと。山伏の装束は、目印」

「本当にただの親切かも」

平八郎は半蔵の考えすぎではと言う。

「忍びという連中のことは、わしが一番よう知っとります……長居は無用」

人一倍馳走になっていたくせによく言う、と家康も平八郎も思ったが、それこそが忍びと思うとむしろ信憑性があった。

翌朝、山伏の姿をした光俊と与七郎は、家康たちの寝室の前であんぐりと口を開け立ち尽くした。部屋はもぬけの殻で、せっかく用意した山伏の装束だけが残されていた。装束の一番上に、家康の

手紙が一通。それを読んだ光俊と与七郎は顔を見合わせた。

「三河にたどり着いたら、褒美を下さるそうじゃ」

「たどり着けましょうや」

「伊賀に行ったんなら、無理じゃろう」

ふたりは気の毒そうに呟いた。

六月四日、炎天下の御斎峠を青息吐息で家康、平八郎、小平太、万千代、半蔵、大鼠らは登った。山伏の格好こそしていないが、誰が家康かわからないように皆、等しく粗末な格好をしている。峠から眼下を見下ろすと伊賀の国が見えた。

「要は、このわしに徳があるかどうかじゃ。わしに徳あらば、天が我らを生かすであろう」

家康は深呼吸して「いざ行かん」と、先頭に立って急な崖を一気に駆け下りた。

一か八か、賭けるように踏み入れた伊賀の地はやはり荒廃していた。信長の支配下にあるとはいっても、まとめられる領主もおらず、家々が独自に砦を築いて自衛する、まさに修羅の地の様相を呈していた。半蔵たち服部党に先導され、家康たちは足早に進む。が、照りつける太陽のもと急速に水分が奪われ、脱水状態となってきた。足元がふらつく小平太を平八郎が支えたとき、ふと背後に気配を感じた。

「どうした?」小平太に訊かれるが、

「いや……」と平八郎は確信が持てない。

気のせいかもしれないと黙々と進む。だが、また立ち止まった。周囲に人の気配があるのだ。家臣たちは家康を守るように取り巻いた。ザザッと音がして、足元の草むらから飛び出してきた人影に、服部党の一人が斬られた。はっとなってあたりを見回すが人影はない。にもかかわらず、一人、二人と、服部党が斬られて倒れていく。あれよあれよという間に、地面から忍者装束に身を包んだ者たちが無数に飛び出してきて一行を襲いはじめた。必死に応戦しながら半蔵が叫んだ。

「待て！　よう聞け！　わしは服部家の者じゃ！　服部……待て！　わしは服部半蔵……聞け！　服部半蔵正成《まさしげ》……聞け！　服部じゃ！」

呼びかけもむなしく、忍者たちは容赦なく襲ってくる。手裏剣、撒き菱、鉤縄など様々な道具を駆使して家康たちを生け捕りにしようとする忍者たちは野伏よりも手強い。平八郎たちでさえ苦戦を強いられた。万千代と小平太が必死に向かっていく。

「くっそぉ！」

「こんな奴らに討たれてたまるか！」

苦戦する平八郎たちを、近くの樹の上から見物している人影があった。

「伊賀の山中で、さむらいごときがわしらに勝てるかよ」

獣と見紛うような長い毛を伸ばした老忍者は不敵に笑った。その名を百地丹波《ももちたんば》という。丹波の言う通り家康たちは苦戦していた。

「半蔵、ここは我らが引き受ける！　殿を連れて逃げよ！」

今こそ、主君のために命を賭《と》する時とばかりに平八郎は叫んだ。

「服部党が殿を三河までお連れせい！」と小平太も覚悟を決めた。

「なに、忍びごときにやられはしませぬ。さあ来い！」

万千代も勇んで敵に向かっていく。

「承知！　殿！」と半蔵に誘《いざな》われ「すまぬ！」と駆けていく人物が家康であると、丹波は目星をつけた。

家康たちが走る途中、ふいに足がすくわれた。ずささっと地面に仕込まれた網にからめ取られた家康は宙に吊り上げられた。続いて半蔵、大鼠ら服部党も次々に吊り上げられた。忍者たちが現れ、網ごと抱えてどこかへ運んでいく。

着いた場所は丹波の屋敷だった。家康、半蔵、大鼠、服部党たちはそこで網から出されると今度は縄で縛られ、牢に押し込められた。檻の前で丹波とその配下の伊賀者たちが、家康たちから身ぐるみはいだ持ち物を物色している。

「大したモン持ってねえな……徳川家康ってのは、こんなもんか」

丹波は、家康の懐から奪った木彫りの兎を手に取って「なんじゃこりゃ」と乱暴に床に放り投げた。

家康は一瞬険しい顔になったが、その様子を黙って見つめる。

「徳川家康とは何のことじゃ……我らは旅の者」

半蔵がとぼけるが、丹波は大笑いして家康の前に立った。

「おめえじゃろ、家康は。わしゃこの伊賀の頭領、百地丹波ってもんだ」

「わしが家康だったら、何とする？」

「無論、その首を明智光秀様にくれてやるのじゃ。憎き信長を討ち取ってくれたんじゃからな」

半蔵が家康を守るように丹波の前へにじり寄った。

「百地殿……わしは、服部家の者じゃ」

「あ？」

「服部半蔵正成。父は、服部半三保長《やすなが》。ご存じであろう」

「知らん」

「その息子じゃ！」

「知らん奴の息子は知らん」

「服部家の縁者を呼んできてくれ！」

半蔵が哀願すると、丹波はそばにいた少しぼんやりした人物を指した。「そいつは服部じゃ」

そこで半蔵は「服部保長、知っておろう！」と自信満々で訊いた。

ところが、その者はゆっくりと首を振った。

「服部家は、伊賀の名家だと父から聞いておる！」

と半蔵はすがるように言うが、その者は首を振るばかりだ。

「そうでもねえ」と丹波が嘲笑う。

これまで信じていたことが音を立てて崩れていく。半蔵はがくりと肩を落とした。

助け舟を出すように大鼠が大声を出した。

「おい、徳川様はな、ここから逃げた伊賀者を大勢かくまってくださったんだ」

「それがどうした」と丹波はどこ吹く風という様子だ。

「恩があろう」

「聞かぬ言葉じゃな」

「俺の親たちは、穴ぐらで虫食って暮らしとった……でもこの殿が、まともな暮らしができるようにしてくださった……！　俺たちを人並みに扱ってくださったんだ」

大鼠の言うことに丹波は一瞬、ぴくりとなったが、すぐにふんっとそっぽを向いた。

「そういう話は、むしずが走る」

丹波が不愉快そうに配下に目配せすると、伊賀者たちが牢に入り、家康を引きずり出した。「やめい！」と半蔵は叫び、大鼠が伊賀者たちに噛みついた。が、いとも簡単に倒された。家康は乱暴に丹波の前に放り出された。

「さぞいい銭になることじゃろうて」

丹波は刀を抜くと、首をめがけて振りかぶった――。

その刹那、「やめい！」と半蔵が再び叫んだ。

「そいつは家康じゃない！　わしじゃ！　わしが家康じゃ！」

「おめえは服部じゃろう」と丹波は笑った。すると今度は、大山犬が吠えるように叫んだ。

「わしが家康じゃ！」

続いてましらが「わしじゃ！」

猪之助も「俺じゃ！　俺じゃ！」

服部党の者たちが口々に自分が家康だと喚きだした。

明らかに女性の大鼠までが「俺が家康じゃ！」と言うものだから、丹波はうんざりし、「もうえぇわ」と相手にしない。家康を押さえつける力を強めた。

家康は観念した。

「わしが……家康じゃ」

「知っとる」

「わしの首をやる……だからほかの者は見逃せ」

そのとき、男がひとり、ふらりと牢に入って来た。

「おお、軍師殿、ようやく見えられたか」と男に向かって丹波はにんまりとする。

「見てみい、徳川家康をとっ捕まえた。いい金になるぞ」

丹波が親しげに話しかける男の顔は無精髭で覆われている。扇子でぽんぽんと肩を叩きながらのっしのっしと歩いて来る姿を目にして、半蔵や大鼠は言葉も出ないほど驚いた。

男は澄まして、うなだれた家康の前に立つと、顔を無遠慮に覗き込んだ。そしておかしそうに言った。

「こりゃ驚いた、本当に家康だ。こんなところで会おうとは。……みじめな姿じゃのう」

家康も男の顔に目を見張った。

「軍師……てのは……お前か」

半蔵が声を絞り出すように言った。

家康もようやく声が出た。

「本多……正信《まさのぶ》……」

軍師と呼ばれる男は、本多正信だったのだ。

「百地殿、間違いなくこいつが徳川家康じゃ。わしは昔々、こいつのもとにもおったからな」

正信はニタニタと笑いながら家康を扇子で小突いた。

「ひでえ主《あるじ》でな、寺に戦を仕掛けたんじゃ。わしは許せんかった……道理が通らん！　よって御仏のためにこいつに鉄砲を向けた。あと一歩まで追い詰めたが、無念。三河を追放されたんじゃ……今でもこのろくでなしを心底恨んどる！」

半蔵も複雑な思いで正信を見つめた。三河一向一揆の際、一向宗の側につき、家康から追放に処された正信。本来なら死罪のところ、家康の采配で追放で済んだのである。だが、その恩も忘れたように正信はしれっと、

「家康、憐れじゃなあ、こんなところで伊賀者の手にかかって終わるとは。最も情けない死に方をした大名として名を残すであろう」と笑い、「さあ百地殿、やるがよい」と促した。

今度こそ、と丹波が刀を振り上げた瞬間、正信が囁いた。

「妙な噂が広まっとるが気にすることはねえ」

百地は手を止めた。

「妙な噂？」

「ん？　気にするな、やれ」

「何のことじゃ」

「知らんのか？　知らんならいい、やれ」

「言え」

「根も葉もない噂よ、信長が生き延びたっちゅう」

はっと家康は顔を上げた。丹波も険しい顔をした。

「馬鹿な話じゃ、嘘に決まっとる。覚悟せい、家康！」

正信に言われ、丹波は気を取り直して刀を振りかぶる。が、またしてもそこへ正信が話しかける。

「信長の首が出とらんのは確かなことだがな」

丹波はまた手を止めた。

「寺と一緒に灰になっちまったんだからそりゃそうだ。生き延びたなんてあり得ん。ほれ、やれ」

だが丹波は心配になってきて、

「もし……万が一、生き延びとったら、どうなる?」

と訊ねた。

「あ? そんなことはありゃせんわ」

「万が一じゃ。どうなる?」

「信長が生きとったら……そりゃあ、明智につく奴なんぞおらんからな、あっちゅう間に明智は信長に滅ぼされよう」

丹波のやる気は徐々にそがれていく。その様子を家康や半蔵たちは固唾を呑んで見つめていた。

あいも変わらず口が達者な正信は、まくしたてた。

「そこに家康の首が届いたら……まあ、えらいことだわな。こいつは信長の弟分だからな。信長は今度こそ間違いなく伊賀の国を滅ぼすじゃろう」

丹波は半信半疑で聞き入っている。

「ま、そのときのためにこのわしがおる! 安心せい、勝ってみせるわ。逆に、もし家康をここで助ければ、信長はもう二度と伊賀に手出しせんじゃろう。それどころか手厚く守るじゃろうな」

丹波は、配下の伊賀者たちと思わず顔を見合わせた。

「だが信長は死んだ! 死んだに決まっとる! 首は出とらんが! さあ、やれ」

丹波は振り上げた腕を下ろした。

「早うやれ、わしはこいつを憎んどるんじゃ」

そう言われても丹波は動かない。

「おぬしがやらんなら、わしがやる！　貸せ！」

正信が手を出した。丹波は探るように正信を見ていたが、やがて呆れたように、ふ、と笑った。

そして家康に訊いた。

「あんたはどう思う？　信長は生きとると思うか？」

家康はすぐには答えず、少し間を置いて答えた。

「死んでいると思う」

その瞳は真実を語っているように澄んでいた。

「だが、首が出ていないのは確か。だから織田の家臣らが信長は生き延びたという噂をさかんに振りまいとるんじゃろう。そのせいで、皆しばらく様子を見るほかない。即座に明智に味方する者は現れぬ。……明智は何としても信長の首を獲らねばならなかった。奴はしくじったんじゃ。天下は取れぬと思う」

家康の言葉には正信とは違う重みがあり、丹波は聞き入った。

「わしに明智を討たせよ。わしに恩を売れ。おそらくそれがおぬしにとって最も利となることじゃ」

家康は腹から声を出して言った。

しばらく考えていた丹波だったが、おもむろに刀を振り上げ、家康に向けて振り下ろした――。

ああ、と誰ともなく絶望の声が漏れた。

ぱさり、と床に落ちたのは、家康を縛っていた縄であった。

「賢い物言いじゃ。軍師殿が惚れ込むだけのことはある。その口車に乗ってやる。おぬしに賭ける」

丹波はそう言うと、投げ捨てた木彫りの兎を拾うと家康にしかと握らせた。丹波が放り投げたときの家康の目つきに何かを感じ取ったのだろう。

ほどなくして伊賀の山腹から狼煙《のろし》が上がった。狼煙を上げたのは、丹波である。そこには旅支度を整えた家康と半蔵らがいた。

「これで、我が配下の伊賀者がおぬしらを守るじゃろう」

「かたじけない」

家康は言うと、正信に向き直った。

「正信……なぜわしを助けた?」

「身をもって伊賀者を助けようとする殿様などはじめて見ました。……なかなかの主になられたようじゃ」

そう言うと正信はにやりと笑った。

丹波の配下の伊賀者たちが、捕まえていた平八郎、小平太、万千代らを連れてきた。三人はうなだれていたが、家康の顔を見るなり、「殿、ご無事で!」と嬉しそうに顔を上げた。

「ああ、こ奴に助けられた」と家康が紹介する。

「よお、久しぶり」

ぬけぬけと、片手をあげて挨拶する正信を見て、

「あ!」と平八郎と小平太は腰を抜かすほど驚いた。

「お前、何でこんなところに……！」と平八郎は食ってかかる。

「誰です？」と万千代が小平太に訊ねた。

「嫌われ者のイカサマ師よ」

「偽本多じゃ！」

平八郎は正信に向かって、いーっと歯を剝き出した。正信は気にせずにやにやしている。

かくして家康は伊賀越えを果たした。六月四日には、織田の勢力圏内である、伊勢湾に突き出した紀伊半島東岸の白子浜（三重県鈴鹿市）にたどり着いた。すっかり日が沈んだ頃、へとへとになってたどり着いた家康、平八郎、小平太、万千代、半蔵、大鼠らと正信は砂浜に倒れ込んだ。

「ここまで来ればもう安心」と半蔵は海を見つめた。

海の向こうは三河である。船さえあればすぐだ。平八郎が疲れた体に鞭打って「よし、借りて参る」と立ち上がると、

「もう船は手に入れてある」と声がした。

振り返れば、数正が夜風に吹かれてこちらに向かって来る。隣には左衛門尉の姿もあった。

「待ちくたびれましたぞ、殿」

と左衛門尉が人懐っこい、いつもの顔で笑っている。

「左衛門尉……数正……！　無事であったか！」

と家康もようやく笑顔になった。

「はあ、敵にも合わず、すんなりとここまで」

「私など、途中、寺で風呂にまで入れてもらいまして、実にありがたいことでございました」

左衛門尉と数正の言葉を聞いて平八郎は、

「半蔵、やはり多羅尾は、ただの親切だったのでは」と言いだした。

「これでは我らがおとりになったようなもの」と小平太も半蔵に詰め寄った。

「まあ、よいではござらぬか、こうして皆、無事に生き延びることができたのですから」

小平太と半蔵の間に正信がするりと入って取りなした。

「左様、正信の言う通り……」と深くうなずいた左衛門尉だったが、一瞬間を置いて、

「正信！」と目を剝いた。

「お、お前……なにゆえ……！」

と数正も幽霊でも見るような目つきである。

「お天道様のお導きでございますかな」

と暢気に返す正信を半蔵は、

「舌先三寸で伊賀に潜り込んで、ただ飯を食らっておっただけじゃろうが」と揶揄した。

「相変わらずのイカサマ師じゃ」と苦笑いする左衛門尉は呆れながらも、内心、正信との再会を喜んでいることは、はた目にもよくわかる。

正信は旧知の者たちに未練はないとばかり「では、それがしはこのへんで」とその場を去ろうとしてくるりと振り向くと、

「無論、今さら殿のもとへ帰参できるとは露ほども思っておりませんのでご心配なく。それがしは三河から追放された身ですから！」

といつもの調子で話しはじめた。

「ん？　ん？　今殿がおわすのは、三河ではなく遠江浜松！」

平八郎たちは「おいおい」「そ、そんなへ理屈が通るか」と騒然としだす。家康だけは愉快になってあっさり追放を解いた。

「気が向いたら浜松へ来い。もう一度鶏の世話係からでよければな」

「鷹の世話あたりからなら、そのうち」

素直ではない正信はそう言うと、肩で風切るようにして去って行った。

戻って来てくれるのではないかという期待をそがれ、左衛門尉たちは「はあ〜」と嘆息した。

家康は正信を見送ると、黙って膝をつき控えている半蔵に声をかけた。

「半蔵、こたびのことは何より、そなたら服部党のおかげ。皆に褒美を取らす。半蔵、おぬしも今日から立派な武士じゃ」

すると半蔵は「わしははじめからずっと武士でござる！」と真顔で言った。

とはいえ褒められてまんざらではない半蔵は大鼠の肩をなれなれしく抱いた。

「ま、わしもこれで側室くらいは……」

ところが言い終わる前に大鼠の強烈な肘打ちが半蔵のみぞおちに炸裂。いつまでたっても半蔵の気持ちは報われない。

六月五日、岡崎城の主殿の廊下を七之助が飛ぶように駆けて来た。

「殿がお帰りじゃ！　殿、お帰りじゃー！」

数正から知らせを受けて岡崎城で待機していた長丸と福松を連れた於愛、忠世、彦右衛門たちは廊下を滑るように進む。その目の前を、家康、左衛門尉、数正、平八郎、小平太、万千代らが前進してくる。

於愛は息子たちと一緒に家康に抱きついた。

「殿！　よくぞご無事で！」

「心配をかけたな」

「よかった……まことによかった！」と彦右衛門はむせび泣いた。

喜びもつかの間、忠世が静かに伝えた。

「殿……穴山梅雪殿が討たれたとのことにございます」

「穴山殿が……」

実は、家康の首と伝えられ、光秀のもとへ送られた首桶の中にあったのは梅雪の首であった。家康と別れたあと、何者かに襲われたのだ。

左衛門尉がしみじみと言った。

「おかげで我らは助かったのかもしれませぬな……」

運命の分かれ道を家康たちは深く感じた。あのとき、もし、違う道を行っていたら……。

「明智を討たねばなりませんな」と数正に言われ「うん」と家康は強くうなずいた。

「信長様と穴山殿の仇討ちじゃ」と平八郎、

「明智の首を獲った者が次の天下人かもしれぬ」と小平太、

「殿を天下人にしましょうぞ！」と万千代も言う。働き盛りの武者たちは気炎を上げた。

だが家康には、光秀を討ち信長の仇を取ることは叶わなかった。その頃、街道を怒濤の勢いで行軍する軍勢があった。旗印は五三桐紋である。光秀を討つため、秀吉は備中高松から京に向けて凄まじい速さで舞い戻ったのだ。しかも二万人もの軍勢を引き連れていた。

六月四日、高松城主の切腹を条件に講和を結んだ秀吉は、五日には姫路に向かった。驚異的な速さで軍勢を進めると、六日には姫路に到着、軍備を整えた上で九日出発すると、十一日には摂津尼ヶ崎に至った。秀吉は信長の家臣たちを集め十二日には富田《とんだ》に着陣した。

十三日、摂津国と山城国の境である山城山崎（京都府大山崎町）の天王山で秀吉軍と光秀軍が激突した。不利になった光秀は近江坂本城に逃げ戻る途中、小栗栖《おぐりす》で落ち武者狩りに遭った。

「信長より……わしのほうが……うまくやれたんじゃ」

光秀はそう恨みごとを呟きながら、村人たちの繰り出す無数の槍に刺し貫かれた。

ほどなく、近江三井寺《みいでら》に陣を置いた秀吉のもとに家来が首桶を持って来た。

献上された首桶を開け首実検した秀吉は、目を三角にして、にたあと笑い、首に向かって親しげに語りかけた。

「明智殿、今まで一番ええ顔しとるがね」

明智光秀が信長を討ってから、わずか十一日後のことであった。

第三十章

新たなる覇者

織田信長《おだのぶなが》の仇を討つべく、明智光秀《あけちみつひで》討伐に向かう用意を整え、尾張まで軍を進めた徳川家康だったが、のちに「中国大返し」と呼ばれることになる羽柴秀吉《はしばひでよし》の大業に完全に先を越された。攻略中だった備中高松から五十里（約二百キロメートル）以上をわずか七日間ほどで、それも二万人の大軍を引き連れて山城まで戻った功績は一躍注目された。

天下一統を目前にしていた信長のあとを継ぐのは誰なのか。次なる覇者が求められていた。

天正十年（一五八二年）六月二十一日、浜松城へ戻った家康は、一息つこうと、浜松城の居室で手ずから薬を煎じる。それを於愛《おあい》とともに飲みながら世間話をすることが、家康には大切な時間だった。こんがらがる頭の整理にちょうどよいのだ。

「しかし……秀吉が明智を討つとは思っておらんかった」

「では、秀吉殿が次の天下人に？」

「まさか。天下は織田家のものじゃ、秀吉とてそこまで図々しくは……」

ふん、と家康は鼻で笑った。

「でも、力ある者が統《す》べる世でございましょう？」

於愛の言うことはもっともで、家康は少し不安になった。山崎の合戦での秀吉の戦いっぷりはなかなかのものだったと聞く。

「もしそんなことになったら……」

「なったら？」

家康は想像をめぐらせた。秀吉の人となりはよく知っている。趣味の決してよくないきらびやかな大広間に美しい女性たちを大勢はべらせた秀吉がご機嫌で、

「この世のおなごは、みーんなわしのもんだがや！」

と叫んでいる――。そんな光景が頭に浮かんだ。

「世はめちゃくちゃじゃ」

家康は頭をぶるんぶるんと振って、酒池肉林の妄想を打ち消そうとする。が、秀吉のにかっと笑った三角の目がこびりついて離れない。慌てて、茶を飲んだ。

一方、秀吉は、着々と事を進めていた。六月二十七日、信長の天下一統への道のはじまりでもあった清須城に織田家臣たちを集めた。信長の後継者を取り決めるためである。世にいう「清須会議」だ。柴田勝家、丹羽長秀《にわながひで》、池田恒興《いけだつねおき》（勝入《しょうにゅう》）が額を寄せ合い話し合うなか、秀吉は、信長の長男・信忠の息子、つまり信長の孫である三法師《さんぼうし》を背中に乗せ、お馬さんごっこで遊ばせている。父・信忠亡きあと、まだ三歳と幼い三法師が秀吉に懐いていることをこれみよがしにひけらかしているようにも見えた。

「ぱっかぱっかぱっか、馬なれど、猿っちゅーんはこれいかに？　ひゃひゃひゃひゃ！」

とひとしきり遊んだあと、皆に向き直り、

「……ま、ちゅーことで。上様のご嫡孫、この三法師様が織田家のご当主。ほんでこの秀吉と、柴

田殿、丹羽殿、池田殿が話し合いをもって政《まつりごと》を行う。それでようございますな、な？」

と有無を言わさず決めつけた。

秀吉の一方的な提案に柴田勝家が異を唱えた。本来なら勝家が一番の重臣にもかかわらず、しゃしゃり出る秀吉は目の上のたんこぶになっていた。

「御子息はいかがする？　信雄《のぶかつ》様と信孝《のぶたか》様を外すわけには……」

「どちらかを立てれば、どちらかが立たぬ。三法師様が大きくなられるまでわしらあが力を合わせて政務を仕切る。それが一番だがね」

「それは織田家をないがしろにすることでは」

「ないがしろ？　柴田殿、そりゃ聞き捨てならんに。三法師様を立てとるでしょー！　わしゃ上様の天下をお守りしてえ一心だわ！　誰よりも織田家のことを考えとるがや！」

「おぬしがひとりでどんどん決めるものでな」

「明智を成敗した者《もん》の役目と心得とる」

信長の仇をとったことで秀吉の権勢は高まっていた。それを盾にされると勝家も反論のしようがない。口惜しそうに押し黙った。

「わしは、筑前の言う通りでよいと存ずる」

山崎の合戦で秀吉とともに戦った恒興は、秀吉に従順である。

が、このままでは済まさない。勝家は秀吉を牽制する機会をうかがった。「皆を集めよう」という長秀の声に、皆が一斉に席を立ったときを見計らい、勝家は「筑前」と秀吉を呼び止めた。

この世の春というような余裕の表情であった秀吉だったが、勝家が思わせぶりに「……実はな」

と耳打ちすると、ぴくり、と薄目になった。

会議が開催されているとき、清須城に市もいた。兄・信長が討たれてから、岐阜から清須に三人の娘とともに移って来たのだ。部屋には十三歳になった初《はつ》と十歳の江《ごう》がいて茶と菓子を楽しんでいる。

市が茶を飲みながら物思いにふけっていると、

「母上」と初が声をかけた。

「何じゃ？」

すると、初は少しもじもじしながら訊ねた。

「母上は……徳川殿に輿入れするかもしれなかったというのは、まことでございますか？」

「え？　誰がそのような……」

「そうなのですか？」

江が身を乗り出した。

「嘘じゃ。幼い時分に顔見知りであっただけ」

「幼馴染みなのですか？」

はじめて聞く話に江は目を丸くした。

「ほんのひと時のことじゃ」

市は説明したが、初と江は少女特有のませた感覚で、市と家康との幼い頃の関わりを想像してときめいた。そして、はたと気づいたように、初は市に不思議そうに問う。

「……でも母上、お歳が合わぬのでは？」

一瞬ぎくりとなった市だが、澄ました顔で、ひとさし指を口元にあて、

「……母は、ほんのちょっとだけ、歳のさばを読んでいるでな」

といたずらっぽく笑った。

江は驚いて、

「本当は今おいくつなのです？」

とおそるおそる訊ねる。が、

「おなごは歳を明かさぬものぞ」と市は軽くかわした。

まるで蕾がはぜるように、ふふふ、と笑い合う市と初、江。

「では……もしかたら私たちの父上は、徳川殿だったのかもしれないのですね」

初は、深い意味はなく、無邪気に言った。無邪気さは時に毒となる。それまでひとり離れて外を眺めていた茶々が、ぴくりと反応した。

「つまらぬことを申すな……我らの父は、浅井長政《あざいながまさ》じゃ」

十四歳になった茶々は、ふたりの妹たちよりいささか屈折している。だが同時に、父と信長、そして家康の複雑な関わりに思うところがあるのだ。

部屋の空気が微妙にざわついたところへ、秀吉と勝家が現れた。ふたりは丁寧に一礼して部屋に入ると、まず秀吉がいつになく神妙な調子で言った。

「話は権六《ごんろく》から聞きましたわ」

市は、秀吉の反応を予想して身構えた。

「……織田家のためと思うてな」

ところが秀吉はにかーっと笑うと、市と勝家の手を取った。

「結構なこったわ！　お市様と権六が一緒になって、織田家中をしっかりとおまとめくださる！こんなにありがてえことはねえ！」

そしてふたりの手をしっかと握らせた。

「あ、お似合いだがね！　昔っから夫婦《めおと》だったみてーだわ！　姫様たちも新しい父上ができてようござーましたな！」

秀吉はいつも以上にけたたましく笑っている。驚いたのは、初と江である。市が勝家のもとへ嫁ぐことを知ったふたりは戸惑い、互いに顔を見合わせた。茶々だけがどうやら察していたようで、まったく動じる素振りがない。

「いやぁ、よかったよかった！」

上機嫌で出て行った秀吉だが、廊下に出た途端、目つきが悪くなり大きく舌打ちをした。

「軍勢を動かすんは遅《おっせ》えくせに、こっちのほうは手が早えわ」

かねてより秀吉は市に思いを寄せていた。それを勝家がまんまと出し抜いた形であるが、ふたりの関係は単なる色恋とはいささか違う。市と勝家には目的があった。

うるさい秀吉の気配が消えると、市は勝家に用心深く言った。

「あれを止めねばならぬ……織田家をあ奴の好きにさせてはならぬ」

「は」と頭を下げた勝家の声にも覚悟が滲む。

恋仲というよりは同志的な結びつきを感じさせる市と勝家を、茶々だけは冷めた目で見ていた。

市と勝家の婚姻の知らせはさっそく浜松城にも届いた。

主殿で武装した家康のもとに、酒井左衛門尉忠次《さかいさえもんのじょうただつぐ》、石川数正《いしかわかずまさ》、本多平八郎忠勝《ほんだへいはちろうただかつ》、榊原小平太康政《さかきばらこへいたやすまさ》、大久保忠世《おおくぼただよ》、鳥居彦右衛門元忠《とりいひこえもんもとただ》、平岩七之助親吉《ひらいわしちのすけちかよし》、そして井伊万千代《いいまんちよ》らが集まっていた。

秀吉からの書状を左衛門尉が読みあげる。

「三法師様が成人されるまでの間、柴田殿、丹羽殿、池田殿、羽柴殿が支えると。以上が清須にて決まったことじゃ。……なお、柴田勝家殿がお市様を娶られるとのこと」

「柴田殿とお市様が……？」

七之助が驚きの声をあげた。

家康と市の関わりを知っている家臣たちは一斉に家康の顔色をうかがった。

「そりゃあ、めでてえが……どう見ます、殿？」

彦右衛門に問われ、

「秀吉の好きにさせんためじゃろうな」と家康は市の思惑を察していた。

「秀吉は、何もできぬ三法師様を立て、信長公の二人の御子息、信雄様と信孝様を名代《みょうだい》から外した。天下の政《まつりごと》から織田家を追いやったということじゃ」

信雄は北畠家に、信孝は神戸家に、それぞれ養子に入っている。信雄は嫡男・信忠と同母で三法師とは血のつながりが濃い。だが信長の仇討ちでは出遅れて、功をあげた信孝とは差がついてしまった。いずれも名代とするのは難しいという理屈である。

「それはとりもなおさず、織田家からの天下の簒奪《さんだつ》」と忠世はすぐ解し、

「何ちゅう図々しい猿じゃ」と七之助は憤慨する。

「それを阻むため、柴田殿がお市様と手を組んだ……いやむしろ、お市様から仕組んだのかもしれませんな」

と小平太は想像をめぐらせた。

「なるほど。だとすると柴田勢と羽柴勢、いずれ……」

と万千代は戦を予想して心を逸らせた。

「ああ、ぶつかるかもしれん」

と家康が言うと、

「そうなったら、どちらにつきますか?」

と万千代は前のめりに問うた。

「聞くまでもなかろう、万千代」

小平太が軽くいなす。

家康は先刻から憮然と家康を睨みつけている平八郎に声をかけた。

「何じゃ平八郎、何を怒っとる?」

「怒っておりませぬ」

「言ってることと顔つきが違いすぎる」

家康が指摘すると、平八郎はしぶしぶ語りだした。

「伊賀越えから戻っててただちに出陣しておれば、我らで明智の首を獲れていた。さすれば今頃、天下は我らの手にあったかもしれぬ! それをまんまと秀吉なんぞに」

「口を慎め」と忠世に注意されても、

「なにゆえもたもたなさったか、知りたいだけでござる」と家康に詰め寄る。

家康は少し考えてから答えた。

「今、我らが為すべきことはほかにあると考えたからじゃ」

「ほかとは？」

家康が説明するよう目で促す。数正は待ってましたとばかりうなずき、地図を床に広げた。

「我らにとって目下の難題は、隣国じゃ。すなわち武田領であった、甲斐、信濃、上野《こうずけ》。武田が滅び、信長のものとなった。が、その信長も死んでしまった。……つまり、主のない国が三つ落ちている。かの地の連中はいまだ武田家臣であった誇りを捨てておらん。例えば……」

「信濃、真田《さなだ》」と忠世が言う。それを受けて彦右衛門が、

「真田か……確かに、ありゃあ厄介じゃ」

と顔をしかめた。

「すでに勝手な動きをはじめておる……面倒なことになりそうじゃ」

と数正も悩ましげな顔をした。

相模《さがみ》の北条《ほうじょう》が手を伸ばし、真田を抱え込んで、三国を先に拾おうと動いていた。

「我らが急ぎやらねばならんことは、かの三国を鎮め、北条より先に手に入れることにほかならん」

それを受けて左衛門尉も言う。

「秀吉のことはひとまずお市様にお任せし、我らはその間に揺るぎない実力をつけよう。さすれば、天下もおのずと近づいて来るというもの」

いずれ北条と戦になることは避けられないだろうと左衛門尉は踏んでいた。

それを聞いた平八郎は「そういうことなら、お任せを」と苛立ちを収め、

「一同、ただちに手分けして……」と言う家康の言葉を遮るように、

「甲斐・信濃に散り、かの地を調略しようぞ！　北条を追い出せ！」

と張り切った。

「おお！」と家臣たちはいきり立って部屋を出て行く。

「ついてこい、万千代！」と小平太が声をかけた。

さて、これまで名前だけは幾度となく、家康たちの口の端にのぼっていた相模北条氏。信長の死を受けて眠れる獅子が、ついに動きだしたのである。

一五〇〇年頃、伊勢宗瑞《いせそうずい》こと北条早雲が小田原《おだわら》に進出し、以後、北条氏は関東での勢力を拡大。関東最大の都市、小田原を居城に、相模、伊豆《いず》、武蔵《むさし》、上総北部《かずさほくぶ》など広大な領土を有する、徳川をはるかに上回る大国となっている。北条は今川氏真の妻・糸の実家でもあり、今川が滅びたあと、しばらく氏真と糸が身を寄せていた。

現在、北条を率いるのは四代目・北条氏政《うじまさ》とその子氏直《うじなお》である。本能寺の変で領有支配がゆらいでいた旧武田領国をめぐり、北条と徳川が戦うことになった、世にいう天正壬午《てんしょうじんご》の乱のはじまりを前に、小田原城の主殿で氏政と氏直は出陣に備え、姿勢よく座って、黙々と湯漬けを食べていた。

北条との戦を前に騒がしい浜松城の庭で、ひとり暢気に鷹の世話をしている人物がいた。本多正信《ほんだまさのぶ》である。鶏の世話ではなく、希望通り鷹匠として復帰したのだ。甲高く鳴きながら空を悠々と飛ぶ鷹を、正信が見つめていると、於愛が侍女たちと廊下を歩いて来た。

「イカサマ師どの」

「本多正信でございます、於愛の方様」

「北条と戦になりましたぞ」

「えらいことでございますなあ」

「出陣の支度は」

「それがしは鷹の世話係でございますゆえ」

正信は飄々と言うと、腕を差し出し、指笛を吹いた。鷹を呼び戻す合図である。

「殿が正信も連れてゆくと仰せでしたよ」

「足の古傷の具合がどうも……」

正信は足をさすりながら再び指笛を吹いた。遠くを見つめ目を細める正信と於愛だが、鷹は戻って来ない。気まずくなって正信は、

「殿がそこまで仰せなら、お供せねばなりますまい！　今参りますぞ殿！」

と逃げるように去った。

ぽつりと残った於愛は「鷹……」と虚空を眺めた。噂には聞いていたが、本多正信、ずいぶんと調子のいい人物のようだ、と於愛は実感した。

八月になると、徳川と北条の戦は本格的になった。上野をほぼ手中に収めた氏直は信濃を攻めるが制圧に失敗し、甲斐をめざして八月七日、若神子《わかみこ》（山梨県北杜市）に陣を敷いた。

家康は甲府に入っていたが、八月十日、彦右衛門に甲府を任せると、本陣を新府城《しんぷじょう》に移した。家康の本陣では家康と万千代が物見櫓に上がって、はるか南方——黒駒《くろこま》（山梨県笛吹市）あたりに目

をやった。

「見えるか」

「かすかに」

「よう見えるな」家康が感心したように言う。

「北条の大軍勢、二万を超えましょう」

「北条は本気じゃな」

「左衛門尉殿と忠世殿の三千では持ちこたえられませぬ。信濃各地に散らばっている手勢も呼び寄せるべきかと」

家康と万千代が語り合っていると下から声がした。

「それはいかがなものでしょうな」

「来たか、正信」

物見櫓に登って来た正信を家康はにこやかに迎えたが、万千代はあからさまにいやそうな顔をした。この調子のいい人物がなんだか好きになれないのである。

「散らばっている手勢を集めれば、敵の散らばっている手勢もまた集まり、敵がさらに膨れ上がります」

とさらりと言う正信に、

「しかし、すでに敵は大軍」と万千代は反論する。だが、

「大軍といえども動きは緩慢。大軍に策なし、とも言う」と容易に返された。

「彦右衛門殿の手勢を密かに動かし、黒駒あたりで挟んでみては」

「それでも数は及びませぬ」万千代は、さらに言い募る。

しかし、家康は戦への嗅覚のある正信を信頼しているようだ。

「急峻な山道に誘い込めば二万も二千も変わりませぬ」

と言う正信に、

「わずかな数で大軍を追い払うことができれば、勝利以上の値打ちがある。やってみるか」

と家康はやる気になった。

「殿、このような奴の言葉を……」

と万千代がむきになると、

「万千代、一軍の将になるからには、こ奴のずる賢さも学ぶがいい」

と家康は諭すように言った。

「学ぶがいい」

正信が家康の横で得意げな顔をする。だが、万千代はそれにむっとなるよりも、家康のある言葉に反応した。

「一軍の将？」

「召し抱えた武田の兵は、そなたに預ける」

「武田の兵を……私に？」

たちまち万千代は胸が高鳴り、喜色満面となった。

その頃、光秀の居城だった坂本城を獲得した秀吉は、そこで秀長と話し合っていた。

「北条とぶつかったか」

「徳川殿に助けを送りますか？」

「なんでえ？」

「徳川殿はあくまで織田家のために戦っとります。形だけでも」

「任しときゃええ」

「数が違いますに。北条は二万を超える大軍勢を動かしとる」

「弟よ、ええか？　この二十年、徳川殿が上様のもとでどれほど多くの大戦《おおいくさ》をしてきたと思っとる？　いまやあの三河者《みかわもん》たちに勝てる軍勢なんぞそうはおらん。ましてや、関東のはじっこでぬくぬくしておった北条なんぞにゃあな。せいぜい潰し合ってくれりゃあええがね」

心配性の秀長がためらうと秀吉は苛立った。

「ほっときゃええ。……こっちは、それどころだにゃあわ」

そう言って奥の間を横目で見た。そこには、生真面目そうな武士がその家来とともに座っている。信長の次男、織田信雄《のぶかつ》である。

「信雄様、ご心配《しんぺー》いりませんでよー。勝手なことをやりだしたんは、信孝《のぶたか》様と柴田のほうだで、成敗するのが筋ちゅうもの。三法師様を取り返《けえ》しましょう」

秀吉は部屋に入り、信雄を励ました。

「勝てるであろうな？」

と信雄は秀吉にすがった。

「信長公の御次男、信雄様がおわしますれば、間違《まちげ》えなく！」

一方、岐阜城の主殿では信長の三男・織田信孝が三法師をあやしている。信雄と違って野心ありげな信孝を、市と勝家が見守っている。

「秀吉が信雄様をたらし込んだようでござる」と勝家が報告すると、

「愚かな兄じゃ……戦になるじゃろうな」と信孝は目をぎらつかせた。

「望むところ。信孝様は三法師様を秀吉の手から守り、我らを頼ってくださった……義は我らにあります」

「秀吉は、己の欲のままに生きておる。織田家の天下を決して渡してはなりませぬ。兄に恩義のある丹羽、池田、滝川、前田、佐々《さっさ》、皆我らにつくことでしょう。……そしてきっと、徳川殿も」

と市が強い口ぶりで言った。

「徳川殿がついてくれれば心強いな」

とほっとした顔をする信孝に、市は微笑んだ。


八月十二日、新府城では物見櫓から家康と万千代がじっと甲斐・黒駒あたりに目をこらしていた。彦右衛門の軍勢が北条軍と戦闘しているのだ。土煙が上がる戦地をじっと見つめる家康と万千代。そこへ正信が上がって来て、明るい声で報告する。

「殿、北条勢、崩れました。退きはじめております」

「そうか」

「仕上げは殿御自ら打って出て、とどめを刺されるのもよろしいかと」

「いや、大将は最後まで姿を現さぬほうが恐ろしい」

「ごもっとも」

「万千代、五千で二万を追い払ったと大いに触れ回れ、それで我らの勝利と同じじゃ」

「は！　真田も我らにつきましょう！」

万千代は先日の家康の言葉にすっかり機嫌を良くし、反抗的な態度をとらなくなっていた。万千代が櫓を下りると、正信は家康に頼もしそうな眼差しを向けた。

「どうかしたか？」

「いえ、年月というものは人を変えますな……殿はすっかり戦上手になられた。ひょっとすると、ひょっとするかも」

「ん？」

「天下獲り」

正信がにやりと笑う。家康は薄く笑った。

九月には北条方の真田昌幸が徳川に降《くだ》り、徳川が優勢になっていく。家康は北条との和睦《わぼく》を進めることとし、使者として万千代を送った。万千代は元服し、井伊直政《いいなおまさ》と名のっていた。

十月二十九日、甲府の家康は、直政から書状を受け取った。

「北条、和睦に応じましてございます」

上野一国さえもらえれば、甲斐、信濃の二国からは手を引くとある。

「悪くない取引じゃが……上野沼田《ぬまた》は真田の地じゃ」

「臣従してくれたばかりの真田から、その地を取り上げることになります。恨まれるかと」

「北条とは手を結んでおかねばならん」

「来るべき秀吉との戦に備えて……でございますね」

「恨まれるのも、わしの役目じゃ」

家康はそう判断したが、それがやがて大きな災厄となって降りかかることになるとは、そのとき、思いもしなかった。それよりも今は、もっと気になることがあった。家康は、北条との和睦の証しとして娘を氏直に嫁がせたいと考えていたのだ。

その夜、家康が居室にいると、於愛がお葉とその娘・おふうを連れて現れた。

おふうは家康とお葉との間にできた娘で、十八歳に育っていた。

「お話は於愛からうかがいました」

家康に礼をすると、お葉は落ち着いた口調で言った。少し下がったところでおふうも頭を下げる。

伏し目がちに、だがきりりと美しい所作で礼をするおふうは家康の目に大層好ましく映った。

「両家のお役に立てるは無上の喜び。謹んでお受けいたしまする」

その言葉に家康は胸をなで下ろす。

「そうか、礼を申すぞ」とおふうをねぎらった家康は、

「お葉、まことそなたに似た、うるわしくも、たくましい姫に育ててくれたのう」

とお葉に礼を述べた。

「あらためまして殿、三河、遠江、駿河に続き、甲斐、信濃の五か国の主となられ、まことにおめでとうございまする」

とお葉はかしこまった。

「そなたが陰ながら支えてくれたおかげじゃ、お葉」

「おふうも輿入れが決まり、葉は肩の荷が下りました。お家のこともあとは於愛に任せます」

「まだまだ頼りにしております、私に任せたらいけません」

「それもそうじゃな」

「まあ」

お葉と於愛、家康の側室同士が仲良くしていることを家康は喜んだ。なにより、氏直との婚儀がかなうことでひと安心である。

だが、その年の暮れ、またもや問題が勃発した。家康が広間へ足早にやって来ると、左衛門尉、数正、平八郎、小平太、直政、忠世、彦右衛門、七之助が深刻な様子で待っていた。

「案の定じゃな」

「は。羽柴秀吉と柴田勝家、戦になりましてございます」

と左衛門尉が報告した。

秀吉は信雄と手を組み、三法師を奪い返そうと出陣、清須の会議で勝家の所領となった近江・長《なが》浜城《はまじょう》を落とそうと攻撃を開始した。続けて、勝家と組んだ信孝の岐阜城も攻撃する。勝家は、あいにくの豪雪で、居城の越前・北ノ庄城《きたのしょうじょう》（福井県福井市）で足止めをくらっていた。

「勝家が動けん時を狙ったな」

と家康は秀吉の策を思った。

「信孝様も持ちこたえられませぬ。秀吉は、三法師様を取り返すでしょう」と左衛門尉、

「雪が解けたら、柴田勝家と羽柴秀吉、いよいよぶつかりますな」と数正も言う。

ふたりが深刻な顔をしていると、家来が大きな箱を恭しく持って来た。

「殿、柴田殿より年の瀬の贈り物でございます」

と直政が伝える。

「いよいよの時には、よろしく頼むということでございましょうな」

と忠世が言いながら桐の箱を開ける。中には雪のように真っ白な綿がたくさん入っていた。

「おお、なんと美しい綿じゃ」

と左衛門尉は感嘆した。

「やわらかくてぬくいのう〜」

と彦右衛門は思わず頬ずりする。

「送り主は、お市様じゃろうな」

と家康は白い綿と市の面影を重ね合わせた。

「いかにも、お市様の真心のようだわ〜」

と七之助も異論はない。

「やはり、柴田勢の本当の総大将は、柴田勝家殿でも織田信孝殿でもなく、お市様かと」と忠世。

「さすが信長殿の妹よ」と彦右衛門。皆それぞれ市を褒めたたえた。

市の話に花を咲かせていると、家来がまた別の箱を持って来た。秀吉からも贈り物が届いたのだ。

「もてますなあ、殿」と七之助は言いながら桐の箱を開ける。すると、金塊（竹流金）がまばゆく光った。「おお……」と息を呑む一同だが、数正は、

「打って変わって、品のないことよ」

と眉をひそめた。

「その通り！　つくづく下世話な男じゃ！」

と彦右衛門も同調する。

「送り返してやりましょう」と平八郎が言うと、

「もらっておけばよいではありませぬか。この金で玉薬《たまぐすり》を買って、秀吉に食らわせてやれば面白い」

と小平太が返した。

「確かに！」と直政が膝を打つ。

「いつでもお市様をお助けできるよう、出陣の用意を整えておこう」

「お市様とともに秀吉を討つというのは、心が騒ぎますな」

平八郎と小平太の言葉に、家康も「うむ」とうなずいた。

十二月十六日、秀吉は信孝の岐阜城を囲み、三法師を取り戻した。

年が明け、天正十一年（一五八三年）四月、勝家と秀吉は、近江・賤ヶ岳《しずがたけ》にて激突した。秀吉の調略による裏切りが相次ぎ、おおかたの予想に反して柴田軍は総崩れとなった。

北ノ庄城で勝家が書状を書いている傍らで、市はきりりと鉢巻をして武装している。その様子を初と江が心配そうに見つめていた。外で響く銃声に怯えるふたりを、

「大事ない、怖がることはないぞ」と市が励ました。

市がじっと外をうかがっていると、隣に茶々がそっと寄り添った。

「お見えになるでしょうか」

その真意を市がはかりかねていると、

「母上が待ちわびておられるお方」と茶々は意味深げに言った。

「何のことじゃ？」

「私が幼い頃、母上はようお話ししてくださいましたよ、昔話を。でも、憶えておいででしょうか、幼き日の約束など」

茶々は試すような目で市を見た。

勝家が急ぎ書いている書状は家康宛てであった。市が待ちわびていると、茶々が想像している相手だ。そこには「市は、徳川殿のお助けを固く信じております。どうかお力添えを」としたためられていた。北ノ庄城の命運は家康の動きひとつにかかっていた。

浜松城の主殿で書状を受け取った家康は文面を読んで考え込んだ。

左衛門尉、数正、平八郎、小平太、直政、忠世、彦右衛門、七之助も黙り込んでいたが、平八郎が真っ先に、

「殿、出ましょう、何を迷っておいでです」

と誘った。小平太も、

「私も柴田殿を助けるべきと存じます」

と続いた。

「同じく！　お市様とともに秀吉を討ちましょうぞ！」

と直政は相変わらず血気盛んである。

「さてさて、それはどうでござろう？」

なおも考えあぐねる家康に代わって答えたのは正信だった。

いつの間にかぬけぬけと場に紛れ込んでいる正信を、

「鶏の世話係なんぞが入って来るな！」と平八郎は咎めた。

「鷹の世話係で。……前田利家《としいえ》も柴田を裏切ったと聞く。つまり織田家臣の多くが秀吉に調略されたわけだ」

「なぜそんなことになったのか……」と小平太が呟くと、

「それこそが秀吉という男の才覚」

と正信は称賛した。

「それがしは諸国を渡り歩いてきたからようわかる。秀吉は、民百姓の人気がすさまじい。皆、自分の親類縁者のように奴のことを思うておる……あれは、人の心をつかむ天才よ。存外、人は美しい綿よりも、下品な金が好きなものでござってな」

正信の意見は説得力があり、家康たちは反論できなかった。金や女への欲望を隠さない秀吉の気取らなさと、母を愛し弟を重用するなど家族を大事にする素朴さは、家康や信長にはないものだった。

「殿、これはあくまで織田家中の争い。我らはただ静観し、勝ったほうに、おめでとうございますと言いに行くが、上策かと」

正信は言うが、家康は決断を下せず、頼るように数正と左衛門尉を見た。

「明智に続いて柴田をも押しつぶす、秀吉は今や破竹の勢い。私も戦を構えるは時期尚早かと」

「北条や真田のことも気がかり……。今は甲斐信濃を固めるが肝心と存じます」

数正と左衛門尉が順繰りに答えると、家臣一同、家康をじっと見つめる。

家康は苦渋の決断をした。

「……様子を見る」

「だ、だけど……もし……柴田殿が負けちまったら……！　その……」

と左衛門尉は口ごもる。

「秀吉とて、お市様と姫君たちは助けるに相違ない」

家康は自分に言い聞かせるように言うと、足早に部屋を出た。

様子を見ると決断したものの、夜、居室でひとり、家康は不安にさいなまれ、もう一度、勝家からの書状を開いた。すると、幼い頃の記憶が蘇ってきた。幼い市が水中で溺れているところを、少年時代の家康（当時、竹千代）が助けたとき、「お市様のことは、この竹千代がお助けします。必ず助けます」と家康は約束したのだ。それを思い出して、いたたまれなくなっていると、手元にすっと茶碗が置かれた。見れば、於愛が微笑んでいる。

「古い約束を……忘れておった」

と家康は於愛に話しはじめた。

「お相手は、ずっと覚えておったんじゃろう……だから、かつてわしが危ういときに、命懸けの使者を送ってくださった」

金ヶ崎《かねがさき》で、市の使者として浅井の裏切りを知らせ、命を落とした阿月のことである。

「なのに、わしは……その約束を一番果たさねばならんときに……果たせぬ。祈ることしかできぬ」

苦しそうな家康に於愛はしんみり言った。

「人の上に立つお方は、何でも思いのままにできるものと思っておりましたが、上に立つ人ほど、何ひとつ己の思いのままには出来ぬものなのかもしれませぬなぁ」

於愛の言葉に家康の胸は疼いた。

四月二十四日、北ノ庄城を秀吉の大軍勢が取り囲んでいる。秀吉は本陣にいて、しきりに家来たちに身だしなみを整えさせていた。

「権六の首だけ持ってくりゃええ。我が妻には、傷ひとつつけるだにゃあぞ」

秀吉の言葉に秀長は首をかしげた。

「我が妻？」

「お市様に決まっとるわさ。ほしいのう、織田家の血筋が。そうすりゃあ、もうわしらあを卑しい出だっちゅーて馬鹿にするもんはおらなくなるわ。早《はよ》う連れて来い」

なるほど、と秀長は出て行った。

「髭もきれいにな、そうそう」

いよいよ市を娶れるのだと、秀吉は身だしなみを念入りに整え続けた。だが元が元だけにさほど代わり映えはしなかったが。

市は城の窓から秀吉の軍勢の様子をそっと見て、三人の娘の方に向き直った。初と江は抱き合って不安げにしている。茶々は相変わらず、ひとり冷静に書物を読んでいた。

市は決意して文机の前に座り筆を執って書状を書きはじめた。

すると茶々が市のそばに寄って来た。

「やはり……お見えになりませんでしたな」

揶揄するように言う。

「見て見ぬふり」

「戦とは、そのような容易《たやす》いものではない」

そう市がたしなめるように言うが、

「徳川殿は、嘘つきということでございます」

とにべもない。

「茶々は、あの方を恨みます」

そう言う茶々の瞳は燃えるようで、その激しさは信長を彷彿させ、市はぞくりとなった。とそこへ勝家が家来を連れてやって来た。だいぶやつれた顔で、髪も髭も甲冑も汚れている。

「秀吉の使いが参った……出よ」

市のそばに座った勝家はすでに覚悟を決めていた。

「あ奴が上様の草履持ちだった頃、わしはようあれの尻を蹴った……。奴をみくびっていたからではなく、怖かったからじゃろう……あの男の底知れぬ才覚が。秀吉は、恐るべき奴じゃ……」

勝家は、しみじみと言うと、

「奴のもとへお行きなされ」と市たちを促した。

市は三人の娘に「行きなさい」と道を譲った。

「母上は？」と江が訊ねる。

「あとから参ります」

「まことでございますね」

と不安そうに言う初を市は笑顔で抱きしめた。江も、茶々も抱き寄せる。

茶々だけは何か悟ったような顔をしていた。

市は家来に、娘たちと今しがた書き上げた書状を託した。そして、母を残して行くことに躊躇している娘たちに、未練を断ち切るように「早う行け」と毅然と言った。

娘たちが出て行って、部屋には市と勝家のふたりきりとなった。

「そなたも出よ」と勝家が言う。

「断る」と市。

「信長様に顔向けできぬ！」

「一度ならず二度までも、夫だけ死なせて生き恥をさらすことこそ、地獄にいる兄に笑われようぞ」

市の決意に勝家は言葉もない。

「次は秀吉の妻になって生きろと？　私は、誇り高き織田家の娘じゃ。男のように乱世を駆けめぐるのが、我が夢であった……。最後にほんの少し、その真似ごとができた」

そう言って市はふっと笑った。その顔は皮肉にも幸福そうに勝家には見えた。

「この戦の総大将は、この市であると心得ておる。敗軍の将は、その責めを負うもの。一片の悔いもない」

市は立ち上がり宣言する。その凜々しい姿に勝家は、夫というよりは家臣としてひれ伏した。

「織田家は死なぬ……その血と誇りは、我が娘たちがしかと残してゆくであろう。なかでも、茶々の才覚は、我が子ながら恐ろしいほど。あの子は、そう……信長よ」

市の言葉に勝家はぞくりとなった。

市が気配を感じて振り向くと、今、話題にした茶々が戻って来て、ひとり部屋の前に立っていた。

茶々は黙って部屋に入り、ふいに市に抱きついた。

「母上の無念は茶々が晴らします」

抱きしめた腕にぎゅっと力を込め、茶々は市の耳元で囁いた。

「茶々が天下を取ります」

相手に密に近づき、そっと囁く仕草は信長にそっくりで、市は畏怖すら覚えた。

茶々はゆっくり離れると市と勝家に礼をして、確固たる信念を感じさせる衣擦れの音をさせながら静かに立ち去った。

茶々は何かをしでかすのではないか。それが何かはわからない。が、あとは彼女に任せよう。織田家の精神は、茶々が引き継ぐに違いない。市はそう思いながら見送ると、その後、勝家とともに城に火を放ち、自害した。

市を手に入れそびれた秀吉は顔を真っ赤にして憤慨した。その顔は猿そのものだ。燃え盛る北ノ庄城を眺めながら「愚かなおなごだわ」と歯を剝き出した。

「織田家の血筋、残念でしたな……」

と秀長が慰める。

「まあ、ええわ！　なに、三、四年もたてば、代わりがおるでよ！」

秀吉は開き直って、後ろを振り向いた。そこには家来に連れられた茶々と初と江がいる。にやりと好色そうな顔で茶々に笑いかけると、茶々は瞬きもせず、秀吉を見つめ返した。気の強そうな赤い唇と、きっと切れ上がったまなじり。その爛々と燃える黒炭のような瞳の奥から信長がこちらを見ているような気がして秀吉は鳥肌が立った。秀吉は気を取り直すと家来に指図して、即刻茶々たちを別の部屋に連れて行かせた。

「織田信孝も腹切らせますに。これで、兄《にい》さまの天下だわ」

と秀長が機嫌をとるように言った。

「ああ……だが、面倒くせえのが残っとるがね」

秀吉は忌々しそうに言った。

「三河の白兎を何とかせにゃならん」


浜松城の居室で書状を書いていた家康のもとに直政が来た。

「申し上げます！　北ノ庄、落城。柴田勝家殿、ご自害！」

家康はその次の言葉を予測して身を固くした。

「また、お市様……ともにご自害あそばされましたる由」

家康は猛烈な悲しみと怒りに体を震わせた。

「無念にございます」と直政が伏した。

「秀吉は……わしが倒す」

またしても大事なものが奪われてしまった。市を助けることのできなかった我が身が腹立たしく、家康は奥歯を強く噛み締めた。

第三十一章 史上最大の決戦

賤ヶ岳《しずがたけ》の戦いの後、羽柴秀吉《はしばひでよし》は織田信長《おだのぶなが》の次男・信雄《のぶかつ》を擁し、信長の後継者争いに勝利した。天下人への階段をさらに大きく駆け上がっていく秀吉を、徳川家康《とくがわいえやす》は黙って見過ごすわけにはいかない。「秀吉はわしが倒す」と心に誓ったものの、秀吉の勢力の拡大は急速だった。

天正十一年（一五八三年）、六月、石川数正《いしかわかずまさ》が家康の使命を帯びて、秀吉のもとに出向いた。

浜松城の主殿では、家康の家臣たち――酒井左衛門尉忠次《さかいさえもんのじょうただつぐ》、本多平八郎忠勝《ほんだへいはちろうただかつ》、榊原小平太康政《さかきばらこへいたやすまさ》、井伊直政《いいなおまさ》、大久保忠世《おおくぼただよ》、鳥居彦右衛門元忠《とりいひこえもんもとただ》、平岩七之助親吉《ひらいわしちのすけちかよし》らが、数正の動向を話題にしていた。

この話題にまず食いついたのは彦右衛門である。

「秀吉に祝いの挨拶へ？　なんでそんなもんにお遣わしになりましたか」

と唇をとがらせると、

「そうじゃ、あんな奴、ほっとけばええわ」と七之助が大きくうなずいた。

ざわつく場の空気を抑える役割は、いつものように左衛門尉である。

「秀吉は、今のところ筋を通しておる。あくまで跡継ぎは三法師《さんぼうし》様。その名代《みょうだい》が当主・信雄様。そしてそれを支えるのが羽柴秀吉。形の上では織田家を立てておる。我らも筋を通さねばならん」

「祝いの品は何を？」と問うと、

「初花《はつはな》を持たせた」と家康がさらりと言うので、忠世は飛び上がりそうに驚いた。

「初花肩衝《かたつき》でございますか！　あれは信長公の形見。国の一つや二つは買える代物でござろう」

小平太も、家康の大判振る舞いに眉をひそめた。

「したてに出ればつけ上がりましょう。秀吉は殿に臣従を求めて参るのでは？」

「そうじゃろうな」

「よもや秀吉に跪くおつもりではありますまいな」

直政が躊躇なく切り込んだ。「お市様を死なせた奴ですぞ」

その言葉に家臣団は一斉に黙り込み、そろりと家康の顔色をうかがった。

「そう思うか、直政？」

家康は直政の心を覗くように訊いた。むすっとして答えない直政に代わって、平八郎が推察する。

「秀吉の機嫌をとるのは、油断させるため。そして、秀吉の腹の内を探るため。……来るべき戦いに備えて」

なるほど、それなら納得である。一同は胸のつかえがとれたような面持ちで家康を見つめた。

「数正がしかと見定めてくることじゃろう」と家康は西の方角を見つめた。

大坂《おおざか》では、建築工事中の巨大な城の上空で雲雀《ひばり》が高らかに鳴いている。数正は、秀吉の仮御殿の廊下を、正装し、ややかしこまった様子で進んでいた。案内役は秀吉の異父弟・羽柴秀長《ひでなが》である。その数正の後ろを、贈り物の箱を手にした家来が続く。見ると、廊下には、同じように贈り物を持参した武家や公家、高僧たちが、長蛇の列をなしていた。

「こちらの方々は？」数正は秀長に訊ねた。

「我が兄への挨拶の順番待ちでごぜーます」

「あ……では、私も順番を待ちまする」

「とんでもねえ、石川殿を並ばせたら兄に叱られてまいます」

秀長は平然と列を抜かし、数正は気兼ねしながらあとに続いた。

「徳川三河守《みかわのかみ》様ご家臣、石川伯耆守《ほうきのかみ》数正殿にごぜーます」

秀吉の居室の前にたどりつくと、秀長は中に向かって声をかけた。

広い部屋は、祝いに贈られた美術品や、刀剣、鎧、金塊など、豪華な宝の山で埋めつくされており、上座の一段高いところに秀吉が鎮座していた。

「こたびのご戦勝、我が主《あるじ》に成り代わりまして、心よりお慶び申し上げまする」

「大儀である」

ふてぶてしく数正を見つめていた秀吉が、破顔一笑して立ち上がると、数正に近づいてきた。

「なんちゅーて堅苦《かたっくる》しいのはやめだわ！　毎日毎日《めぇにちめぇにち》、決まり文句聞かされてまーうんざりだでよ！　よう来てくれたのう、石川殿！」

昔に戻ったように態度を崩し、惚れ惚れと数正を見つめた。

「いつ見てもええ男っぷりだわ……徳川殿がうらやましい。欲しいのう」

藪から棒に何を言うのかと、数正が身構えたとき、秀長が、

「まあまあ、兄《にい》さま」と取りなした。が、秀吉は一向に気にしない。

「わしも、そなたのような家臣が欲しいのう」

数正の目を覗き込む秀吉の目は底知れぬ洞穴のようで、気を抜くと引き込まれそうになる。数正は気を取り直して、用件を述べた。

「我が主より預かりし品、何とぞお納めくださいますよう」

数正の家臣が贈り物の箱を差し出し、蓋を開けた。

「気ぃ遣わんでええのに！」と言いながら、秀吉は出てきた品に目を奪われた。

「こりゃあ……初花肩衝だにゃあきゃ？」

「はて、お気に召しませぬか」

「上様が大事《でぇじ》にされとった……初花を……徳川殿は……この卑しい身の上の猿に……くださるっちゅーんか？」

秀吉は茶入れをそっと手にとった。初花は中国渡来の茶入れのなかでも最も古いとされる漢作唐物で、素地は茶褐色。肩から胴にかけて流れる釉薬の美しい様を、春、ほかの花に先駆け開く梅の花にたとえて足利義政《あしかがよしまさ》が名づけた名品である。秀吉は頬ずりしながら、涙をぼろぼろこぼした。

「なんちゅう……もったいねえ……もったいねえわ……」

「うわあー、うわあああー！」と吠えるように泣く秀吉の、異様とも言える様子に、数正は畏怖を感じつつ目を逸らせずにいた。隣で秀長は平然としている。身内の彼は慣れっこなのだ。

秀吉は号泣して、猿のような赤ら顔になりながら、数正の手を強く取った。

「徳川殿に伝えとくりゃあせ！　徳川殿が頼りじゃと！　支え合って、仲良くやろまいな！　わしの新たな城が出来上がったらお招きするで、また遊びに来てちょーでえ！　……徳川殿と御一緒にな」

そう言って、目で外を示す秀吉。視線の先には建築工事中の巨大な城が見える。以前は池田恒興の所領だった摂津大坂を、清須会議で自分のものにした秀吉は、この地に安土城をもしのぐ巨大な城を建設しようとしていた。

秀吉は数正の手をさらにぎゅっと握った。そして意味ありげに一拍間を置くと、

「待っとるでよ」と歯を剝き出して笑った。

数正が去ると、秀吉は部屋でひとり、愛おしそうに初花を愛撫していたが、ふと笑顔が消えた。

「……当人が来ねぇとはな」

そう吐き捨てるように呟いた顔には、別人のように暗い影が落ちていた。

大役を終えた数正は、家康に報告するため、岡崎を通り越して浜松城へ向かった。

数正の報告を受け、家康は訝しげに片方の眉を上げた。

「赤子のように大泣きした？」

「我が手を取り、仲良くやろうと」

「どう見る？」

家康のそばに控える左衛門尉の問いに、数正は少し考えて、

「かえって底知れぬ恐ろしさを覚えた」と答えた。

「すべて猿芝居か」

「何もかも芝居のようでもあり……いや、何もかも、ただ赤子のごとく心のままのようにも思える……。得体が知れん」

「前にも増して不気味じゃな」

「大坂の城は、安土よりはるかに大きくなるようで。信長を超えたと、世に知らしめるためでしょう」

それだけ重要な場所である大坂城建設地は、上町《うえまち》台地の先端にあり、北に淀川、東に大和川、西は海という天然の要害である。淀川は京都に繋がる交通の要衝であり、長柄船瀬《ながらふなせ》と呼ばれる船泊まりがあった。地の利が良く、蓮如《れんにょ》が建てた浄土真宗の寺を、証如《しょうにょ》が天文元年（一五三二年）、本寺として拡大した石山本願寺があった。織田信長は石山合戦で勝利したあと、この地に城を築く計画を立てていた。

大坂を手にした秀吉は油断ならない。家康は背筋を伸ばした。

「あらゆることに備えておこう」

報告を終えた数正はその足で岡崎に戻った。夕方、岡崎城下の自身の屋敷に着くと、妻の鍋が出迎えた。鍋は控えめで礼儀正しく、武家の妻にふさわしい人物である。手際よく着替えを手伝いながら、こう訊いた。

「お役目、まことにご苦労なことでございました。大坂はいかがでございました？」

数正は慎重に考えを述べた。

「あれと戦をすることになれば……えらいことじゃ」

数正がすがるような眼差しを向けたのは飾り棚である。そこには手作りの、小さな木彫りの仏像がある。家康が作ったものより出来は良くないが、台座もしっかり作られている。数正と鍋は、素朴な仏像に向かって静かに手を合わせた。

それから数か月は何事もなく過ぎた。ある日、大坂では、秀吉の仮御殿の居室で、秀吉と秀長が食事をしていた。そこへ信雄が猛然と乗り込んできた。

「なにゆえじゃ！　なにゆえわしを安土から追い出す？」

頭に血の上った信雄を見ることもなく、秀吉は食事を続けながら淡々と言う。

「安土は、信長公が天下人の住まいとしてお造りになった城でごぜーますで」

「ゆえに、我が住まいとして造り直しておる」

それを訊いて秀吉は失笑した。

「おたわむれを」

続いて秀長が取り繕うように、

「信雄様に余計なご苦労をさせるわけにはめえりませぬ。尾張《おわり》、伊勢《いせ》、伊賀《いが》の三国のみお治めくだされば」

「わしは、おぬしとともに天下を……」

「己の器を知るっちゅうことは、大事《でえじ》なことでごぜーます。できもせんことをやらされることほど辛えことはごぜーませんぞ」

はしごを外された信雄は秀吉をきっと睨んだ。

が、秀吉は少しも動じることなく、

「二度と天下に手を伸ばすに及ばず！」とピシャリとはねつけた。

「三法師も追いやったまま……お前は織田家を……」

信雄が秀吉の狙いに気づいたときにはもはや遅すぎた。

秀吉は冷たく、家来に「信雄様、お帰りだわ」と告げた。

信雄の乱暴な足音を聞き流しながら、秀吉は秀長に囁いた。

「奴をよう見張っとけ。……誰に泣きつくかしゃん？」

はたして、信雄が頼ったのは、家康だった。

年が明け、天正十二年（一五八四年）二月、信雄に呼ばれ、左衛門尉と数正を伴って清須城を訪れた家康に、信雄は唇を噛み締めながら語った。

「とどのつまり……わしは、秀吉に利用されたんじゃな。弟と戦をし、織田家の味方であった柴田を滅ぼしてしまった……そして用がなくなって捨てられた」

家康たちは信雄を気の毒そうに見つめた。

「この天下は、我が父が血を流して統べたものであろう？　……このままでは、父に顔向けできぬ」

信雄は家康にすがりつく。

「頼れるのはもうそなたしかおらぬ……父が最も心を許した……徳川殿しか」

家康たちは、父——信長のことを思い出し、信雄に覇王の面影を探す。だが、信雄にはその片鱗も見当たらない。

「天下を秀吉から取り返してくれ……わしとともに、あの盗人を倒してくれ！」

すっかり頼られ、家康が返答に困っていると、隅に控えている宿老の津川雄光《つがわかつみつ》、岡田重孝《おかだしげたか》、重臣の浅井長時《あざいながとき》が信雄をなだめはじめた。

「殿、徳川殿もお困りでございましょう」と雄光が諭すように言った。

左衛門尉と数正が心配して家康をそっと見ると、家康はしばらく城の外の景色に目をやっていたが、やがてこう口にした。

「織田と徳川は、何をおいても助け合う……この清須で、私とあなたの父上はそう盟約を結びました。あれから二十年余り……。よう喧嘩もしたが、なんとか守り通してきた……それは今後も変わらぬと心得ております」

「徳川殿……！」と信雄は感極まるが、左衛門尉と数正はともに顔を曇らせた。無論、家康とて感情論では動かない。

「ただし……今の秀吉と戦うは、並大抵のことではござらぬ。刺し違える覚悟、おありでございましょうや」と冷静に確認した。

「無論じゃ」と信雄は言葉に力を込めた。

家康はあくまで慎重で、

「猶予をくだされ」と言うにとどめた。

左衛門尉と数正は帰途、声を落として家康に進言した。

「この話、軽々に乗るべきではございませぬ。秀吉の軍勢、今や十万を超え、ますます増えてゆくことでござろう」と数正、

「信雄様は、恐れながら頼りにならぬかと」

左衛門尉も同じ考えである。

「わかっておる」

家康は言うが、数正はさらに続けた。

「あるいは、すべて秀吉の手の内、ということもあろうかと」

「無謀な戦をするつもりはない。二度と三方ヶ原のようなことがあってはならん……熟慮いたす」

家康はそう言うと、ひとり馬を急がせた。

左衛門尉と数正は少し遅れてついて行きながら、考え込む。

「殿は、おやりになるかもしれんな」

「そうなったら、お止めすることはできんかもしれん」

「その場合、これがわしの最後の戦となろう」

左衛門尉はいつになく深刻な顔をした。

「同じく」と数正も言う。だが、

「おぬしはまだまだできるさ」と左衛門尉は馬を近づけ、数正の肩を叩いた。

左衛門尉と数正は、これまで家康とともにどれだけ危ない戦場をかいくぐってきたことか。そのたび、生きながらえてきたが、いつどこで命運尽きるともわからない。歳もとっている。過去、殿を守って散っていった者たちの後を追う順番がそろそろ回ってきているのではないか。武士は己の死に際を常に考えるものなのだ。

そう思いながら、ふたりとも、どれだけ戦を経験しても、完全に思いきれないものがある。いやむしろ、場数を踏めば踏むほど、命の大切さを感じるのである。

夜、浜松城に戻った家康は、居室でひとり、薬を煎じながら考えた。薬草の香りを嗅いでいると、瀬名が託した言葉が浮かんできた。

「私たちの目指した世は、あなたに託します……。きっと、戦のない世を築いてくださいませ。あなたならできます。あなたなら必ず」

そう言って、瀬名が口づけした人差し指がじわり、熱くなるのを感じながら、家康は薬研《やげん》の輪を転がし続けた。

翌日、家康が水を飲みに大台所に向かうと、板間の隅に、直政が半裸で座り込んでいた。体じゅう傷だらけで、自分で薬を塗っている。家康はそばに近づくと、膏薬《こうやく》の瓶を取って、直政の背中に擦り込んだ。直政は滅相もないと驚くが、家康は気にせず塗り続けた。

「また稽古をつけたのか」

「私の力を示さねば、従ってくれませんので……」

「武田が鍛え上げた強者《つわもの》どもじゃ、手強かろう」

直政は武田の残党を任されていた。

「最強の兵を率いるのが……私でよいのでしょうか」

いつも強気の直政が珍しく不安な目をした。

「平八郎殿か、小平太殿のほうが……」

「やつらは、武田とさんざん戦ってきて、互いに恨みがあろう……。遠江《とおとうみ》・井伊谷《いいのや》の御曹司しかおらん」

武田の旧臣を直政に任せたのは、家康なりの配慮であった。

「直政……」

「は」

「もし、近いうちに大きな戦となったら……思いのままに動かせるか？」

直政は揺れる心を振り払い、立ち上がると、眉にぎりりと力を入れた。

「必ずや手懐けて御覧にいれます」

直政がやる気になったのを見届けると、家康は大台所を離れた。城をぐるりと見回っていると、一角で小平太が若い侍たちに『論語』を読み聞かせている。

家康の視線に気づいた小平太は、

「今日はこれまでじゃ」

と若い侍たちを帰すと、素早く家康のもとへ向かい、跪いた。

「よい家来を育てておるの」

「次の戦は、我が生涯最大の大戦《おおいくさ》になると心得ておりますので」

家康は慎重に訊ねた。

「勝算、あると思うか」

「敵は寄せ集めの大軍。我らは、いくつもの戦を潜り抜けてきた小さいながらも硬い硬い一丸。なぜ負けましょうや」

「今度こそ死ぬかもしれんぞ」

家康が訊くと、小平太は、はにかむような顔をした。

「家柄の良からぬ武家の次男坊、強国の草刈り場の三河に生まれし身の上では、出世も長生きも望めぬ。大樹寺《だいじゅじ》で学んでいた頃、登誉《とうよ》上人にそう憎まれ口をたたいておりました」

そう、家康の菩提寺である大樹寺で「厭離穢土《おんりえど》　欣求浄土《ごんぐじょうど》」の意味を登誉上人に代わって家康に教えたのは、小平太であった。

「ここまで出世し、長生きできるとは思っておりませんでした。何の悔いもありませせぬ」

あの頃と変わらない澄んだ聡明な瞳に、家康は言った。

「頼りにしておる」

それから家康は、またひとしきり城を歩く。庭では平八郎がひとり、槍の稽古に汗を流していた。

平八郎は、家康の視線に気づきながらも、一瞥もしないで、

「俺に聞くまでもないこと」と言った。「やるべし」

平八郎らしいぶっきらぼうな態度に、ふ、と家康は小さく笑った。

「おぬしは、そう言うであろうな」

「天下の覇権をめぐって戦えるはこの上ない喜び。……思えば、大高城《おおだかじょう》から逃げ出した殿を引きずり戻したとき、よもやこのような日が来ようとは、夢にも思いませなんだ」

「あの頃のおぬしは、わしを主君と認めぬと喚いておったな」

「今もまだ認めておりませぬが」

「え？」

「天下をお取りになったら、考えてもようござる」

平八郎も出会った頃と変わらず、家康に手厳しい。だが家康は、平八郎の憎まれ口が嫌いではなかった。

平八郎、小平太、直政――。皆、すでにいまだかつてない激しい戦いに臨む覚悟ができている。そう感じた家康は、自身の心にも、覚悟があるか問いかけるのだった。

数日ののち、主殿の広場に左衛門尉、数正、平八郎、小平太、直政、忠世、彦右衛門、七之助が集まった。上座に座った家康の前に、本多正信《ほんだまさのぶ》がいる。床に地図を広げ、作戦を説明しはじめた。

「我ら五か国、信雄様三か国。対する秀吉方は、二十四か国。数では太刀打ちできぬ。が、大きく積み上がった団子も一つを取り除けば、ばらばらと崩れ落ちる。軍勢もこれと同じ」

正信はそう言うと、地図の横に置かれた皿に盛られた団子の山の途中から、やにわに一つを取った。たちまち山はもろっと崩れた。

「今や誰もが秀吉にひれ伏しながら、されど腹の底ではこの卑しき猿が天下人とは笑わせるなと多かれ少なかれ思っている。美濃・池田恒興はその筆頭。こいつが要。奴は信長の古くからの重臣」

池田恒興の母親は信長の乳母《めのと》だったので、ふたりは乳兄弟である。正信は地図を示しつつ、説明を続ける。

「こ奴を調略すれば、秀吉の懐に深く入り込むことができる。丹羽《にわ》や前田もこちらにつきましょう。そこに、いまだ秀吉に抗う越中の佐々成政《さっさなりまさ》、土佐の長宗我部元親《ちょうそかべもとちか》、紀州の根来衆《ねごろしゅう》、雑賀衆《さいかしゅう》らを巻き込めば、畿内の秀吉を日ノ本全土でぐるりと取り囲むことができる。勝てるとすればこの一手」

正信の作戦を聞いて、家康を筆頭に皆、息を呑んだ。

「こりゃすげえ……」と彦右衛門は地図に見入る。

「日ノ本全土の大戦だわ」

と身を乗り出す七之助とは対称的に忠世は、

「途方もないのう……そんな芸当ができようか」とやや尻込みをした。

「できるかどうかではない、やるのだ」

と強気なのは平八郎である。

「今やらねば、秀吉はますます強大となり、跪くのみとなりましょう」

と小平太も頭をぐっと上げると、直政が勢いよく立ち上がった。

「今をおいてほかになし」

やる気にあふれた者たちの様子に家康は「うむ……」と少し悩む素振りで、「左衛門尉、数正、いかがじゃ？」と老練のふたりに頼った。

ふたりはやはり慎重である。

「池田恒興、うまく調略できますでしょうか……」と数正が疑問を呈し、
左衛門尉は、

「殿のお心は、決まっておいでなのでしょう」とまず家康の心情を慮った。

皆の意見を聞いた上で、家康はようやく自身の意見を述べはじめた。

「何も持たぬ百姓だった男が、ありとあらゆる物を手に入れてきた。それが羽柴秀吉じゃ。そういう男は、欲に果てがない。もし、秀吉に跪けば……我らのこの国も奴に奪われるのではないか？」

家康は皆に問いかけた。

「わしは身に染みてわかっておる……力がなければ、何も守れん……強くなければ、奪われるだけじゃと」

そして、丹田《たんでん》に力を込めると、目をかっと見開いた。

「乱世を鎮め、安寧な世をもたらすは、このわしの役目であると心得ておる！　秀吉に勝負を挑みたい」

「異存なし！」と間髪を入れずに平八郎が賛同する。続けて、小平太、直政、彦右衛門、七之助も口々に「異存なし！」と叫んだ。続かないのは、左衛門尉と数正のみである。

だが、平八郎たちに促すように見つめられ、左衛門尉と数正も覚悟を決めた。

「ご奉公いたしまする」と左衛門尉は粛々と言う。

数正は、

「猿を檻に入れましょう」

と少しおどけた言い方をした。それによって、固くなっていた皆の表情がほぐれた。笑顔で一同の心がひとつになった様子を見て、家康は満足げにうなずいた。

家康が居室に戻ると、於愛が文机《ふづくえ》に突っ伏していた。傍らでは、長丸と福松も仰向けで寝ている。顔に墨がついている。どうやら、手習いをしていたらしい。が、見ると、文字というよりはいたずら書きのようである。まだ六歳と五歳だから無理もない。やんちゃ盛りのふたりの男児に振り回されて、於愛は疲れてしまったのだろうと、家康は頬を緩ませた。

家康の気配を感じて、於愛は目を覚ますと、慌てて身繕いをした。

「あ……ご無礼を」

於愛は長丸と福松も起こそうとするが、

「よいよい、そなたも寝ておれ」と家康は止めた。

「とんでもない。……ちっとも言うことを聞かなくて」

「家のとりまとめも苦労が多かろう。どれ、肩を揉んでやろう」

「いけませぬ」

「遠慮するな」

家康に肩を揉まれ、於愛は恐縮しながら、小さな声で訊ねた。

「戦になるのでございますね」

「すまぬ」

「なぜお謝りに?」

「おなごたちは呆れておるじゃろう……。懲りずに愚かな戦ばかり」

「愛には難しいことはわかりませぬ……。でも……お方様が目指した世は、なんとなくわかっているつもりです」

於愛は右手を、家康の左手にそっと乗せた。

「それを為すためでございましょう?」

「……ああ」

於愛が瀬名の想いを引き継いで、忘れずにいてくれることに家康は深く感じ入った。

「お家のことは愛にどーんとお任せくださいませ!」

明るい於愛に救われて家康はうなずくと、ふたりで子供たちの健やかな寝顔を見つめた。

その夜、岡崎城下の屋敷に戻った数正は、鍋と向かい合って座り、これからの話をした。

「戦となる」

「はい」

「この岡崎が要となろう」

「私はいかがいたしましょう?」

「城代の妻として城に詰めてもらう」

「承知いたしました」

真剣な覚悟で、ふたりは棚の仏像に向かって手を合わせた。

数日後、清須城の主殿に家康はいた。左衛門尉、数正も付き従っている。家康の覚悟に、

「礼を言う……礼を言うぞ、徳川殿！」

感極まって叫ぶ信雄を、家康は声を落とすように諌《いさ》めた。秀吉が間者を送り込んでいるとも限らない。そして、隅に控える信雄の重臣・雄光、重孝、長時に席を外させると、用心深く訊ねた。

「池田恒興殿の調略、おできになりますか？」

「やってみる」

「おできになるかと聞いております」

「できる、必ずやる」

「あと戻りはできませぬぞ」

大事なことなのだが、信雄のうなずきには迷いが見える。

「秀吉に知られずにどこまで話を進められるかが肝要」

「恐れながら、この御家中にも秀吉に通じている者がおありかと」

左衛門尉と数正は順に、信雄に詰め寄った。そこまで来てようやく信雄は、

「わしはその者らを処断する。よいな？」と決断した。

「それが一斉に立ち上がる合図となりましょう」と家康は深くうなずいた。

事が起きたのは三月六日である。

伊勢長島城の主殿で、雄光、重孝、長時の三重臣が信雄の家来によって襲撃された。彼らは秀吉

に通じていたのである。この出来事が戦の火ぶたを切った。

大坂では秀吉が仮御殿の居室で、家康が信雄と組んだという報を秀長から受け、

「愚かよのう……。これで信雄と家康、まとめて滅ぼしたれるわ」とほくそ笑んだ。

三月七日、家康は、浜松を発ち、岡崎城に入った。諸大名へ調略をかけ、池田恒興も徳川・織田軍についた。

三月八日、朝、岡崎城に、徳川方の軍勢が集結した。武装した平八郎、小平太、直政、忠世、彦右衛門、七之助、正信たちの前に、家康、左衛門尉、数正が立った。

「ただ今をもって我らは、羽柴秀吉との戦に入る！」

数正が高らかに宣言すると、「おお！」と力強く声があがった。

「大久保忠世、鳥居元忠、平岩親吉、その方らには背後の守りを任せる！　甲斐・信濃を固めよ！　特に真田からは目を離すな！」

左衛門尉が命じる。

「残りの者はこれより清須へ入る！」

張り切る一同に家康が語りかけた。

「皆々……ここまでようついてきてくれた。これは、いまだかつてない日ノ本を二分する大戦《おおいくさ》となろう！　おのおのの持てるすべてをこの戦に懸けてもらいたい！」

家臣たちの表情がさらにきりりと締まる。家康は軍配を力強く掲げた。

「機は熟せり……織田信雄様のもと上洛し、今こそ、我らが天下を取るときぞ！　出陣じゃ！」

城の大台所の土間では、於愛と登与をはじめとしたたくさんの女性たちが、鍋の指揮で握り飯を

大量に作っている。

「皆、米はなにゆえコメと呼ぶのか！　知っておるな？」と登与が若い女性たちに問う。

だが、由来を知る者はいなかった。

「知らんのか。心を込め、命を込め、勝利への願いを込めたるものだからぞ！　徳川の家中では昔からそう言われておる。まあ、誰かがいい加減に言いだしたことであろうがな」

すると、鍋が登与に小声で囁いた。

「あの、於大の方様でございます、言いだされたの」

「あら……」

そうであった、と登与は思い出し、ふと、あたりをきょろきょろ見渡した。於大がふくれて出てきそうに思えたのだ。於大は健在だが、兄・水野信元の死後、夫の久松長家が上ノ郷城を息子に譲り、隠居生活を送っている。

於大の伝説を知らない於愛だが、登与の話を素直に聞いて、声を張り上げた。

「さあ、勝てと念じながら握りましょうぞ！　勝て！　勝て！　勝て！」

「勝て！　勝て！　勝て！」

大台所に女たちの願いの声が明るく響いた。

三月十三日、家康たちは尾張・清須城に入った。ところが、戦況に暗雲が立ち込めた。恒興が寝返ったのである。秀吉についた池田恒興・元助父子と、恒興の娘婿であり、森乱の兄である森長可《ながよし》の軍は進軍を開始。十四日には、尾張北部の防衛線、犬山城《いぬやま》を瞬く間に落城せしめた。

清須城、主殿の広間で家康、数正、平八郎、直政、正信、信雄が、重苦しい雰囲気で今後の策をめぐらせる。

「なぜじゃ……なぜ池田はわしを裏切る！ わしにつくと言ってくれたんじゃ！」

悔しげに唇を噛む信雄の傍らで、正信が静かに腕を組む。

「気が変わったか。はじめから秀吉の手の内だったか」

恒興は、秀吉から、家康の首を獲れば美濃に加え、尾張と三河も与えると約束され、欲望に流されたのである。

「どうなるんじゃ……秀吉を囲い込む策は！」信雄の嘆息に、

「すでに崩れました。敵の数は十万を超えましょう」と正信が答える。

「美濃が敵に回ったら無傷でここに来るぞ！」

家康はうつむいて、指先を口に含みながら考えている。と、小平太が現れた。

「申し上げます！ 敵の手勢、犬山を出てさらに向かって来ております。楽田《がくでん》を狙うものと」

「ど、どうするんだ……楽田も落とされれば、次は小牧山《こまきやま》じゃ！ 目と鼻の先じゃぞ……来るぞ！もうここへ来るぞ！ なぜこんなことになったんじゃ！ 池田は父の幼い頃からの……！」

家康は「信雄ッ！」と一喝、信雄は、押し黙った。

「秀吉相手の戦が思い通りにいかぬことはもとより承知の上。すでに火ぶたは切られておる。総大将がうろたえるな」

おどおどする信雄を、家康は落ち着いた声で諭した。

「信長の息子じゃろう、しっかりせい」

「……はい」

「守りを固めるよう各砦に伝えよ。敵をよう見張れ。特に秀吉本軍の動きから目を離すな」

左衛門尉が「殿、敵を足止めいたします」と申し出た。

「今は時を稼ぐのが肝要。我が手勢が夜陰に紛れて打って出て、羽黒《はぐろ》あたりで叩く」

「我が手勢も」と数正が言うが、

「数正、おぬしはここにおらねばならん」と止める。

今度は平八郎が身を乗り出した。

「左衛門尉殿もしかり。俺が出る！」

「同じく！」と直政もやる気であるが、左衛門尉は許可しない。

「ならぬ！　おぬしらの出番はまだ先じゃ。よいか……秀吉は必ずやって来るぞ。おぬしらは、それまで爪を研いでおれ」

毅然と言うと、左衛門尉は家康に向き直った。

「殿、私は当初、秀吉には勝てぬと思うておりました……今はそれを恥じております。老いたようじゃ」と伏し目がちに笑うと、いま一度、家康を見つめた。

「殿はすっかり頼もしくなられた」

それから平八郎たちを見て、

「そしてお前たちもおる……必ずや勝てると信じておる！」

あとを託すように、左衛門尉は平八郎、小平太、直政らの肩を順番に両手でぐっと摑んでゆく。

「あとは頼んだぞ！　お前たちがやるんじゃ！　よいな！」

だが、正信の前で「あとは頼ん……」と言葉を呑み込み、上げた手が宙をさまようが、躊躇した末、一応肩を軽く叩いた。正信だってやる時はやるだろうと思いたかった。

そして、家康に跪き、

「殿、私には、この辺がちょうどいい死に場所と心得ます。……天下をお取りなされ」

そう言い残すと、「酒井忠次勢、出るぞッ！」と自らの家来たちを引き連れて颯爽と出陣した。

十七日未明、羽黒の陣では、長可たちが休憩をとっていた。ふと、周囲に立ち込める煙のにおいに気づき陣幕の外へ出ると、周囲の雑木林が燃えているではないか。

「て、敵じゃ！　敵じゃーー！」と兵が叫ぶと同時に、鉄砲が撃ち込まれた。たちまち陣中は大混乱。長可は逃げまどう兵を槍で打ちすえ「ええい、ひるむな!!」と発破をかけた。

「押し返せ！　このまま敵陣へかかれーー！」

攻撃を仕掛けたのは左衛門尉が率いる軍である。

「森長可勢か……者ども、年季の入りの違いを見せつけてやるがよい。……敵を正面に引き付け、別手をもって横っ腹を突く、わしに続けーー！」

左衛門尉の指揮で、兵たちが一気に陣になだれ込んだ。

夜が明けた清須城の主殿で家康、数正、平八郎、直政、正信、信雄らが報告を待っていると、小平太が廊下を勢いよく駆けて来た。

「左衛門尉殿らの手勢、羽黒にて森長可を襲い……」

家康たちは立ち上がり、固唾を呑んでそのあとの言葉を待つ。

「勝ちましてございます！　敵は逃げ散りました！」

「左衛門尉は」と家康が聞くと、小平太は「ご無事でございます！」と明るく言った。

ようやく肩の力が抜け、家康たちは息をついた。

「さすがよ……あれはまだまだ死なんじゃろう」

数正が顔をほころばせた。が、ひとりだけ険しい顔をした者がいる。正信である。

「殿、これで、秀吉本軍が出て参りましょう。兵力の差を鑑みれば、岡崎まで引いて籠城するが得策かと」

「清須を見捨てるのか」

と信雄は顔を曇らせたが、正信は譲らない。

「地の利を活かさねば、十万の兵とはやり合えませせぬ」

とそこへ、

「榊原康政、策を献じまする！」と小平太が割って入った。

「許す」と家康が言うと、

「ここは兵を引かず、前に出てはいかがかと。秀吉を迎え討つは、小牧山城が最もふさわしゅうござる！」

「小牧山……？　秀吉の喉元に刃を突き刺すか。そいつは面白い」

平八郎は乗り気だ。

「しかし、小牧山は古くて使い物にならんのでは？」

と数正が眉をひそめると、小平太は手にしていた小牧山城の図面を勢いよく広げた。

「このように大きく手を加えますれば秀吉の大軍勢と渡り合えましょう！　難攻不落の要害にいたします」

精密に描かれた図面に一同、感心して見入った。

「これはすごい……」と直政が唸る。

「小平太、何日でできる？」と家康が問う。

「十日もあれば」

「遅い、五日じゃ」

「やって御覧に入れる！」

「よし、小牧山へ陣を移す！　前へ出るぞ！」

三月二十八日、小平太がわずか五日間のうちに強靭な城に造り替えた小牧山城に、徳川軍は本陣を敷いた。

迫り来る羽柴秀吉の本軍十万は犬山城に着陣すると、勢いのままに南下し、二十九日、楽田城をも一気に制圧し陣を敷いた。

楽田城は秀吉の大軍勢が埋めつくしている。主殿には甲冑姿の秀吉、秀長、加藤虎之助清正《かとうとらのすけきよまさ》、福島正則《ふくしままさのり》たちが集った。

恒興と長可たちに恐縮して迎えられた秀吉は、見晴らしのよい場所から、南の方角を睨むように見た。わずか一里半（約六キロメートル）ほどの距離に小牧山城が見える。

小牧山は広大な濃尾平野の中央に位置し、頂上からは尾張を見はらすことができる。そこに信長は築城し、清須から移転したのである。信長の美濃攻めの拠点となった歴史ある城であった。

「家康と勝負をつけたるわ」

秀吉は怪しく瞳を光らせると、兵を連れて戦場へ赴く。

その頃、家康も馬上で北の方角――楽田城を見つめていた。
徳川家康、羽柴秀吉、ここに両雄、ついに相まみえることとなったのである。

第三十二章　小牧長久手の激闘

徳川家康と羽柴秀吉《はしばひでよし》との天下をめぐる大戦《おおいくさ》の火ぶたが、ついに切られた。秀吉が陣を構えたのは楽田城《がくでんじょう》である。その一帯を、実に八万とも十万ともいう未曽有の大軍勢が埋めつくしていた。

主殿では甲冑姿の秀吉、羽柴秀長《ひでなが》、池田恒興《いけだつねおき》、森長可《もりながよし》、加藤清正《かとうきよまさ》、福島正則《ふくしままさのり》らが、南の方角へ一里半（約六キロメートル）ほどの小牧山城を見据えている。

小牧山城には家康が本陣を構えている。かつて信長が造ったこの城を、堅牢な要塞に造り直したのである。家康、酒井左衛門尉忠次《さかいさえもんのじょうただつぐ》、石川数正《いしかわかずまさ》、本多正信《ほんだまさのぶ》、本多平八郎忠勝《ほんだへいはちろうただかつ》、榊原小平太康政《さかきばらこへいたやすまさ》、井伊直政《いいなおまさ》、織田信雄《おだのぶかつ》たちが楽田城を強く睨んだ。睨み合いを続けること数日。決戦の時が迫っていた。

この戦いの先頭に立つことになる平八郎、小平太、直政は闘志をたぎらせながら、それぞれ武具の手入れをしている。それを横目に、家康、左衛門尉、数正、正信は作戦を話し合う。ただひとり、信雄だけは楽田城を見つめ、絶え間なく襲いくる恐怖と戦っていた。

「徳川殿……あんな大軍勢にどうやって勝つんじゃ……？」

信雄の不安に、家康に代わって左衛門尉が答えた。

「この小牧山は、信長公が心血を注いで造られた要害。さらに堀と砦を増やしております。落とされはしませぬ」

　数正も落ち着いた様子である。

「敵は、あれだけの兵を食わせるだけでも一苦労。長引けば、秀吉にも焦りが出ます。さすれば、我らに有利なる和議を結ぶこともできましょう」

　数正の言葉に、平八郎が片眉をぴくりと上げた。

「和議？　また弱気なことを」

「数が違いすぎるでな」と数正はなだめるように言った。

　すると、直政も反論した。

「大軍なるものは決して一体にあらず。所詮寄せ集め。一戦交えて大いに叩きのめせば、必ずや崩れましょう」

　相変わらず血の気が多い直政に比べると、小平太には落ち着きが備っていた。

「秀吉に愛想をつかして、こちらにつく者が出てくれば、充分に勝ち目はあると存じます」

　いずれにしても、平八郎、小平太、直政は戦う気である。

「数正殿、和議など二度と口になさらんでもらいたい。勝利あるのみ」

　血気盛んな平八郎は激しい調子で数正を責めた。黙り込む数正を家康が気遣い、肩をぽんと叩く。

「秀吉もあれだけの大軍をまとめあげておる。今さら無駄な動きはせんじゃろう」

「しかし、こう睨み合いが続いては……」と左衛門尉が懸念を漏らすと、正信が何かを思いついたように、「……焚きつけてみますか」と言いだした。

「罵詈雑言の流布。秀吉の悪口をさんざんに書き連ねて、そこら中に高札《こうさつ》を立てるのです」

「何じゃそれは。お前の考えることは本当に……」

　と家康が言いかけたところを小平太が引き取った。

「いいかもしれませんな。秀吉が怒りに我を忘れ、しくじるかもしれん。さすれば軍勢に乱れも出よう」

　気をよくした正信は、

「板でも紙でもどんどん集めよ！」と声をあげた。

　正信を中心に、平八郎、小平太、直政たちは急ぎ板や紙を集めてくると、車座になった。

　喜々として、作業をはじめた正信たちを、家康と左衛門尉、数正、信雄は呆れたように眺める。

「字がうまいのは小平太じゃ」と平八郎に推薦され、小平太が筆を執った。

「皆、思い思いの悪口を申せ」と正信が音頭をとり、まず自分から、

「えー、羽柴秀吉は悪逆非道なり！　不埒の数々あげて言うに及ばず！」

　続けて直政が、

「秀吉の言い分に一片の大義もなし！」

「ええぞ、書け書け」と正信は煽る。

「秀吉は……えー……秀吉は……たあけ」

　平八郎は腕は立つが、口は立たない。珍しく、やや自信なさげな声を出した。

「……うん、まあ、それはええわ」

　案の定、正信はやんわり却下した。

　代わって、弁の立つ小平太がすらすらと言う。

「秀吉は、信長公の御恩を忘れ、天下を掠め取ろうとする盗人である」

「おお、ええぞ！」

「そもそも秀吉は、草むらから出でたる卑しき身の上！」

「ええのう！」

「野人の子なり！」

「おぬしどんどん出て来るな、悪口の才がある！」

小平太と正信が調子に乗っている姿に、家康が口を挟んだ。

「ちょっとそれは言い過ぎじゃなかろうか……」

「かまわん、どんどん書け！」

盛り上がる正信と小平太を見て、平八郎も何か考えようとするが結局、

「秀吉は……あほたあけ。あほたあけ！」と前の繰り返しになってしまう。

「それはええわ」と正信は書き取ろうとしない。

「大義は徳川にこそあり！」

「我らに与《くみ》せよ！」

正信と小平太が次々と感情を高ぶらせる言葉を挙げて盛り上がる。左衛門尉と数正は、その様子を成長したわが子を見るように、頼もしく思いながらも、少し寂しげに見つめていた。

正信たちの作った、秀吉を悪しざまに罵る高札が楽田城の周りに立てられたことも知らず、主殿では秀吉が秀長、清正、正則らと話し合っていた。

「奴らは、背後の三河から兵糧を絶えず運び込んどりますで、いつまででも籠城するでしょう」

と秀長が秀吉に言っていると、恒興と長可が家来とともに血相を変えてやって来た。家来は手に高札を持っている。

「筑前《ちくぜん》、こんなもんがあちこちに」

恒興は憤慨したように秀吉に札を差し出した。

「おぬしへのあざけりじゃ」

「榊原康政と名が」と長可が報告する。

「読んでみやあ」

秀吉に命じられ、秀長はさっそく読もうとしたが、文字を見てためらった。

「やめといたほうが」

「ええから読みゃあ」

読もうとしない秀長に代わって、恒興が札を手に取った。

「わしが読んでやる」

意気揚々と読みはじめた。

「それ羽柴筑前守秀吉は野人の子なり」

「ああ!?」

冒頭から秀吉はあからさまに不機嫌な顔になったが、考え直して、

「……続けやあ」と促した。

「もともと馬前《ばぜん》の走卒《そうそつ》に過ぎず。信長公の寵愛を受け将帥にあげられるとその御恩を忘れ、その子らを蔑《ないがし》ろにし、国家を奪わんとする八逆罪の者なり。悪逆非道の秀吉に……」

あまりに酷い言葉の数々に、秀長はたまらず「まーよろしかろう」と止めた。

見れば、秀吉は懸命に怒りを押し殺している。感情の赴くまま何をしでかすかわからず、誰もが恐怖を感じていると、ふいに秀吉が笑いだした。

「なかなかの名文だわ、榊原は筆が立つのう」

意外な褒め言葉に一同は、むしろ、ますます緊張を覚えた。

だが、秀吉は平然と笑い飛ばしたのだ。

「そんなんで、わしを怒らせれるもんけーな……わしゃ、まっとまっとひでぇことばっか言われ続けてきたんだで……これしきのこと、かわええもんだわ」

秀吉のこれまでの生きてきた道のりを思い、一同は口をつぐんだ。すると、秀吉は吐き捨てるように言った。

「所詮、人の悪口を書いて面白がっとるような奴は、己の品性こそが下劣なんだと白状しとるようなもんだわ」

「そうだわ、兄《にい》さま、信用を失うんは徳川の方だて」

「家康は、この卑しき野人の子に跪くんだわ」

励まし合う羽柴兄弟に、恒興が言った。

「うむ、それでよい、それでよいぞ筑前、怒ったら相手の思うつぼじゃ。おぬしには、わしがついとる」

それだけ言うと、長可と連れ立って部屋を出て行った。

その背中を見送った秀長は、

「面白がっとるようだわ」とぼそりと呟いた。

「腹ん中じゃ、まんだ自分が上だと思っとるんだて」

秀吉は苦虫を噛み潰すような顔をした。一瞬、恒興が秀吉を見下すような目つきをしたことを秀吉と秀長は見逃していなかったのだ。

その夜、小牧山城の主殿では、家康、左衛門尉、数正、正信、平八郎、小平太、直政、信雄らが小牧山城周囲の地図を広げて話し合っていた。

「そろそろ何かしら動いて来るやもしれぬな」と左衛門尉が言うと、

「やはり東側から来るじゃろう」と平八郎が地図の右を大きな瞳でぎろりと見た。

「砦で固めておる」と小平太が指を差した。

「正面から数で押してくるのでは？」と直政の問いに、
うーむと考え込んでいると、

「正信……おぬしが秀吉方ならどう攻める？」と家康が訊ねた。

「左様でございますな……」正信は地図を見ながら腕を組む。

「それがしなら、ここを攻めますかな」

つーっと碁石をひとつ、つまんで動かすと、地図から遠く外れた床まで動かした。

「またふざけたことを抜かし……」と平八郎が咎めようとしたとき、はっと、一同は一斉に青ざめた顔になった。正信が言わんとしていることに気づいたのだ。

「いかがします、殿」

数正はそろりと家康をうかがった。

翌日、城の周辺で、兵たちが土木工事をはじめた。堀を作る作業に励む兵たちのもとに現れたのは、平八郎と、図面を持った小平太、そして直政である。その後ろには足軽たちが数人ついて来ている。かなり遅れてやる気のなさそうに歩いて来るのは、正信である。

「ただ今より新たに手を加える！　この図面の通りに掘れ！」

小平太が足軽たちに図面を見せながら命じた。

「急げ！　時は迫っておるぞ！」と平八郎が語気を強めた。

足軽も加わったことで、作業はさらに進んだ。

小牧山城で謎の工事がはじまったことは、楽田城でも話題になった。四月五日の夕方、楽田城の主殿で、秀吉と秀長が話し合っているところに、清正と正則がやって来た。

「奴ら、また堀を掘っておるようで」と清正が報告する。

「なおも守りを固めるとは、肝の小さい奴らよ。殿、もはや小牧山、力攻めするほかないかと！」

勇む正則に、秀吉は、

「無駄に兵を失うんは、うまくねえわ」と軽くいなした。

そこへ恒興と長可がやって来た。

「筑前、我らに策がある」と恒興は秀吉ににじり寄り、

「家康を城から引っ張り出すんじゃ」と提案した。

「いかにして？」

「三河、岡崎よ」

恒興はばっと地図を開いて、岡崎に碁石をひとつ置いた。

「わしらの軍勢が、ぐるーっと回って三河へ入り、家康の本領、岡崎攻めに向かう！」

「岡崎にはまともな軍勢が残っておらぬはず。家康は見過ごせるはずがない。必ず城から出て追いかけて来ましょう」長可も膝を進めた。

「そこを筑前、おぬしの本軍が背後を突き、我らと挟み討ちにすれば、あっという間に皆殺しよ」

勢いづく恒興と長可の案を、秀吉は無表情で聞いている。

「つまり、中入《なかい》りでごぜーますな」と秀長が言った。

「左様。三河中入り、すでに兵に用意をさせておる」と恒興、

「羽黒での雪辱をそそぐ所存にござる！」と長可は張り切った。

だが秀吉は顔をしかめた。

「中入りっちゅーんは、本来ええ策ではねえ。肝心の本軍の数を減らしてまう」

「数ではもとより大きく上回っている。支障ない」

「家康のこった、読んどるかもしれんがや」

恒興の説得に、秀吉は疑問を投げかけた。

「だとしても奴に手の打ちようはない」と恒興、

「奴は、不用意に前に出過ぎたのです」と長可、

「筑前よ、ここはわしに従っとけ」

と恒興はぐいぐい迫る。

「この池田勝入《しょうにゅう》がいるから、織田家臣たちがおぬしについてきていることを忘れんでもらいたい」

秀吉がいい顔をしないので、焦《じ》れた恒興はつい口を滑らせた。

たちまち秀吉がぴくりとなった。

「そういう言い方は、せんほうがええに」と薄目で睨んだ。

「一晩考えさせてちょう、しくじるわけにいかん戦だでな」

しぶしぶ、恒興と長可は下がった。

ふたりが出て行くと、秀長は秀吉に呟いた。

「兄《にい》さま……悔しいが、ええ策だと思います」

すると秀吉は不快そうに眉根を寄せた。中入りとは、かつて織田信長が得意とした戦法で、かの桶狭間でも用いられたものである。

「わしかてとっくに考えとったわ。やるときゃ密かにはじめたかったが、ありゃあまー、兵に言いふらしとるようだわ」

恒興の浅慮に秀吉は苛立っていた。そのため、あえて、いい答えを出さなかったのだ。

「己の手柄にするためでしょうな」と秀長は忌々しそうな顔をした。

翌四月六日の朝、秀吉は、恒興、長可、清正、正則を筆頭に、大勢の武将たちを広間に集めた。

「殿の策を示す！　三河中入り！」

秀長が高らかに宣言した。

「この中入り勢は、ただのおとりにあらず。大軍をもってまさしく岡崎を落とすものである！　家康本軍は必ずや出て来るであろう！」

秀吉は、中入り勢として、恒興と長可を指名した。ふたりは「は」と畏まって引き受けながら、不愉快な表情を隠さなかった。己の策が秀吉の策として発表されたことが悔しいのである。

秀吉はすましてて「加えて、堀秀政《ほりひでまさ》！」と言ったあと、

「そして総大将は我が甥、羽柴秀次《ひでつぐ》とする！」と高らかに宣言した。

まんまと出し抜かれた恒興は、苦々しげに奥歯を噛み締めた。秀吉はそれを嘲笑うかのように意気揚々と声をあげた。

「三万の兵をもって岡崎を落とせ！　残る我が本軍は、家康との決戦に備える！　小牧山城をよーく見張り、這い出る鼠一匹見逃すだにゃあぞ！」


その頃、小牧山城の外縁では、平八郎、小平太、直政たちまでもが、兵たちに混ざり、泥まみれになって堀を作っていた。ひとり、正信だけがさぼっていること気づいた直政は、きっと睨んだ。

直政の責めるような眼差しに気づいた正信は、

「やっとる、やっとる」と、まじめにやるふりをする。

直政は伊賀で出会ったこの男が「イカサマ師」と呼ばれながら、すんなりと軍師に納まり、皆に受け入れられていることが不思議でならなかった。家康は明らかにこの男を気に入っている。なぜだ？　並んで土を掘りながら直政は思いきって訊ねた。

「殿のお命を狙ったというのは、まことか」

「ああ、それで追放された」

「なぜ追放で済んだ？　なぜ許された？」

「さあな。軽蔑するか？」

「いや。……私も同じだから。私も殿のお命を狙った」

正信の土を掘る手が止まった。

「聞いたこともないな。鷹狩の帰り道で殿に見いだされたと聞いておる」

「それより以前、馬鹿な小僧だった頃に……。だが、なかったことにしてくださっている」

それまで手を抜いていた正信だが、少し真顔で土を掘りはじめた。直政は正信に言うともなく呟いた。

「殿はなぜ、我らのような者を許し、信じてくださるのか……」

「憎んだり恨んだりするのが苦手なんじゃろう、変わったお方よ」

正信の言う通りだ、と直政ははじめて正信の言葉を素直に肯定できた。

「戦なき世を作れるのは、そういうお方のはず」

直政はそう言うと「御恩に報いてみせる」とそれまで以上に懸命に土を掘りはじめた。

正信はまた手を止め、にやにやと直政を見ている。

「やれ！」と直政は睨んだ。

「お、おう……」正信は慌てて掘りはじめた。

ふたりは黙々と土を掘り続けた。まるで、生かされた者の贖罪のように。

夜、楽田城の主殿では、秀吉たち一同が武装して、出陣の支度を整えていた。そこへ清正が報告に現れた。「中入り勢、出ました」

「虎之助、物見を怠るな！　家康が小牧山から出たら、ただちに追い討ちをかける！」

秀長が言うと、

「家康の首を獲ったもんにゃあ、何でも望みの恩賞を与えるでよ」

秀吉は皆に発破をかける。そして、

「さあ出て来い家康……岡崎を灰にしてまうぞ」と目をギラつかせた。

翌日、小牧山城・主殿の広間では家康がいつもの儀式、指に口づけをして心を落ち着かせていた。

そこへ左衛門尉と数正が現れた。

「敵が動きだしました。およそ三万、さあ出て来いとばかりに悠々と東へ進んでおります」

と左衛門尉、「間違いなく中入りでござる」と数正。ふたりの報告を聞いて家康は、

「案の定じゃな」とぼそりと言った。

先の軍議で、正信が碁石を動かしたときのことである。

「いかがします、殿」と数正が訊ねると、
平八郎、小平太、直政が矢継ぎ早に言いだした。

「もし……岡崎を狙われれば、我らはここから出て行かざるを得ん」

「だが出て行けば敵の思うつぼ……野戦《のいくさ》となれば、あの大軍勢には力負けする」

「罠であろうが、出て戦うしかないでしょう。岡崎を見捨てるわけにはいかぬ」

三人の意見を聞いて数正は、

「それこそまさに……三方ヶ原じゃ……」と、かつての失敗を思い出した。

あの敗退は、岡崎を思うあまりの勇み足が原因だった。

「どうするんじゃ？　徳川殿……！」と信雄がせっつく。

「同じ過ちは繰り返さぬ。秀吉に気づかれずに中入り勢を叩けばよい」

やけに落ち着いた調子で言う家康を、左衛門尉は心配そうに見つめた。

「こちらの動きは、向こうから丸見えでございますので、そのようなすべは……」

「そうだろうか？　小平太、この城を見事に造り変えたおぬしの力をもってすれば、やりようはあるように思うが」

「……なるほど」

小平太は、紙を広げおもむろに図面を引きはじめた。小平太の案に家康は「うむ」とうなずいて、

「小平太たち、頼もしい限りじゃ」と満足げであった。

――それが、この〝堀を作る〟という計画であった。泥だらけで掘りながら、平八郎は隣の小平太に感心したように言った。

「知らぬ間に、見事な図面まで描けるようになっていたとはな」

小平太は、ふっと笑った。

「おぬしに追いつき、追い抜くのが私の望みであった。が、どうやら戦場では敵いそうもない。ならばせめておつむを鍛えるしかなかろう。地味な仕事のほうが性に合っているようだ」

そう言うと、小平太は話題を平八郎に振った。

「おぬしこそ、無茶が過ぎて早々に討ち死にすると思っておったが、しぶといのう」

「戦場でかすり傷ひとつ負ったことはないからな」

「出た出た」と小平太は囃したてる。

「まことじゃ」

「傷を負ったことに気づいとらんだけだろう」

三方ヶ原合戦の前哨戦で武田の赤備えと戦った平八郎は、矢傷を負いながらも、かすり傷ひとつ

ないと言い張っていた。

「……まあいい、それを信じておぬしに震え上がってる奴らが大勢おるからな。大したものよ」

むきになって言い募る平八郎に小平太は応じる。

「まだしばらくは死ねん……俺たちは、あのお方に殿を託されたからな」

平八郎は空を見上げた。

「……お方様か」

「殿を天下人にするまで死ぬわけにいかん」

「ああ」

ふたりは瀬名のことを想った。そして、家康を必ず守り抜くと誓いながら、土を掘る手に力を込めた。

その日の未明、岡崎城の主殿では於愛、登与、鍋らも、鉢巻にたすき掛けをし、袴をつけた装いで、兵とともに戦う準備を整えていた。そこへ使番《つかいばん》が小走りにやって来た。

「敵の軍勢、こちらへ向かっておるとのこと！」

於愛はきっと口元に力を入れ、一同へ号令をかけた。

「皆、たとえいかなる強敵が来ようとも、この岡崎は、我らの手で守りとおす！　徳川の勝利を信じようぞ！」

同じ頃、小牧山城の主殿では、家康、左衛門尉、数正、信雄が地図を睨んでいた。そこに、泥だらけの平八郎、小平太、直政が戻って来た。

「……充分かと」と小平太は顔の泥を拭いながら報告した。

「そうか、ようやってくれた！」

「なせば成るものですな」と直政が胸を張ると、いつの間にか正信も平八郎たちに交じって肩で息をして「いやあ、まことにくたびれました」とうそぶいた。

「お前、やっとったか？」と平八郎が疑わしげな顔をする。

「やっとった、やっとった」

「汚れとらんぞ」と平八郎は正信の、泥のついていない足元を指差した。

正信のいんちきはいつものことだ。数正と左衛門尉は無視して、順々に指令を出した。

「皆の者！　これより、敵の中入り勢を叩く。おのおの、万事手筈通り！」

「この一戦に勝利すれば、羽柴秀吉の大軍勢は、ばらばらと崩れてゆくに相違ない！」

「おお！」と拳を上げる家臣たち。最後に家康が床几《しょうぎ》からゆっくりと立ち上がった。

「三河岡崎の国衆であったわしが、弱く臆病であったわしが……なにゆえここまでやってこられたのか。今川義元に学び、織田信長に鍛えられ、武田信玄から兵法《へいほう》を学び取ったからじゃ。そして何より、よき家臣たちに恵まれたからにほかならぬ。礼を申す」

皆、こみあげるものを感じながら家康を見つめた。

「皆の者よ……長くともに戦ってきた我が仲間たちよ！　この戦が我らの最後の大戦《おおいくさ》となるやもしれぬ！　いや、せねばならん！　今こそ天下を我らの手につかむ時ぞ！」

「おお！」

「出陣！」

家康は軍配を振り上げ、先頭に立って颯爽と部屋を出た。一斉に後に続く平八郎、小平太、直政たち。左衛門尉、数正、正信、信雄はそれを見送った。

「頼もしい限り」

「ああ」

左衛門尉と数正はそれぞれ嘆息した。

その頃、楽田城の主殿では秀吉、秀長、清正、正則たちが出撃準備を済ませ、腹ごしらえをしていた。

「まんだ動かんか」と秀吉が苛立ったように訊くと、

「は。城から出た様子はごぜーません」と秀長は答えた。

「堀を掘って守りを固めるばかりですからな」と清正は馬鹿にしたように笑った。

「この大軍を見れば、震え上がって出て行けんのも無理はない」と正則も余裕の笑みを浮かべる。

そのとき、深い堀の底を、武装した小平太率いる榊原勢が脇目もふらずに駆けていることを秀吉たちは察知できていなかった。

先頭を駆ける小平太の脳裏には大樹寺で家康に出会ったときのこと、上之郷城攻めに参加したときのことが鮮やかに浮かんでいた。あのとき、

「どうでござる、殿の金の具足にも劣らぬ、その名もちぎれ具足！　はははは」

と、小平太がぼろぼろの具足で参上すると、平八郎は呆れたように注意した。

「お前そんな格好じゃ死ぬぞ」

「弾にも矢にも当たらなければよいだけのこと。早く手柄を立て、同い年の平八郎殿に追いつき、さっさと追い抜きとう存じまする」

あの頃、小平太はざるに「無」と書いて戦に臨んでいた。今も彼の旗印は「無」である。十六歳のときに家康の「康」をもらって康政となってから、無欲、無心で殿のために戦う気持ちを貫いてきた。

「外へ出るぞー！　一気に駆け上がれー！」

小平太の号令で榊原勢は、猛然と堀を駆け上がった。

別の一角には、直政が出撃に備えて武具を装着している。その周りには、赤備えの一隊が待機していた。

直政は手鏡を覗き込み、指先で眉を整えていた。一本一本をそろえていると集中力が増していく。ふと、脳裏に、母・ひよの顔が浮かんだ。少年時代、直政（当時、虎松）の眉をひよが引いてくれたものだ。井伊家当主・直親の正妻だったひよは、虎松の身だしなみをいつもきれいに整えていた。直親が死んだあと、ひよは松下清景と再婚し、直政は直虎を後見人として井伊家を継ぐことになる。波乱万丈な人生を送ったひよと虎松だが、ひよは虎松を愛情をもって見守り続けた。

「やってみせますぞ、母上」と直政は眉間に力を入れた。

長久手の南、岩崎城付近では、恒興と長可率いる三河中入り勢が野営をし、仮眠をとっていた。

一番鶏が鳴き、東の空が明るくなってきた頃、長可たちはあくびをしながら朝飯を食べる。

「奴ら、岡崎を見捨てる気かもしれんな」と恒興が言うと、

「ならば遠慮なく落としてしまいましょう」と長可は握り飯を勢いよく頬張った。

その途端、「敵襲！　敵襲！」という声が陣をつんざいた。

使番が転がるように駆けて来た。

「申し上げます！　最後尾の羽柴秀次勢、堀秀政勢、白山林《はくさんばやし》にて徳川勢の奇襲を受けております！」

「そんな馬鹿な……！」と長可は飯粒を口から飛ばした。

「いつ城を出たと言うんじゃ！」と恒興は床几から立ち上がった。

小平太率いる榊原軍が白山林に奇襲をかけたのだ。一番槍を勤めたのは小平太である。

予想外の事態に慌てふためく池田・森の陣に、もうひとり使番が到着した。

「申し上げます！　長久手にて、新手の軍勢！　金の扇が見えるとのことにございます！」

「金扇……、家康じゃ、家康の馬印じゃ！」

「大将自らのお出ましじゃ。相手に不足なし。出るぞ！」

恒興と長可は口々に言いながら、兜の緒を締め、戦場へと向かった。

長久手の戦場では、まばゆい金の扇を掲げた家康率いる本軍が布陣している。そこへ、池田・森軍の兵たちが攻めかかった。

「家康を討ち取れー！」と勢いよく攻めかかろうとした兵たちが、前方を見て急にひるんだ。

「あ……赤備え……」

「た……武田……？」

兵たちがざわめく。

家康のそばに布陣している軍勢は、鮮やかな真紅の甲冑をまとった赤備えの一隊である。武田の残党をとりまとめた井伊直政隊だった。

「武田勢じゃ！」

「武田じゃ！」

「ひるむな！　武田は滅んだ！　残党に過ぎん！　かかれ！　かかれー！」

目を刺すような真紅の軍勢に池田・森軍はうろたえた。先頭の馬上にあるのは、ひときわ美しい真紅の甲冑をまとった指揮官、直政である。

颪に乗って鉄や硝煙のにおいがする。戦場の空気を吸うと直政の心は沸き立った。それと同時に、茶店で家康を襲撃したこと。そして、「お前なんぞ、武田信玄に滅ぼされるに決まってる……ざまあみろ！」と悪態をついたこと。それらの記憶が直政の脳裏に蘇った。

その場で打首になってもおかしくないところを、家康は言ったのだ。

「わしは、そなたたちの頼れる領主となってみせる……見ていてくれ」と。

そして、直政は家康に仕官した。九年前、仕官を前に、井伊谷、井伊家の一室で、ひよが見立てた明るい色柄の小袖を着せられた直政（当時、虎松）は、ひよに眉を引いてもらった。

「仕官する気になってくれて、よかった……。そなたはまことに馬鹿な悪童じゃけど、母に似て、顔だけはきれいだから。見た目の良さも天賦の才ぞ。きっと徳川様のお目に留まる。……よいか、惚れたからには徳川様を天下一のお殿様になされ。井伊家の再興は、そなたにかかっておるんじゃぞ」

そのときは照れながら化粧された直政だったが、今では、眉を整える儀式は戦場での自信のようになっていた。

「戦国最強を誇る武田の強者《つわもの》どもよ、その力、大いに見せつけよ！　井伊直政勢、我に続けー！」

烈火の如く怒る荒々しい赤鬼のような直政とともに、赤備えの井伊勢が一気に攻めかかる。赤地に金色で井桁紋を描いた旗印が荒野に翻った。

勢いある井伊勢に池田・森勢の兵たちがみるみる倒されていく。その様子を、離れた場所で冷静に見つめていた家康は、機を見計らうと、力強く軍配を振るった。

「徳川勢、総がかりじゃ！　かかれー！」

山の峰より忽然と現れた家康の背後には金扇の大馬印が、朝日を反射して燦然と輝き、太陽そのもののようである。それがまた敵軍を圧倒した。

楽田城の主殿で朝飯を食べている秀吉、秀長、清正、正則らのもとに使番が慌てて駆けつけて来た。

「申し上げます！　中入り勢、長久手にて、徳川勢に襲われましてございます！」

「何ぃ!?」秀吉は飯を噴き出した。

「家康本軍、突然現れ……すでに合戦に及びたる由！」

「な……なぜ気づかなんだ！　物見は何をしとったんじゃ！」と秀長が苛立つと、
秀吉が目をぎらりと剝いた。

「堀ではねえ」

秀吉は気づいたのだ。

「奴らがせっせと掘っとったんは、守るための堀だなく……密かに打って出るための抜け道だわ」

秀吉は忌々しそうに飯茶碗を床に叩きつけると、乱暴に立ち上がった。

「出るぞ！」

秀吉は、秀長を留守居にして、清正、政則らと猛然と出撃した。街道をゆく途中の路上に、黒い甲冑を身に着けたひとりの武士が背を向けて立っていた。平八郎である。

風に吹かれながら、平八郎は三方ヶ原での激闘で、忠真に助けられたことを思い出していた。

「おめぇの死に場所はここではねえだろう！」「おめぇの夢は、主君を守って死ぬことじゃろうが！殿を守れ……おめぇの大好きな殿を」

そう平八郎を激励した忠真は、ふらつきながらも背中のぼろぼろの旗指物の竿を地面に突き刺すと、酒を浴びるように飲み、「さあ、本多忠真様がお相手じゃ……こっから先は一歩も通さんがや！」と大軍にたったひとりで立ち向かって散っていった。平八郎はくるりと向きを変え、あのときの忠真のように、蜻蛉切《とんぼきり》を構え大地に二本の足を踏ん張って叫んだ。

「幾たびの戦いにもかすり傷ひとつ負ったことなし！　我こそ、本多平八郎忠勝！　ここから先は一歩も通さん」

その声を合図に、本多忠勝勢が左右の草むらから一斉に現れ、弓矢鉄砲を構える。

「敵は小勢ぞ！　押し通したれー！」と敵兵が向かって来る。

「蜻蛉切が血を欲しがっておるわ。本多忠勝勢、かかれーッ！」

戦場に群生する紅い躑躅《つつじ》がまるで血しぶきのように咲き乱れている。そのなかを、平八郎は蜻蛉切で風を斬るように、敵を倒していった。少ない手勢ながら、その勢いは凄まじい。まさに、家康が三方ヶ原で言った「戦の勝ち負けは、多勢無勢によって決まるものではない！　天が決めるんじゃ！」という言葉を体現したものであった。

秀吉の陣に再び使番が慌てふためいて走り込んで来た。

「申し上げます……長久手にて、三河中入り勢、総崩れ。池田勝入殿、森長可殿、ともにお討ち死に！」

秀吉は悔しさをにじませながら「……引け」と苦渋の選択をした。

「引き揚げじゃ！」

やがて、小牧山城の主殿に、家康、平八郎、小平太、直政らが戻って来た。

左衛門尉、数正、正信、信雄らに出迎えられた家康は、兜を脱ぐとまず、

「皆の者、ようやってくれた！　我らの勝利である！」

と皆をねぎらった。

「これによって、羽柴秀吉の軍勢、ばらばらと崩れ落ちてゆくに相違ない！」

左衛門尉が言うと、兵たちは「おおおー！」と雄叫びをあげた。

「勝鬨《かちどき》をあげようぞ！　エイ！　エイ！」家康が言うと、

「オー！」と皆が唱和する。

「エイ！　エイ！」

「オー！」

勝利の喜びに盛り上がる一同だったが、そのなかでただひとり、数正だけはなぜかむすりと口角を下げ、何かを考えているふうだった。

同じ頃、秀吉も楽田城の主殿に戻って来ていた。小牧山城の様子とは打って変わって、皆は意気消沈している。秀吉は兜を脱ぐと、怒りに任せて、あたりの物を乱暴に蹴り倒しはじめた。皆、ただそれを見ているしかなかった。

さんざん暴れたあと、秀吉はうなだれていた顔を上げた。意外にもその顔はやけに清々しい。

「かえってよかったわ……。言うこと聞かん奴がおらんくなった！　ありがてえこったわ！」

一同は呆然と秀吉を見た。

「中入りは、わしの策ではねえ。池田が無理強いしてきた策だっちゅーて言いまわれ。わしの言うことを聞かんもんだでこうなったとな」

さすがは秀吉である。ずる賢く、恒興に失敗をなすりつけることにしたのだ。

「は。これで我が軍勢のつながり、一層強まりましょう」

秀長は言った。

「されど殿……家康はどうなさいます？」と清正が訊ねる。

「ありゃあ……強うござる……」と正則もこの戦いで、家康を見直したようだ。

「まことにのう。……信長様のせいだわ。徳川をさんざんこき使って、とんでもねえ軍勢に育ててまった……」と秀吉も認めざるを得なかった。

「だが、なんも案ずることたあねえ」と秀吉はけろっと言う。

「どうやって家康に勝つんで？」

「家康にゃあ勝たんでも、この戦にゃあ勝てる」

秀吉は謎かけのようなことを言いだした。

「よう考えてみやあ、敵の総大将は、家康ではねえ」

そして、目を三角にして、にやりと笑った。

夕方、小牧山城の主殿では家康たちが祝杯を上げていた。

「徳川殿、まことにようやってくれた！　これで秀吉に勝てる！　我らの天下じゃ！」

信雄が、家康の手を取って喜んでいる。満足げに酒を飲む家康。その目の前には平八郎が座り、感涙にむせびながら、忠真の形見の徳利で酒を飲んでいた。小平太は、まだお守りにとってあったちぎれ具足の切れ端を眺めて飲む。直政は戦で乱れた眉を整えつつ飲んでいた。

大活躍した、平八郎、小平太、直政の前に正信が千鳥足で躍り出た。

「ま、この勝利の立役者は、何といっても敵の策を見破ったこの切れ者、本多正信でござろうな」

調子よく、「はははは」と高笑いしながら、

「ここは、えびすくいならぬ、天下すくい、ですかな！」と左衛門尉を促した。

「おお、天下すくいじゃ！」

一同は盛り上がり、左衛門尉は「天下すくい」を踊りはじめた。

小牧長久手の戦いで活躍し、この祝宴の中心となった酒井忠次、本多忠勝、榊原康政、井伊直政は、やがて「徳川四天王」と呼ばれるようになる。

ここでも数正は、ひとり輪に加わらず、ちびちびと酒を飲みながら、楽田城の方角をじっと見つめていた。それに気づいた家康は、そばに寄って座った。

「こんなときは素直に皆と喜べ」

「……喜んでおります。まさに会心の勝利。平八郎も小平太も直政も見事でござった。されど……」

「されど……？」

「秀吉には……勝てぬと存じます」

「どういう意味じゃ」

「戦いを一つ制したばかりのこと……。あの男は我らの弱みにつけこんでくるでしょう」

そう言うと数正は信雄の方を見た。つられて家康も――。

「結構、結構、我が天下じゃ！」

上機嫌で、左衛門尉の踊りを見ている信雄。酒に飲まれた、その無防備な様子に、数正も家康も不安に駆られ、首をすくめた。

第三十三章　秀吉の逆襲

「結構、結構、我が天下じゃ！」

織田信雄《おだのぶかつ》が大酒をくらって悦にいっている。

天下の覇権をめぐって羽柴秀吉《はしばひでよし》との決戦に及んだ徳川家康は、長久手《ながくて》の戦いにおいて、見事な大勝利を収めた。

浜松城の広間では、酒井左衛門尉忠次《さかいさえもんのじょうただつぐ》を中心に「天下すくい」で盛り上がっている。なかでも上機嫌なのは信雄で、うわばみのように酒を飲んだ。が、どちらかといえば酒に飲まれているような様子に、家康も石川数正《いしかわかずまさ》も一抹の不安を拭えない。その思いと、広間を埋め尽くす、「天下すくい」のやけに陽気な歌声が、家康の心を雨雲のように覆っていった。

いやな予感は的中した。

秀吉は、五月に家康を挑発するように尾張で攻撃を続けたが、家康は誘いには乗らず、六月には清須城に移った。すると、秀吉は矛先を変え、標的を信雄に定めた。十月二十日に坂本城に入ると軍を伊勢方面へ移動させ、峯城、松ヶ島城、戸木城など、信雄の所領を次々に落城させていった。

さらに秀吉は、信雄の家臣たちを調略し、領国を執拗に攻撃した。信雄がその猛攻に耐えられるわけもなく、追い詰められて、伊勢の秀吉の陣を訪れた。長久手の戦いのあとで秀吉が言った通り、

「家康には勝たなくても、この戦には勝った」のである。ふんぞり返った秀吉と羽柴秀長《ひでなが》は信雄に酒を勧める。盃を受け取りつつ、信雄はおずおずと確認した。

「まことに……我が所領を安堵するのじゃな」

「もちろんでございます。尾張と伊勢の北半分は信雄様の所領。伊勢の南半分と伊賀はまだまだ騒がしいので、我らにお任せくだされ」

「そうか……」

秀長はじつに友好的な表情だ。秀吉に至っては、

「この猿、信雄様に弓引くことになって、どれほど辛かったか……」とむせび泣きはじめた。

「こうしてまた酒を酌み交わすことができて、嬉しゅうごぜーます」

「ううう～！」と腕で涙を拭う秀吉の、お決まりの大仰な行為に、信雄はあっさりとほだされた。そこにぐぐぐいっと秀長が食いこむ。

「戦はしまいでございます。御配下の徳川殿も、ただちにここへ来ていただくのがようございます」

「あ……ああ……」

「人質も連れてきたほうがええわ」と秀吉はあっさりと涙を引っ込めた。

「和睦《わぼく》の証しとして、負けた方が人質を出すのは当然のこと」と秀長も同調する。

「いや人質ってのは聞こえが悪い。養子じゃ。徳川殿のご子息を我が養子としてぇ。そうお伝えくだせえ。ええな？」

秀吉は「養子」と訂正したが、「人質」と聞いて、さすがの信雄も、すぐに返事ができない。すると秀吉は、にやりと笑いながら、声を低く落とし、凄んで見せた。

「ほんでねえと、滅ぼしてまうで」

十一月十二日、信雄は秀吉と和睦した。

「勝手なことを……ッ！」

信雄の救援のため、十一月九日、浜松から清須に来ていた家康は、信雄からの書状を読んで怒りに震えた。左衛門尉、数正、本多正信《ほんだまさのぶ》、本多《ほんだ》平八郎忠勝《へいはちろうただかつ》、榊原《さかきばら》小平太《こへいた》康政《やすまさ》、井伊直政《いいなおまさ》も一様に肩を怒らせる。

気の短い直政がさっそく不満をぶちまける。

「長久手において勝利を収めたのは我らであるのに、なぜ和睦せねばならんッ」

「信雄様は、秀吉にまんまとからめとられたということだろう」と小平太はうめき、

「足手まといがいなくなったと考えればよい。我らは我らで戦い続けるのみ。北条《ほうじょう》としかと組めば、まだまだ戦えまする」と平八郎は闘志を剝き出しにする。

年長の左衛門尉は、冷静に状況を判断した。

「そうもいくまい……総大将が和睦した以上、我らは戦う大義を失った。受け入れざるを得ん」

「ひとまず、形の上だけでも和議を結び、秀吉の出方を見るほかないでしょうな」

正信も静観の構えだ。

「殿が行ってはなりませぬ。養子も断りましょう」

数正に提案され、家康は、

「行ってくれるか、数正」と頼る。交渉ごとといえば数正である。

「これはあくまで、かりそめの和睦じゃ。秀吉に屈することは断じてない」

家康は家臣団にそう宣言し、数正はさっそく談判に出かけて行った。

数正はこれまで、多くの交渉をうまくまとめてきた。だから、家康も大船に乗った気持ちで待っていたのだが、結果は予想外のものだった。

戻って来た数正は、家康、左衛門尉、正信が見守るなか、大きな上背をできるだけ小さくして平伏した。

「満足な結果を得られず、申し訳ございませぬ」

「どうしても養子を出さねばならんのか……」

「我が力不足でございます……。されど、信雄様が向こうについた以上、今は、秀吉との戦は避けねばなりませぬゆえ……ここはどうか」

家康は釈然としないが、数正がそう言うのなら致し方ない。

「面を上げよ、そなたより談判に長けた者は、我が家中におらん。やむを得ん」

すると数正は、控えている家来から小箱を受け取り、そろりと出した。蓋を開けると中に金塊が光っている。

「秀吉に、こんなものまで押し付けられました」

ひょいと正信が小箱を覗き込み、

「こりゃすごい」と唸った。

「秀吉は、おぬしを取り込もうとしているわけか」家康が秀吉の見え透いた手口を笑うと、

「送り返しまする」と実直な数正は即答した。

「もらっておけばよい」

「この堅物を金で釣ろうとはな。我ら徳川家中の絆の強さを知らんのだ。哀れな奴よ」

左衛門尉は金塊に目もくれない。正信は気を取り直して家康に訊ねた。

「……で殿、養子の件、いかがいたしまする？ 長丸様も福松様もあまりに幼い。また、徳川家の跡取りにおなりになるお方かと」

左衛門尉はひと呼吸おいて、提案した。

「恐れながら……殿にはもうお一人、男児がおられまするが」

そこで家康は、かの人物を呼ぶことにした。

翌日、呼ばれてやって来たのは、お万であった。三方ヶ原の合戦の後、家康の子を身ごもったが、正室の瀬名の許可を得ることができず、城を出て十年になる。

「またこうしてお目通りかなう日が来ようとは」

「うむ……。息災であったか、お万」

「おかげさまで」

十年ぶりの再会に、家康とお万は面映ゆい気持ちで向かい合った。変わらず美しいお万の隣に、利発そうな少年が背筋を伸ばして毅然と座っている。名は於義伊《おぎい》と言い、十一歳になる。

家康はややぎこちなく声をかけた。

「大きくなったな、於義伊」

「母上へのお心遣い、ありがとう存じます、父上」

「ん……」

於義伊には、長年放っておかれた恨みなど微塵も見えない。じつに淡々としていた。

「こたびのお話、是非にもお受けしとうございます」

「すまぬな……於義伊の身の安全には、万全を期する」

「左様なことはご無用。もし再び羽柴殿と事を構える折には、この子のことは一切気になさいませぬよう」

とお万が感情を入れずに答えると於義伊も、「私のことは捨て殺しとなさってください」と覚悟を見せた。

「殿にとって、私とのことは、無用の出来事だったかもしれませぬ。されど……いずれきっとこの子が殿のお役に立つ日が来ると信じて今日まで育てて参りました」

お万は達観した表情で微笑んだ。

「この世に無用の事などひとつもございませぬ」

「そなたの言う通りじゃ。礼を言う」

於義伊は秀吉の養子となることが決まった。養子とはいえ、人質であることには変わりはない。於義伊を大坂に連れて行く重要任務にあたり、数正はいったん岡崎の屋敷に戻った。数正は浮かない顔で、妻の鍋に相談した。

「鍋……於義伊様のお供に、我が子を行かせたい」

「勝千代でございますね。……承知いたしました」

「よいか？」

「取り決めを交わしたる者の勤めでございましょう」

鍋は表情を変えることなく答えた。武家の妻としてまことによくできた人物である。だが、数正はそれが逆に胸に引っかかる。視線を鍋から逸らすと、棚に飾った木彫りの仏像をすがるように見つめた。無骨な木の仏像が、数正に何かを語りかけているようだ。

十二月十二日、於義伊は数正の息子・勝千代とともに浜松を発ち大坂へ向かった。人質になった家康（当時、竹千代）について駿府に行った数正と重なるようだった。


年が明けて天正十三年（一五八五年）七月、浜松城に驚くべき一報がもたらされた。

居室で左衛門尉から書状を渡された家康は「そんな馬鹿な……」と絶句した。そこには羽柴秀吉が従一位《じゅいちい》関白《かんぱく》に叙任されたと書かれていた。秀吉が築城した京の妙顕寺城で勅使から詔勅を拝受したとある。

「関白と言えば、公家の最高位。……天子様の次。征夷大将軍より上かもしれませぬ……」

左衛門尉が言うと、家康は眉間に皺を寄せた。

「武士がなれるものなのか？　聞いたこともないぞ」

「これからは秀吉と戦をすれば、明らかな朝敵ということに」

左衛門尉の言葉に家康は身震いした。秀吉は、左大臣の近衛信輔《このえのぶすけ》と関白の二条昭実《にじょうあきざね》が関白職をめぐって争うなか、問題解決にかこつけて信輔の父・前久《さきひさ》の猶子《ゆうし》となり、自分が関白職に就いたのである。実に用意周到であった。

この件はたちまち、城中に知れわたった。こういうことをとりわけ騒ぎたてるのは平八郎、小平太、直政である。

「聞いたか、猿が関白だと……朝廷もどうかしておるッ」と腹を立てる平八郎に、

「また数正殿が大坂へ挨拶に行くそうだ……。心もとないな」

と小平太がため息をつく。

「数正殿は、これまでも不利な条件を突きつけられるばかり。老いたのかもしれん」

「秀吉から金をもらったという噂も」と直政が声を潜めた。

「まことか？」小平太が驚く。

「もっとも、殿はご承知の上とも聞きましたが」

「殿は甘い。そういうところから人の心は取り込まれるぞ」

と平八郎は怒りが収まらない。

「すでに取り込まれているのやも……」

との直政の言葉に、平八郎と小平太は不安を募らせた。

家臣たちの心配をよそに、数正は再び大坂城に赴いた。にぎやかな商業都市の中心にそびえる大坂城は、巨大な本丸が完成したところだった。金がふんだんに使用された絢爛豪華な御殿の広間に、関白となった秀吉が数正を待ち構えていた。ピンと烏帽子を立て、雅な色柄の直衣《のうし》を着た姿は馬子にも衣装という印象だ。脇には秀長が付き従っている。

「よう来たの、数正、いつ見てもええ男っぷりだわ」

秀吉は数正の容姿を褒めた。だが、数正は表情をぴくりとも崩さなかった。

「大坂の町はいかがでございます？　見事なもんでござろう」

秀長が聞くと、しぶしぶ、「……は」とだけ返事をした。すると、秀吉は、

「では大坂に屋敷を与える。こっちにおれ」と切り出した。

「そなたは、余の家臣じゃ。我が右腕として働け。ええ暮らしをさせちゃる」

「石川殿のご子息もこちらですから、ちょうどようございましょう」

秀吉と秀長が、兄弟の息の合った調子で畳み掛けてくる。巻き込まれてはなるものかと、数正は硬い口調で答えた。

「恐れながら、我が主《あるじ》は徳川三河守でございます」

「余は関白である。関白とは、天子様の代わり。すなわち日ノ本全土の大名が我が臣下と同様である。無論、家康も我が命に従わねばならん」

「家康殿も一日も早くこちらに参られますよう」

「お言葉ではございますが、我が主は和睦をしたまで。臣下の礼を取ってはおりませぬ」

かたくなな数正に、業を煮やした秀吉は、身を乗り出し、少しばかり声を荒らげた。

「聞き分けのねえことを言うたらいかん。もう一戦やるか？」

かたや秀長は、

「今や関白の軍勢の強大さ、いかなるものかおわかりでござろう？」

とあくまで穏やかに懐柔を図る。

「されど、東国はいまだ関白殿の力及ばず。我ら徳川と相模《さがみ》北条はしかと手を組んでおりますれば、たとえ関白殿の軍勢といえども決して負けることはないと存じまする」

数正は毅然と返した。

「北条のう……確かにそうかもしれん。……だが、北条とは揉めとると聞いたような……」

秀吉はにやにやしながら言う。

「兄《にい》さま、徳川殿が北条に渡した領地に、真田《さなだ》が居座って動かんのだわ。それでこじれとる」

「あの真田昌幸《まさゆき》か、ありゃあ面倒だからのう。こういうささいなことから同盟ってのは壊れていくんだわ。心配だのう」

「真田は小さい。徳川殿ならば力ずくでどかすこともできましょう」

「だが誰かがこっそり裏から手ぇ回して、真田を助けたらどうなる？　真田ごときに負けたら、徳川はえらいことだわ」

秀吉はあからさまに脅しをかける。だが、相変わらず数正は無表情だ。この頑固一徹さが数正の持ち味である。秀吉は次第に苛立ってきて、口調が荒くなった。

「お前らの同盟なんぞ壊すんは容易いことじゃ！　家康はただちに来て余に跪《ひざまず》くべし！　そして人質をもう一人差し出すべし！　長丸か福松じゃ！　さもなくば三河も遠江も焼け野原と心得よ！」

真っ赤な顔をして秀吉が、強引に話を進めようとしているところへ、

「旦那様」

と女性の声がした。聞き心地のよい明るい声である。

廊下で、艶やかな打ち掛けをはおった女性が手をついていた。秀吉の正室、寧々《ねね》である。秀吉が関白になると従三位《じゅさんみ》に叙せられ、北政所《きたのまんどころ》（関白の正妻のこと）とも呼ばれている。

「左様な物言いはお控えなさいませ。勘違いなさってはいけませぬぞ、いち百姓の出であることをお忘れあるな」

寧々は明るく、しかし強く、秀吉を諫《いさ》めた。

するとと秀吉は我に返って、

「おめーの言う通りだわな。つい偉そうにしゃべってまった。みっともねえ訛りを忘れんようにせんと」と頭をかいた。

秀吉と寧々のやりとりに、数正は驚いた。海千山千の秀吉を簡単に御してしまうとは、いったいどういう女性なのか。寧々の言葉に秀吉は冷静さを取り戻し、声を和らげた。

「すまんかったのう、数正。こりゃー我が妻、寧々だわ」

「お初にお目にかかります。寧々と申します。我が夫も乱世を鎮めたい一心なのでございます。もう皆、戦はこりごりでございますからな」

寧々はそう言って、お付きの者の持ってきた小さな箱を、数正にそっと差し出した。白い上品な指先で、箱の蓋を開けると、中には品のいいつげの櫛が一つ入っていた。

「つまらぬものでございますが、奥方様へ」

数正が戸惑っていると、秀吉は寧々を愛おしげに見つめながら言った。

「ええおなごでしょー。わしはな、この世の幸せとは、おなごだと思うておる。おなごがきれいなべべ着て、おしろい塗って、甘《あめ》えもん食うて笑うとる……それが幸せな世だわ」

「お互い、そろそろ重い具足を脱ぐ時ではござらんかな」と秀長も言う。

「いつでもわしんとこへ来い。……とりあえず、真田に気を付けえ」

秀吉の予測通り、真田は徳川より離反した。八月、家康は信濃上田城を攻め第一次上田合戦が勃発した。

千曲川の分流に面した上田城。その見晴らしのいい櫓《やぐら》で、武将がひとり甲冑も身に着けず、悠々と碁を打っている。真田昌幸《まさゆき》である。

「秀吉、家康、北条、上杉……揉めれば揉めるほど、甘い木の実が落ちて来る……乱世を泳ぐは愉快なものよ」

彼のそばには、二人の若武者、甲冑姿の真田信幸《のぶゆき》、信繁《のぶしげ》が待機して、外の徳川軍を睨みつけていた。城の外は戦場と化し、弓矢鉄砲が激しく飛び交っていた。

武田信玄《たけだしんげん》、勝頼《かつより》と二代にわたって武田家に仕えた真田家。武田が滅亡すると、小国の信濃は上杉、北条、徳川に狙われた。その都度、謀略をめぐらしながら孤塁を守り続けてきた。実のところ、信玄の権謀術数を最も強く受け継いだのは、真田父子かもしれない。

「父上！　徳川勢、攻めかかってまいりました！」と信幸が叫ぶ。

「まもなく、大手門！」と信繁。

報告を聞いた昌幸は碁盤から顔を上げた。

「城内に引き込んで閉じ込めよ！　皆殺しにせい！」

昌幸が命じると、信幸、信繁は櫓の小窓から鉄砲を構えた。

「撃てぇ！」

昌幸の号令を合図に、信幸、信繁は引き金を引いた。

この上田合戦に、徳川軍から参戦していたのは、大久保忠世《おおくぼただよ》、鳥居彦右衛門元忠《とりいひこえもんもとただ》、平岩七之助親吉《ひらいわしちのすけちかよし》だった。

数週間後、忠世たちは、かなり疲弊した様子で戻って来た。家康、左衛門尉、数正、正信、平八郎、小平太、直政が三人を迎え入れた。平八郎は、床にへたり込んだ三人を蔑むように見下ろした。

「忠世殿、彦殿、七殿……真田ごときに負けるとは、徳川の恥じゃ」

心外な、という顔で忠世、彦右衛門、七之助は一斉に平八郎を睨んだ。

「背後に助けておる者がいる！」と忠世は弁解した。

「お前らだって負けておるわ！」と彦右衛門。

「やってみろ！　自分でやってみろ！」と七之助が平八郎に摑みかかる。

取っ組み合いの喧嘩をはじめた家臣たちの間に、左衛門尉がまあまあと割って入った。内輪もめをしている場合ではないことは、皆、わかっている。しんと静まり返ったところへ、数正がぼそりと言った。

「すべては秀吉の手のひらの上……」

秀吉が真田勢を援助しているのは明らかだった。数正はさらに続けた。

「殿の上洛と、さらなる人質を求めております……」

頭を抱えて家康は考え込んだ。

「秀吉はまさに破竹の勢い。豊臣《とよとみ》という姓を名乗るという話もある」

正信の言葉に、彦右衛門が首をかしげた。

「豊臣？　聞いたこともねえ姓じゃ」

「自分でこさえたんじゃろう。四国、北国も平定し、国替《くにがえ》を次々に行っております。敵だった者から国を取り上げ、遠方の地へ転封《てんぽう》。……我らもひれ伏せばそうなりましょうな」

正信が意見を述べる。家康はまだ黙ったまま、家臣たちの自由な発言に耳を傾ける。

「我らが国を捨てるなどあり得ん。決戦じゃ！　この城に籠もり、民百姓までが一丸となって何年でも戦い続ける！　それのみ！」

平八郎は鼻息を荒くする。

「同意！　その備えは十分にあります」と直政も賛同する。

感情が先走る平八郎と直政に対して、小平太は「籠城ならば二年、いや三年は耐えられる」と具体的だ。

「ま、秀吉の天下がどれほど持つかにかかってますな。秀吉が下手を打てば、向こうが崩れてくれるかもしれぬ」と正信も冷静だ。

「すぐにでも下手を打つじゃろう。秀吉が天下のかじ取りを何年もできるとは思えん」

彦右衛門は、いまだ秀吉を侮っていた。

「それまで耐え忍び、じわじわと調略を進める。さすれば十分に勝機はある」という忠世の意見に、

「そうじゃ、それがええわ！」と七之助が大きくうなずいた。

それまでうつむいて考え続けていた家康も、自分に言い聞かせるように、深呼吸して顔を上げた。

「これ以上の人質は送らぬ。敵を切り崩し、決戦に備える。一同、異存ないか」

「異存なし！」

ほぼ全員が声を揃えた。が、左衛門尉と数正のふたりは声を発していない。

ふたりはどちらからともなく顔を見合わせた。

「数正……おぬしはどう思う？」

左衛門尉に訊かれ、口ごもる数正に、言いたいことがありそうだと察した家康が、「遠慮なく申せ」と促す。

「殿……」

数正はしばらくためらってからこう言った。

「秀吉のもとへ……参上なさってはいかがでございましょう」

数正の言葉に皆が呆然となった。当然、家康もである。

「どういう意味じゃ？」

家康は訝しげに数正を見た。

「秀吉に跪けと？」平八郎が皆の思いを代弁した。

「何を仰せか、わかっておられるか、数正殿」小平太も責めるような目になる。

四面楚歌のなかで数正は絞り出すように言った。

「秀吉は関白なんじゃ。信雄様もすでにその臣下となった。名実ともに織田家を乗り越えたんじゃ」

なんということを言うのかと、一同は開いた口が塞がらない。

「大坂の町は、この世の富のすべてが集まっているかのごとく。その城は安土をしのぎ、この城など及びもつかぬ巨大さと美しさ。……もはや秀吉の天下は、崩れぬ」

数正は、その目で大坂の城を、町を見てきたのだ。関白の職まで手に入れた秀吉の実力を身に染みてわかっている。

「ずいぶん秀吉に心酔のご様子じゃ」と直政は皮肉った。

「秀吉に跪くことは、この国を奪われることにほかなりませぬ。断じて受け入れられぬ」

小平太も否認の感情を示そうと、激しく首を横に振った。

それでもなお数正は続ける。

「この地が焼け野原となる」

「我らが一丸となって戦えばそうはならん！」

直政は反論する。平八郎も、

「われらは長久手で、十万の秀吉軍に勝った！」

と目をぎらつかせる。しかし、数正は黙らない。いつもは寡黙な数正が執拗に訴えた。

「勝っておらん！　あんな勝利はささいなこと……。我らと秀吉の今のありようの違いを見れば……勝ったのはどちらか、誰の目にも明らかじゃ！　我らは負けたのじゃ」

「数正殿、どなたの家臣か」と平八郎、

「やはり調略されたようじゃ。きっとこちらの動きも秀吉に知らせていたのであろう」

小平太は疑いの目を向けた。

直政はもはや我慢ならないとばかり、

「石川数正、謀反！」と刀に手をかけた。平八郎と小平太もそれに続いた。

平八郎、小平太、直政が数正を取り囲む。ただならない空気に、家康、左衛門尉、忠世、彦右衛門、七之助たちは慌てて止めに入る。ただひとり、正信だけは、争いに巻き込まれたくないと、ここそ部屋の片隅の屏風に身を隠した。

「待て！　落ち着け！　座れ！」と忠世が平八郎を羽交い締めにする。

「数正は、数正の考えを申したまでじゃ！」と左衛門尉も数正の前に立ってかばう。

三人が刀から手を離すと、家康はためらいがちに、

「……数正」と声をかけた。

「わしは、秀吉に及ばぬか」

ややや自虐的に、薄く微笑みながら、家康は訊ねた。数正は窪んだ瞳で家康を見つめ返したが、答えない。家康は改めて訊ねた。

「秀吉に劣ると申すか」

数正はふっと目を伏せ、逡巡しながら、ようやく語りはじめた。

「みっともない訛りをわざと使い、ぶざまな猿を演じ、相手の懐に入って人心を操る……欲しいものがあれば手立てを選ばぬ。関白までも手に入れた……あれは化け物じゃ……殿は……秀吉にかないませぬ」

家康は数正を強く見据えた。

「秀吉の臣下となるべきと存じまする」

「それはできん」

「していただかねばなりませぬ」

「秀吉が化け物ならば退治せねばならぬ。戦う支度をせい」

「従えませぬ！」

「我が命である！」

「岡崎城代として、拒否いたす！」

家康と数正はこれまでにない激しい口論となり、ついに家康は割れるような声で言い放った。

「ならば岡崎城代の任を解く！」

鋭く見合う家康と数正。しばしの沈黙の後、数正はぐっと顎を引き、深々と一礼すると、静かに部屋を出た。

　そのまま岡崎の屋敷に戻った数正が、縁側であぐらをかいて考えごとをしていると、鍋が静かに現れた。帰ったときから数正の様子がおかしいことに鍋は気づいていたが、何も訊かず迎えた。訊いても数正が答えないことを十分理解していたからだ。

「酒井殿が」と鍋は報告した。左衛門尉が心配して訪ねて来たのである。

　数正は部屋に入り、鍋に酒を持ってくるように言った。

　左衛門尉と数正は向かい合い、静かに酒を酌み交わした。鍋がつまみに干し魚などを持って来た。昔ながらの煮味噌もある。質素なものばかりだが、左衛門尉はこういうものが嫌いではなかった。逆に、駿府で贅沢をしていた数正が岡崎に戻ってから慎ましい生活をしていることが意外な気もする。だが、数正とはそういう人物なのだと、左衛門尉は長い付き合いでわかっていた。

「おぬしが調略されるような奴ではないことはわかっておる。あくまで、殿と皆のことを思ってのことだとな」

　理解を示す左衛門尉の問いに答えず、数正は黙って酒を飲んだ。

「だが、秀吉に跪けば、これまで苦労して手に入れたすべてを失う。三河も、遠江も、駿河も甲斐も信濃も」と左衛門尉は続けた。

「国……国なんてものは、なくなるのかもしれんぞ」

　と数正は酒を飲む手を止めて言った。

「何じゃと？」

「世は変わろうとしておる……。大坂に行くと、よくわかる。秀吉が天下を一統するということは、日ノ本全土がみな秀吉のものになるということじゃ……三河であろうが、遠江であろうが、もう我らの国であって我らの国でない……そういう世になる」

「そんなこと、あってはならん」

「乱世が終わるとは、そういうことじゃ」

「国を失うことは誰も受け入れん。少なくとも、殿がそんなご決断をすれば、徳川は終わる」

「それでも皆を説得するのが殿の役目じゃ」

「国を守らぬ主君は生きていけぬ」

左衛門尉は必死で反論するが、

「それだけが理由かの」と数正は静かに問う。

左衛門尉は訝しげに数正を見つめる。

「殿がかたくなに秀吉に抗う理由は、それだけではない。お心にとらわれておられるからだ」

「どういう意味じゃ？　お心とは？」

左衛門尉の問いかけるような目に、数正は口を開きかけたが、思い直したように黙り込む。家康の心をここで勝手に推測で話すものではないという数正の生真面目さである。左衛門尉は、数正の気持ちを尊重した。

「おぬしには、わしらには見えてないものが見えておるのかもしれんな……」

そう言うと、「殿と話せ」と促した。数正にしかわからない家康の心について、納得いくまで話し合うべきだと考えたのだ。

家康は、感情に任せ、数正の岡崎城代の任を解くと言ったものの、むろん本心ではない。縁側でひとり、夕暮れの空を見上げながら数正のことを考えていた。そこへ数正がぬっと現れた。家康は平常心を装い、隣に座れという仕草をした。数正は静かに家康の横にあぐらをかいた。

こんなふうにふたり並んで庭を眺めることも久しぶりである。数正の横顔を見て、しわや白髪が増えたなと感じたが、それはふたりの過ごした時間の長さを表すものでもあった。

心地よい、やわらかな風が吹いてきた。家康はふと、昔の話をはじめた。

「幼い頃は、そなたが苦手でな……。いつも叱られてばかりいた」

数正は静かに家康の話に耳を傾けた。

「国を率いてからもそうじゃ。わしの一番そばで、常に厳しいことを言ってくれたのは、そなたじゃ。そのおかげで今がある……そなたが……わしをここまで連れて来てくれたんじゃ」

口角をぐっと下げて話を聞いていた数正が、ようやく口を開いた。

「大高城《おおだかじょう》の兵糧入れがついこの間のことのようでござる……。数え切れぬほどの戦をして参りましたな」

低い、でも、聞き取りやすい声である。家康が少年時代からずっと聞いてきた声である。

「あの弱くやさしい殿が、これほど強く、勇ましくなられるとは。さぞや……さぞや、お苦しいことでしょう」

心の内を言い当てられて、家康は弾かれたように数正の横顔を見た。だが、数正の推察を打ち消すように、大きく首を横に振った。

「苦しいことなどあるものか」

家康は強さを示そうと、ぐっと顔を暮れゆく夕空に向けて上げた。

「わしは……戦なき世を作る、この世を浄土にする……そう心に決めてきた！　苦しくなどない」

家康の強がりに、数正は少しだけ口角を上げた。

「そうお誓いになったのですね……亡きお人に」

何もかも数正には見透かされている。それでも家康は意地を張った。

「わしは、秀吉に負けたとは思うておらん……勝つ手立てがきっとある」

そして、数正に向き直り、居住まいを正す。

「そなたがいなければ……できぬ」

言うが早いか、家康は立ち上がり、庭に降りた。あらかじめ縁側に立てかけてあったたんぽ槍を二本とると、一本を数正に放った。数正は、反射的に槍を手に取ったが、戸惑いが見える。

「まだ老け込む時ではなかろう、石川数正！」

と、家康はたんぽ槍を構えた。

数正もしぶしぶ、庭に降りて構えた。その瞬間、「ええい！」と家康が打ちかかる。数正はひらりとかわし、家康のたんぽ槍を鋭く叩き落した。

「まだまだやれるではないか」

家康は思わず数正に笑いかけた。

数正も曇った顔が晴れて、

「あやうく忘れるところでござった……。殿を天下人にすることこそわが夢であると」

と家康を見つめた。その顔に、夕日が差す。

「覚悟を決め申した！　もうひとたび、この老体に鞭打って大暴れいたしまする！」

「数正……！」

「決戦の用意、万事この数正めにお任せくださいませ！　私はどこまでも殿と一緒でございます」

家康は数正に駆け寄った。

「羽柴秀吉、何するものぞ！　我らの国を守り抜き、そして我が殿を天下人にいたしまする！」

数正はそう強く宣言し、家康を安心させた。

その後も、真田との小競り合いは、忠世を中心に続いていた。

夏が終わり、秋になった。岡崎の地は黄金色となり農家は収穫の時期を迎えていた。十一月十三日、岡崎の屋敷で数正は、棚に飾った仏を静かに見つめていた。

やがて鍋が来た。

「お呼びでございましょうか」

数正は懐から小箱を取り出し、鍋の前に置いた。鍋が訝しげに受け取って箱を開けると、そこには美しいつげの櫛が入っていた。寧々にもらった品である。

「まあ……雪でも降るのかしら」

鍋は笑いながら櫛を手にした。なにしろ数正は無骨者で鍋に気の利いた贈りものなどしたことがなかったのだ。だが、数正の目にただならぬ決意を感じとり、みるみる神妙な顔になる。

夫の決意を悟ってかしこまる鍋に、数正は厳かに言った。

「生涯、裏切り者のそしりを受ける」

深刻な話である。鍋は数正から目を逸らさなかった。

「二度と三河の地も踏めぬ……それでもよいか？」

鍋は、瞳にも声にも、一切の迷いを見せずに答えた。

「私は、あなた様の妻にございます。とうに覚悟をしておりました」

その夜、数正と鍋は荷をまとめ、旅立ちの支度をした。

数正は、棚に飾った仏像を残していくことにした。ふたりは仏像に手を合わせ、別れを告げる。

それから数正は、しっかりとした台座の下に、紙を一枚敷いた。

夜が明ける前に、数正と鍋は、家臣たちを引き連れて岡崎を後にした。向かった先は大坂である。

大坂城の主殿では秀吉、秀長、寧々が上機嫌で、数正と鍋を迎えた。

「ようお見えになりました」と秀長。

「奥方もようこそ。新たなお仲間ができて、わたくしも嬉しい」と寧々は鍋に微笑んだ。

数正は秀吉から盃を受け取り飲み干した。

「今日からそなたは我が家臣。新しい名を授けよう。我が一字を取って吉輝《よしてる》。出雲守《いずものかみ》吉輝」

「石川出雲守吉輝、関白殿下のため身を捧げまする」

数正は秀吉に恭しく礼をした。


数正がいなくなったという知らせを家康が受けたのは、翌日の朝だった。浜松城で家康が素振りで汗を流していると、大慌てで直政が駆けて来た。

「殿……殿！」

「どうした」

家康は於愛からもらった水を飲み干して、訊いた。

「岡崎が……大変でございます」

報告を受け、家康は直ちに岡崎へと馬を走らせた。

家康は於愛、正信、直政、彦右衛門らを引き連れて、数正の屋敷に急いで駆けつけたが、すでにそこはもぬけの殻だった。数正の居室に入ると、左衛門尉、忠世らが先に来ていて、青い顔をしていた。

「石川数正……その妻子、その家臣……出奔でございます」

左衛門尉が無念そうにうつむいた。その手には紙が一枚──。棚に飾ってあった仏像の台座の下に、何か敷かれていることに気づいて、取り出したものだった。

家康は、手渡された紙に目を通した。

関白殿下是天下人也

「関白殿下……これ天下人なり……」

数正の生真面目な筆跡を読む家康の声は震えた。それは家康への別れの言葉であった。

第三十四章　野望の果て

天正十三年（一五八五年）、十一月十三日、石川数正《いしかわかずまさ》は羽柴秀吉《はしばひでよし》のもとへ出奔。その出来事は、徳川家中に大きな衝撃を与えた。

徳川家康たちは、数正の屋敷を確認したのち、主《あるじ》のいない岡崎城に入った。家康、酒井左衛門《さかいさえもんの》尉《じょう》忠次《ただつぐ》、本多正信《ほんだまさのぶ》、井伊直政《いいなおまさ》たちは、一様にがくりと肩を落としていた。左衛門尉はこのままではいけないと気持ちを入れ替え、皆に声をかけた。

「数正には数正なりの……何か深い考えが……」

だが、直政は、数正の書き置きを手に取り、「関白殿下是天下人也」の文字をつきつける。

「このような書き置きを残してでござるか？　殿を侮辱するものぞ！」

左衛門尉は返す言葉がない。

「殿と涙ながらに語り合ったというのも……殿を油断させるための芝居だったのだ……」

直政の率直な言葉は、家康には辛過ぎた。が、直政の勢いは止まらない。

「元来、情に流されず、物事を損得で考えるところがあった……つまるところ、金と出世に目がくらんだんじゃ。我らを見捨て、己だけ生き残る道を選んだんじゃ！　裏切り者じゃ！」

さすがにたまりかねて、家康は叫んだ。

「もうよいッ！」

家康の怒号が部屋中に響きわたった。自分の声に驚いて、家康は慌てて声を落とした。

「もうよい……去った者のことは忘れよ……。今後のことを考えよ」

「まさしく難儀なのは今後。なにせ、あのお人が敵についたということは、我が方の仔細、裏の裏まで何もかも秀吉に渡ったとみるべきでござるからな。今度こそ秀吉は迷うことなく攻めて参りましょう」

極めて冷静な正信の意見に、一同は不安に襲われた。

「これでもなお、戦えますかのう。奴が先鋒かもしれませんぞ」

正信はなおも続ける。家康は気持ちを切り替え、

「守りを固め、戦に備えよ」と皆に命じた。

「とりあえず我が方の陣立てもすべて改めるべきかと。この際、武田の軍法に倣っては？」

正信が言うと、直政が我先にと名乗りをあげた。

「ならば私にお任せを！」

「ただちに取り掛かれ！」

家康の命令に皆、気持ちを振り切るように勇んで飛び出して行った。

左衛門尉のみが残った。家康が数正の書き置きを手に取るのを見て、

「私にも何も告げずに去りました……残念でござる」とうなだれた。

と、そこへ於愛がやって来た。彼女が手に抱えたものに家康は目を止め、

「於愛、それは？」と訊ねた。

「数正殿の屋敷にあったものでございます。拙くてかわいい仏様、数正殿が手ずからお彫りになったものじゃないかしら。不器用なお方だったから」

於愛は無邪気に、仏像を持った両手をぐっと前に突き出し、家康に近づけた。彫りは拙いが、立派な台座もついている。その下に書き置きが敷かれてあったのだ。まるで数正自身を見ているような気がして、家康は辛そうに顔を背けた。

「そんなもの持ち込むな、燃やしてしまえ」

「仏様でございますよ」

躊躇する於愛に構わず、家康は書き置きを細かく破き、火鉢にくべた。

左衛門尉と於愛には、家康の心の痛みが我がことにように伝わってきた。なにしろ数正は、家康に最も長く仕えた人物なのである。

夜になって、主殿の広間でひとり、家康は陣立てを考えていたが、思い浮かぶのは数正のことばかりである。夏の夕暮れ、数正に言われた言葉が今も頭から離れない。

「あの弱くやさしい殿が、これほど強く、勇ましくなられるとは。さぞや……さぞや、お苦しいことでしょう」

数正はいつもあの金壺眼《かなつぼまなこ》で誰よりも家康のことを見つめていた。

ふと、気配を感じ、家康が振り向くと、そこに数正がいるではないか。

「数正……帰ってきたのか？　なぜわしを裏切った……！　なぜわしを置いて……」

家康はこみ上げる感情を抑えようと目を伏せた。すぐまた視線を戻すと、すでに数正はいない。

いや、数正は音もなく家康の背後に回っていて、その首に鈍く光る刃を当てた。

「数正……！」

「関白殿下！　家康はここでござる！」

数正が部屋の外に向かって叫ぶ。それを合図に秀吉が家来とともに乗り込んで来た。

「数正、おめーさんがやりゃー」

秀吉に命じられて数正は、迷わず家康を刀で突いた。

はっと気がつくと、そこは寝室だった。夢を見ていたのだ。恐怖で全身にぐっしょり汗をかいている。

家康が急に半身を起こしたので、隣で寝ていた於愛も目を覚まし、家康の汗をふいた。

「また悪い夢を？」

「風に当たってくる」

「お供します」

家康と於愛は連れ立って部屋を出た。そのとき、なぜかどちらからともなくよろめいて、支え合った。

「殿、しっかりなさいませ」

「よろめいたのは、そなたのほうであろう？」

軽く言い合ったその瞬間、足元がぐらりと揺れて、二人はそろって転倒した。ゴオォォと地響きがし、ガタガタガタと地面が揺れた。刀掛けから刀が、部屋の飾り棚の物が次々に落ち、明かりが倒れた。地震だ。家康はしかと於愛をかばいながら、暗い庭に飛び出した。

天正十三年十一月二十九日、夜半、巨大地震が中部地方を襲った。いわゆる天正地震である。岡崎城内では一部の建物が倒壊し、地震の翌日、修繕に多くの人々が駆け回ることとなった。怪我をした者は数知れず、大台所で手当を受ける者たちも後を絶たなかった。

於愛も侍女たちとともに、城内の片付けに追われた。

「於愛様、これは何でございましょう？」

侍女が指を差した先に、数正の木彫りの仏像が転がっていた。家康に内緒で戸棚に隠しておいたものが地震で転がり出てきたのだ。

「殿に見つかるところだった」

於愛は慌てて仏像のもとに駆け寄った。可哀想に、仏像の台座が外れてしまっている。見れば、どっしりとした台座は箱と蓋のようにふたつに分かれていて、下の部分には空間があり、中から大量の紙片が散乱していた。仏像が拙い割に台座がやけにどっしりとしていたのは物入れになっていたからだったのか。視力がよくない於愛が、なんだろうと顔を近づけて散らばったものを確認しようとしていると、家康が来た。

「於愛、各地を見回って参る。奥のことは頼む」

「あ、はい、お気をつけて！」

於愛はこそこそと、仏像と台座を後ろに隠した。

「何を隠した？」

「何も」

とぼける於愛の後ろに、仏像を見つけた家康は、小さく睨んだ。

於愛は開き直って「浜松に持ち帰ります。仏様を蔑ろにしてはいけませぬ」と仏像を大事そうに抱えた。

家康がふんと、そっぽを向いて見逃したので、ほっとした於愛は、改めて散乱した紙片を確認し、首をかしげた。

この地震で最も甚大な被害を受けたのは、秀吉の治める畿内周辺だった。

大坂城の主殿から、秀吉、寧々、秀長は呆然と町を眺めた。あちこちで煙が上がっている。

「死人の数はどれほどになるか計り知れませぬ」と秀長が悲嘆に暮れた。

「諸国の様子は？」と寧々が訊ねる。

「どっこもひでえありさま。近江・長浜の山内一豊《やまうちかつとよ》は幼え娘《おさね》が。……越中木舟《えっちゅうきぶね》では前田秀継《まえだひでつぐ》らが下敷きんなって死んだそうで」

「なんとまあ気の毒に……」

「ちなみに、兄《にい》さま……徳川との戦に備えとった大垣城《おおがき》も、焼け落ちてまったわ」

「ほうか……」

「もはや戦どころでないわ、民を救うのが先でごぜえます。すみやかに立て直さねば、我らの足元が崩れてまう」

「わかっとる。……つくづく運のええ男だなん……家康っちゅう奴は」

寧々に言われて、秀吉は舌打ちした。

ほどなくして、織田信雄が岡崎城に訪ねて来た。家康と左衛門尉の前に座った信雄はかなり疲弊している様子だった。

「わしのおった長島《ながしま》も城は焼け、周りは水浸しになっての……畿内も被害はさらに甚大。関白は手間取っておる。だが徳川殿、そなたにとっては天の助けじゃ。関白はまさに兵を差し向ける寸前であった。そなたは命拾いしたんじゃ」

そう言うと信雄は、哀願するように家康を見つめた。

「上洛なされ。今しかない。もう負けを認めるべきじゃ。天下は関白のもの。数正は賢かったと思うぞ」

「もとはと言えばどなたのせいかッ、信雄様が勝手に和睦を……！」

家康は怒りの感情を絞り出す。それを左衛門尉がなだめた。

「信雄様、我らは、関白を信用できませぬ。上洛すれば、殺されぬとも限りませぬ」

「では……関白が人質を出せば、上洛するか？」

信雄が突然条件を出した。

思いもかけない提案に、家康と左衛門尉はとっさに返事ができない。

「上洛するんじゃな」と信雄はにやりと笑った。

この朗報を信雄が大坂城に持ち帰ると、秀吉と寧々は相談をはじめた。

「そりゃあ、戦をせずに済むのは結構でごぜえますが、誰を人質に差し出すので？　我らには子がおりませぬがね」

「身内はおるでよ」

そのとき秀長がひとりの女性を連れてきた。

「兄《にい》さま、連れてきたに……」

秀長の後ろに隠れるようにしているのは秀吉の異父妹の旭《あさひ》である。すでに四十代な上、もとより地味な風貌で、それを自覚しているため塞いだ表情をしている。自信のなさがますます地味さを強調するという悪循環に陥っていた。

「まあ、旭殿」と寧々は驚き、秀長に「なにゆえ?」と訊ねた。

「家康にゃ正室がおらんで……関白の妹《いもと》なら文句あるまいと兄《にい》さまが……」

「輿入れさせるんきゃ? されど、旭殿には旦那様が」

眉をひそめた寧々に、秀吉は平然と言った。

「離縁させる」

「そんな……。それでよいのか、旭殿?」寧々は気遣うが、

「ええな、旭?」と秀吉は強引で、旭は言われるままうなずくしかなかった。

「おめえがうまくやらんと、次は、母《かか》さまを送ることになりかねんに。これくれえ役に立ちゃーせ」

と秀吉は旭に言い聞かせた。

さっそく秀吉は浜松城に、旭の件についての書状を送った。

書状を読んだ家康は、

「秀吉の妹なんぞいらんわ」と怒りを露わにした。

左衛門尉が考えるように言う。

「まさか、応じてくるとは思いませんでしたな……。されど、秀吉としてはこの上ない歩み寄り。よほど地震の後始末に手を焼いておるのでしょう」

「わしはもう正室は取らんと決めておる。この話は何としても断る。何か知恵を貸せ、かずま……」

家康は数正の名前を呼ぼうとして顔を上げたが、そこに居るはずの者はもう居なかった。正信と

目が合うと我に返って、「……正信」と呼び直した。気まずかったが、正信は知らん顔で意見を述べた。

「ありませんな。正室とはいえ、形ばかりのこと。もらえるものはもらっておけばよいのでは。秀吉の妹ならば利用する値打ちは大いにありましょう。上洛するか否かはまた別のこと」

「んん……」と家康は悩むが、正信は、

「存外、兄に似ぬしとやかな姫かも」と他人事《ひとごと》である。

部屋の飾り棚には、あの仏像が鎮座している。於愛に押し切られ、浜松に持ち帰って飾っていた。ただし、隅である。その仏像が、行き場のない家康の気持ちを、静かに見守っているようだった。

こうして天正十四年（一五八六年）五月、豊臣秀吉の妹、旭姫が家康の正室として、浜松に輿入れした。このとき四十四歳である。

浜松城の主殿では家康が結婚装束に着替え、憂鬱な気持ちを抑えながら旭を待った。

やがて、豪華な輿に乗り嫁入り道具を携えて旭が到着した。良質な打ち掛けを着ているが、どこか着こなせていない。旭は満面の笑みで家康を見たが、化粧もやけに濃く、表情も振る舞いも秀吉に似て、よく言えば素朴、悪く言えば品がなかった。まったく期待はしていなかったが、家康は落胆した。

家康の気持ちはお構いなしに、祝言はにぎやかに行われた。

旭は、勧められるままに酒を飲み、上機嫌でしゃべり続けた。

「徳川様が鬼瓦みてーなお方だったらどうしよまいとびくびくしとりましたが、お顔を拝すりゃあ、なんだしゃんやさしそうな色男でまーほっとしましたがね！　もっとも殿は、こんな年増を押し付けられて往生こいてまうでしょーがねー！」

「そんなことは……」

家康を気に入った様子の旭に、家康は当惑を隠せない。同席している左衛門尉、正信、平八郎、小平太、直政、忠世、七之助らはその様子を見て、くくくと笑いを堪えた。

「まさに秀吉の妹だわ」と忠世はある意味、感心し、

「えらいのを押し付けられて、殿もお気の毒に」と七之助は涙ぐんだ。

そうとも知らない旭は真っ赤な顔で、はしゃいでいる。

「殿、早《はよ》うご上洛なさって、兄さまにお会いになったってやってくだせーまし！　首を長くして待っとるでよー！」

圧倒された家康はため息しか出なかった。

その晩、家康が暗澹たる気持ちで寝床に入っていると、襖がそっと開き、旭が寝間着姿で現れた。

「いえいえ、お構《かめ》えなく！　形ばかり、形ばかり！」

旭は明るく言って、家康の隣に敷かれた寝床に入った。家康はくるりと彼女に背を向け目を閉じた。旭は家康の背に向かって、そっと語りかけた。

「前《めぇ》の御正室はうるわしいお方だったそうで……。こんなもんが代わりで申し訳なく思っとります」

がさつなだけでなく、控えめなところもあるのだなと家康は思ったが、それでも何かする気は起こらず、寝たふりをした。

家康は旭を受け入れ難かったが、女性たちの受けはことのほかよかった。

あるとき、旭の居室に於大《おだい》が訪ねて来た。傍らには於愛が付き従っている。旭は挨拶代わりに土

産の品を振る舞う。

「それから、これは京で評判のおしろいでよー。於大様のような美《うつく》しい方なら二十は若く見えましょう」

「どれどれ」と於大はさっそく顔に塗ってみた。

「義母上《ははうえ》様、塗りすぎでは？」と於愛が気にかけるがお構いなしである。

「於愛殿なら殿方がみーんな振り向くに。私でもほれ、この通り。え？　殿方がびっくらこいて逃げてまうきゃ？」旭は剽軽《ひょうきん》に振る舞い、皆を笑わせた。

於大と於愛はすっかり旭が気に入ったようだ。

「まことに愉快なお方でようございましたなあ、於愛」

「はい、お仕えしていて楽しゅうございます」

帰りがけ、廊下で楽しげに語らう於大と於愛とすれ違った忠世が大台所に向かうと、家康、左衛門尉、正信、七之助らが集まって酒を飲んでいた。忠世も加わって、

「なかなか楽しそうなお方様ですな」と今しがた見た光景を伝えた。

そんなことで籠絡されぬとばかりに家康は、

「わしは、上洛はせん。大坂にも行かぬぞ」と意地になる。

「まあ、あのようなおなごでは、殿のお命の保証とはなりませんしな」と七之助が言う。

すると正信が「……殿」と何か言いたそうな顔をした。

「何じゃ、正信」

「あー、老婆心ながら、それとなく探らせておりまして……大坂周りを」

「ん？」

「例の裏切り者でござる。秀吉のもとでいかなる悪だくみを図っておるかと思いましてな……ご興味おありなら」

例の、とは数正のことである。なぜ、そんなことをと、一同は一斉に訝しい顔をした。しかし気にならないと言えば嘘になる。誰もが反応に困っていると、

「別に……放っておけばよいのではないか？」と忠世は家康を気遣った。

が、左衛門尉は忠世とは反対に、

「せっかくじゃ、申してみよ……秀吉のもとで何をしておる？」と促した。

正信は思わせぶりな顔で、「何も」と言った。

「何も？」と忠世は眉間にしわを寄せて聞き返す。

「これといった働きは何ひとつ聞こえてきませぬ」

ぴくり、憮然と酒を飲んでいた家康の手が止まった。

「それなりの屋敷をあてがわれ、それなりの暮らしをしているようですが、どうも屋敷から出ることさえ滅多にない様子で」

正信が受けた報告によると、数正はそれなりに豪華な屋敷を与えられているが、日がな一日、読書をしているだけだという。

「これは、いわゆる飼い殺しかと」と正信は声を潜めた。

「飼い殺し……？」と七之助が聞き返した。

家康はその会話に興味がなさそうにしながらも、その瞳は微妙に揺れていた。

「まあ、考えてみれば当たり前かもしれませんな」

正信の言葉を受けて忠世もうなずく。

「秀吉からすれば、我らが送り込んだ間者かもしれん。間者でないとしても、長年仕えた主を容易く裏切る不忠者……いずれにせよ、そんな奴は信用に値せん」

「こうなることは、自明の理だったかと」

正信と忠世のやりとりを聞いて、左衛門尉はいたたまれない顔をした。ほかの者たちにも悔しさと悲しさが入り混じる。

「愚かな奴じゃ」

家康はぼそりと言って、この話題を終わらせた。

正信のもたらした情報は、たちまち城中に広まった。夕方、浜松城の一角で、平八郎が日課にしている槍の稽古で汗を流しているところに、小平太と直政が顔を出した。ふたりから話を聞いて、

「飼い殺しか……」と平八郎は唸った。

「秀吉の狙いは、殿から奴を奪うことであって、重用する気ははじめからなかった……ということだろうな」と小平太。

「要するに、騙されたということでござる」と直政。

「こうなることもわからずに出奔したとは……情けない」と小平太は唇を噛んだ。

「今頃、悔いていることじゃろう。いい気味だッ」と平八郎は稽古を続けた。

ふいに直政が呟いた。

「私は……あの方が好きではなかった」

「私も好きではなかった」と小平太が同意する。平八郎も、「ああ」と肯定した。

直政は「好きではなかったが……好きではなかったが……」と繰り返し、最後に、言いづらそうに「敬っておりました」と加えた。

「うん」と小平太もうなずいた。

頑固で融通が利かず、うるさ型の数正は、平八郎たちにとっては目の上のたんこぶのようなものだった。だが、家臣としての働きぶりはやはり尊敬できるものがあった。

平八郎は黙々と槍を振るい続けた。夕日が目に染みた。

同じ頃、家康は居室に戻り、飾り棚の隅にある木彫りの仏像に近づいた。いったんは捨てようと持ち上げた。いびつで、表面もでこぼこした仏の顔をじっと眺めると、

「へたくそじゃな……」とだけ言って、家康は棚の端に戻した。


旭を正室の名目で人質に送ったものの家康は一向に動かない。大坂城の主殿では秀吉と秀長と寧々が向き合って、考え込んでいた。

「家康は、何のかんのといちゃもんをつけて、上洛せんつもりだて」

苛立つ秀吉は、

「役立たずな妹《いもと》だわ……。家康が何を言おうが関わりねえ、もうひとり送り付けたる。関白の母親が人質ならまー断れん」と暴言を吐いた。

「そんな親不孝な」と寧々は顔をしかめた。

「母《かか》さまは……うんとは言わんに」と秀長は尻込みした。

「寧々、説き聞かせたってちょう」

「私だってできませぬわ」

「旭に会いに行くだけと言ゃぁええ。秀長、これが最後だわ。母さまが向こうに着いたその日に上洛せえと家康に告げよ！　さもなくば、天下こぞっての大軍を差し向けるとな！」

秀吉の最後通告に、浜松城にも張り詰めた空気が漂った。主殿の評定の場では左衛門尉、正信、平八郎、小平太、直政、彦右衛門らが考えこんでいる。

一方、旭の居室では旭と於大が茶を飲みながら暢気におしゃべりをしていた。

「その道中の山ん中で、猿に出くわしてな、大きな雄猿！　目が合ったんだわ。ほしたら私に飛び掛かってきてな、逃げても逃げても追っかけて来るんだわ。ほかのもんにゃあ目もくれんと私だけを。なんだしゃん私のことを雌猿と思ったんだわ！　人の殿方には一向にもてんのに、猿にゃあもてもてだわ！」

於大は旭の話に大笑い。最近はすっかり旭を話し相手に楽しんでいた。

そこへ於愛が小走りでやって来た。

「旭様、母上様が……大政所《おおまんどころ》様がこちらへ参られます」

「え……母《かか》さまが……？」

驚く旭に、於大は、

「ようございましたな、お会いするのが楽しみでございましょう」と微笑んだ。

旭は一瞬、呆然となったが、於大と於愛に見つめられ慌てていつもの素朴な笑顔に戻る。

「ほうじゃな……楽しみだて！　やっかましいのが増えて、皆は大変じゃろうがなあ」

旭の笑顔がいつもと違って不自然であることに、於大と於愛は気づいた。

「じゃあ、私はこのへんで」於大は於愛に合図して部屋を出た。

ふたりはその足で家康の居室に向かった。

部屋では家康が、木彫りの兎を小刀で手入れしていた。気持ちを落ち着ける儀式である。

「殿、少々よろしいでしょうか」と於愛が声をかけた。

「あとにしてくれ。これから大事な評定じゃ」

「ご上洛なさるのですか？」

「まさか」

「では、戦を？」と於愛は非難めいた目をした。

「あちらは妹君に加えて、老いたる母君まで差し出すのに？」

於愛のさしでがましい物言いに、家康はむっとなった。

「秀吉に跪けと申すか」

すると今度は於大がやや抑えた口調で言った。

「おふたりが不憫なだけでございます」

「いらんおなごを押し付けとるんじゃ。ここを姥捨て山とでも思っとるらしい」

於愛はかっとなって反論する。

「殿……あまりにひどい言い様でございます！　旭様はあのように振る舞ってはおられますが、内心ではどのような思いか……。長年連れ添った旦那様と無理やり離縁させられて、来たくもない国へ来て、殿の御正室に……」

やにわに於大と於愛に責められた家康は、むきになり、

「わしの正室は一人じゃ！　猿の妹などではない！」と声を荒らげた。

「何という言い草！」於愛はますます腹を立てる。

険悪な家康と於愛の間に、於大が割って入り、諫めた。

「人を思いやれることが、そなたの取り柄と思うておったがの」

痛いところをつかれて家康は言葉に詰まったが、すぐに反論した。

「思いやりなんぞで、国を守れるものか。これはわしと秀吉の駆け引きじゃ！」

「おなごは男の駆け引きの道具ではない！」

「母上らしくない物言いですな、ご自身こそさんざんそのような目に……」

「だからこそ、せめて蔑ろにされる者を思いやれる心だけは失うなと申しておる」

於大は戦に人生を振り回されてきたなかでも、明るく、前向きに振る舞ってきた。それが生きていくすべだったのである。

「男の夢や野望のためにおなごが利用されるのは、もううんざりじゃ」

そう吐き出すように言った。於大も瀬名のことは忘れられない。

「旭様の侍女に聞きました。離縁した旦那様は、行方知れずだそうでございます」

そう言うと、於愛は目を伏せた。おそらく秀吉が手を回したのであろう。

於大と於愛の潤んだ瞳に宿る深い悲しみに、家康はたじろいだ。ふたりの視線に耐えられず、家康は何も言わずに部屋を出た。

家康を見送ると、於愛はおもむろに飾り棚に向かい、端に飾ってある数正の残した仏像を手に取っ

た。そして、台座を開けて、中にしまった紙片を取り出した。

「それは？」と於大が覗き込む。

「義母上様は、何だとお思いになります？」

於愛は紙片を一枚手に取った。

居室から評定の間に向かう途中に旭の部屋がある。家康はふと足を止め、そっと中を覗いた。背を向けた旭が、肩を震わせて泣いていた。家康の胸はずきりと疼いた。

心のざわつきを懸命に抑えながら、主殿に向かうと、左衛門尉、正信、平八郎、小平太、直政、彦右衛門らが険しい顔つきで家康を待っていた。

「すでに秀吉の使者が岡崎に向かっております。この場が最後の話し合いになるかと」

彦右衛門の言葉に、その場の空気はいっそう重くなった。

「秀吉は、こちらの求めにすべて応じております。もはや上洛を拒む理由が……。畿内も地震から立ち直りつつあり、拒めば、今度こそ戦かと」

彦右衛門は家康の顔色をうかがいながら言う。

「それでよいではござらんか。何年でも戦い続け、領国を守り抜く」

平八郎が気を吐いた。

「左様、初めからそのつもりであったはず。迷うに及ばず」

と直政も続く。が、左衛門尉が、

「それは本心か、平八郎、直政？」

と問いかけると、ふたりは押し黙ってしまった。

「小平太はどうじゃ？」と左衛門尉は訊ねる。

いつも明晰な小平太も言い淀んだ。

「ほかの一同も、本当に戦えると思うか？　どんな勝ち筋があるというんじゃ？　勇ましく戦い、華々しく散って己が満足すればそれでよいか！」

左衛門尉は強い口調で言うと、ぐるりと一同を見回した。

「殿……殿も本当はわかっておられるはず……我らは負けたのだと」

家康は言葉もない。

「それを認めることがおできにならんのは……お心をとらわれておられるからだと……数正は言っておった」

「とらわれているとは……何に？」

と正信は左衛門尉に問う。

「今は亡き、お方様と……信康様」

左衛門尉ははっきり言葉にした。

「そうでござろう？」

「悪いか」家康は開き直った。

「もう誰にも何も奪わせない……わしが戦なき世を作る……ふたりにそう誓った。天下を取ることがわしの罪滅ぼしじゃ！」

家康の本音は薄々みんな気づいていた。だが、家康自身が認めない限り、指摘することは憚られたのだ。平八郎は勢いづいた。

「その通り！　殿だけではない……託されたのは我らも同じ！」

「我らも……お方様から、そのお命と引き換えに、殿を託された」と小平太も続いた。

「殿を天下人にし、戦なき世を作る。それが……平八郎と私の夢だ！」

「殿を秀吉なんぞに跪かせたら……お方様に顔向けできぬ！　俺たちは数正とは違う！　損得で動いているわけではない！　思いがある、心がある！　この心を捨ててまで生き延びようとは思わん！」と平八郎は声を振り絞った。

小平太と平八郎の言葉は、家康や左衛門尉たちの胸を打った。皆、無念を抱えて生きているのである。

そのときふと、廊下から視線を感じ、誰ともなく見ると、そこには於愛がいた。

「評定のさなかぞ」

と家康が注意したが、於愛は下がらない。

「私には難しいことはわかりません。なれど……お方様のまことの思いは、そのようなものだったのでございましょうか？」とおずおずと問いかける。

「お方様が目指した世は……殿が為さなければならぬものなのでございますか？　ほかの人が戦なき世を作るなら、それでもよいのでは……」

すると、左衛門尉が於愛の肩を持った。

「数正が言いたかったことも……そういうことだったのではありませぬかな」

家康は、於愛と左衛門尉を交互に見つめた。

「自分が出奔すれば、戦はもうしたくてもできぬ……それが殿を……皆を守ることだと」

それでもまだ家康は納得できない。

「だったらなぜあのような書き置きを残す？　わしに素直に打ち明ければ、進んであいつを秀吉のもとに送り込んでやったわ」

「そうでしょうか……」と口を挟んだのは正信である。

「殿はそんなことは聞き入れんでしょう」

家康の家臣のなかで、一番ものごとを俯瞰して見られるのは正信である。

「だから誰も巻き込まず、己ひとりで間者となった。わざわざあのような書き置きまで残し、皆から憎まれるように仕向け……罪をすべてひとりで背負った。殿のご迷惑にならぬように」

「数正殿に……お心がなかったと本当にお思いですか？」

於愛はずかずかと部屋に入ると、手にした仏像の台座を開けて、中に入っていたものを床に広げた。

「何じゃ、これは……？」と正信が一枚を手にとった。

「花……？　ぜんぶ押し花だわ……」と彦右衛門が驚いた。

仏像の台座には大量の押し花がしまってあったのだ。

「なんでこんなもんが……仏様の下に……」

と直政もしげしげと一枚一枚、見る。

「私にもわかりませぬ……でも、もしかしたら……」

於愛の言葉と、押し花に、家康の脳裏にはある光景が広がった。

於愛は続ける。

「私は、あの場所へは一度しか訪れる機会がありませんでしたが……それでも、かの地を埋めつくしていた、あのたくさんの美しい花々は、今も目に焼き付いております」

家康は押し花を一枚手にとり、香りをかいでみた。たちまち築山の記憶が蘇った。瀬名の築山。瀬名が慈しんで育てた草花の数々。春のすみれ、夏の吸葛《すいかずら》、秋の紅葉、冬の山茶花《さざんか》……。そして、瀬名、信康、亀らの花のような笑顔……。

「今はなきあの場所を……数正殿は、ここに閉じ込めたのではありませんか？　いつも……築山に手を合わせておられたのではありませんか？」

家康は、いつも無愛想な顔つきで心の内を見せなかった数正を思った。

彦右衛門や直政も思い思いに押し花の香りをかぐ。

「よい香りだ……」と直政、「懐かしい……築山のにおいだわ」と彦右衛門は涙した。

正信は仏を手に取ってしみじみ見つめた。

「……何とも不器用なお方よ」

「それが、石川数正よ……」と左衛門尉はしんみりした。

長らくふたりで家康を支えてきたのである。数正のことを誰よりも理解している自負はあった。

「殿……お心を縛り付けていた鎖……そろそろお解きになってもよろしいのでは？　もうこれ以上、己を苦しめなさるな」

左衛門尉が穏やかに家康に語りかけると、家康の胸の奥にしまっていたものが涙となって流れ出た。

「平八郎……小平太……」と家康は声をかけた。

「すまぬが……わしは……天下を取ることを……忘れてもよいか？」

そして、言葉を絞り出すようにしてこう言った。

「直政……皆……すまぬが……秀吉に……跪いても……よいか？」

「数正のせいじゃ」平八郎は少し苦しそうに言った。

「そうじゃ……数正が裏切ったから……やむを得ん」と小平太も言う。

左衛門尉はそれを引き取って、大仰に騒ぎだす。

「左様！ 皆の者、これは殿のせいではないぞ！ 数正が悪いんじゃ！ 奴のせいでわしらは戦えなくなった！ 責めるなら数正である！ 数正を罵れ！」

「数正のせいじゃ！ 殿は悪くない！」と直政も。

「すべて数正じゃ！ 裏切り者め！」と彦右衛門。

「数正の薄情者！」と左衛門尉。

「数正の不忠者めが！」と正信。

「数正のたあけ！」と小平太。

「数正のあほたあけー！」と平八郎。

泣きながら数正を罵り続ける家臣団。その脳裏に、数正との思い出の数々が蘇る。駿府でのこと。瀬名を奪還したこと。数多の戦闘。「えびすくい」を踊ったこと……。

「数正のあほたあけー！ あほたあけー！」

家康も大坂の方を向いて、泣きながら叫んだ。

あほたあけ、あほたあけという泣き声が城中に響いた。

大坂では数正が屋敷で読書をしていたが、ふと「あほたあけ」という声が聞こえたような気がして、顔を上げた。だが、そばにいるのは花を活けている鍋だけである。彼女がそんな言葉を言うはずがない。

数正は鍋に、「すまぬ」と小さく頭を下げた。

「私は、あなた様とのんびりできて嬉しゅうございます」

鍋は微笑んだ。

「あなた様こそ、このような処遇に遭うとわかっていながら……まことに、殿がお好きでございますな」

鍋にはすべてを悟られている。数正は気恥ずかしくなって、むすりと、本に視線を戻した。

信康が自刃したあと、岡崎城を預かったのは数正であった。築山の庵は瀬名が亡くなり、閉ざされたが、数正はすぐに取り壊すことはしないで、しばらくそのままにしておいた。

手入れはしなくても、植物は自然の雨露を受けて育つ。ときどき庭に入り、数正と鍋は、花を摘んだ。

そして、数正は命を落とした者たちのことを思いながら、仏像を彫り、鍋は摘んだ花を押し花にした。於愛の想像通り、武田と通じて信長に謀反を企てたと言われる信康と瀬名のことを表立って悼むことはできなかったが、数正と鍋は密かに祈りを絶やさずにいたのである。

評定の間を出て、家康は旭の居室に立ち寄った。泣き腫らした顔でぼんやりとしていた旭は、慌てて笑顔を作った。

「あ、殿、母《かか》さまがござらっせるみてーだわ、またやっかましいのが増えてまって、災難でござーますな」

「もうよい……もうおどけなくてよい」

家康はいたわるように言った。

「辛い気持ちを押し隠し、両家の間を取り持とうと、懸命に明るく振る舞ってくれたのに、老いた母君まで来させることとなり、まことに申し訳ない。この通りじゃ」

家康が伏すので、旭はあたふたとなった。

頭を上げた家康は、「わしは上洛する」と一大決心を告げた。

旭は、はっとしたような顔で家康を見た。

「そなたのおかげで家中が少し明るくなった。礼を言うぞ。そなたは、わしの大事な妻じゃ」

家康の言葉に、これまで耐えてきたものが一気にあふれ出て、旭はその場に泣き崩れた。

床に伏した旭の背中を、家康はやさしくさすった。痩せた背中に、旭が背負ってきた気苦労を家康は感じた。懸命に剽軽に振る舞っていたのだろう。

その様子を襖の陰で於愛と於大が見つめていた。他者《ひと》を思いやる家康の心が戻ってきた。ふたりはほっとしたように微笑んだ。

家康上洛の知らせはすぐに大坂城の秀吉のもとに届いた。家康からの書状を読んだ秀吉はにちゃあと、満足げに笑った。

天正十四年十月、浜松城の居室で出立の支度を整えた家康は、木彫りの兎を清々しい目で見つめている。これでいいのだ、と瀬名に語りかけるように。そしてそっと巾着に包み、箱に入れると、文机の引き出しの奥にしまった。振り返ると於愛が伏していた。

「関白秀吉が天下を預けるにふさわしい人物か否か、この目で確かめてくる。そして関白を操って、この世を浄土とする。それがこれからのわしの夢じゃ。手伝ってくれ」

家康と於愛は、秋晴れの空のように澄んだ笑顔で見つめ合った。

第三十五章　秀吉を乗りこなせ！

徳川家康が上洛を決意したのは、天正十四年（一五八六年）十月のことである。家康の意向を知った豊臣《とよとみ》（羽柴《はしば》）秀吉《ひでよし》は、人質として高齢の母・大政所《おおまんどころ》こと、仲《なか》を岡崎へ送った。大政所とは関白の母のことである。

十月十八日、柿の実が色づきはじめた頃、岡崎城内に設《しつら》えられた仲の居館は、大政所の来訪に色めき立っていた。

旭《あさひ》や大久保忠世《おおくぼただよ》、井伊直政《いいなおまさ》が待ち構えるなか、大人数の家来と侍女に囲まれて到着した仲は、関白の母らしく、質の良い豪華な打ち掛けをはおっている。だが、その顔は見るからに不機嫌そうで、旭も忠世も声をかけることをためらった。

「母《かか》さま」

旭が腫れ物に触るように声をかけると、強い訛りで仲は愚痴を言いはじめた。

「おお……旭、来てくれたんか。なげーこと輿《こし》に揺られて、わしゃ脚が悪《わり》いっちゅーに……。こんなところに老いた母親を追いやるなんて」

黙って打ち掛けをはおっていればそこそこの家柄の人物に見えるが、話すと育ちが民衆の者であることを隠せない。

「大政所様、お待ち申し上げておりました。大久保忠世にございます」

忠世が、自慢の美声で、できるだけ丁寧に挨拶したが、仲は忠世に目もくれない。彼女が興味を示したのは、旭の後ろに立っている直政だった。うわべだけでも愛想よく振る舞っている忠世とは違い、直政はまったくの無愛想で、顔を背けていた。仲は、媚びない美青年に惹かれるようにして、岡崎城内に一歩、踏み出した。

仲が岡崎城に入った少し前の十月十四日、家康は浜松を発った。

お供は、酒井左衛門尉忠次《さかいさえもんのじょうただつぐ》、本多正信《ほんだまさのぶ》、榊原小平太康政《さかきばらこへいたやすまさ》、鳥居彦右衛門元忠《とりいひこえもんもとただ》である。

十月二十六日、大坂《おおざか》に入った家康が宿としたのは、秀吉の弟、豊臣秀長《ひでなが》の屋敷である。派手な兄と比べると、堅実な様子が屋敷からも伝わってくる。

到着した晩、秀長は心づくしの食事を振る舞い、家康をねぎらった。

「まことによう参《めえ》られました」

「参じるのが遅くなりまして」

「いえいえ、兄も私も心から喜んどります。明日、兄にお会いしていただくにあたって……」

秀長が注意事項を切り出そうとしたとき、家来が小走りで現れ、秀長に耳打ちした。

「ん？　え？　今？」

寝耳に水というふうに秀長が動揺しているところへ、どやどやと耳障りな、たくさんの足音が近づいて来た。お付きの者とともに入ってきたのは、誰あろう、秀吉である。

不意を打つ訪問に、家康は驚きと同時に強い警戒心を抱いた。左衛門尉たちも家康をかばうように身構える。

睨み合う家康と秀吉。秀吉は家康を見つめながら一気に距離を詰める。一触即発の空気が漂ったか——と思うと、秀吉はぎゅっと家康の手を取った。

「よう来てくれたの〜！」

そう言いながら、秀吉は泣きはじめた。いつものやり方である。

家康は微笑みながらも、

「左様な芝居はなしにしましょう」と冷めた口調で言った。

ぎゅっと握った家康の手は冷たく、秀吉は、この男にはもうこのような猿芝居は通用しないことを悟り、にやりと笑った。

そして廊下に向かって、

「はよ入って来《こ》お！」と呼びかける。

そこには、艶やかな打ち掛けをはおった妻の寧々《ねね》が控えていた。

寧々の後ろには、若く美しい侍女たちが数名、付き従っている。侍女たちはめいめい、酒や食事を手にしていて、部屋に入ると、左右に分かれ、優雅かつ、素早く酒宴の支度をはじめた。

たちまち部屋に甘いにおいが立ち込める。

侍女たちが酒をつぎ、酒宴がはじまった。

家康は付き合いで酒を飲んだが、心からは楽しめない。家臣たちも同様だ。唯一、上機嫌で酔っ払っているように見えるのは、秀吉だけである。

酒でさらに軽くなった舌で、寧々に徳川の家臣たちを紹介しはじめた。

「それでな寧々、これが家康殿の一番のご家臣、酒井忠次だわ！」

「酒井左衛門尉忠次にございます。北政所《きたのまんどころ》様」

「お噂はかねがね」

「ほんでこ奴はな、知っておるぞ！　おめーは、油断ならねえ知恵者《ちえしゃ》、本多正信であろう！」

「お見知りおきを」

「徳川殿の知恵袋か」

寧々は、実際に秀吉から聞いているのか、一人ひとりのことをよく認識しているようである。覚えてもらっているとなると家臣たちも悪い気はしない。こうやって寧々はあたたかい雰囲気を作り出していた。

「こっちは、わしの悪口をさんざん書き連ねた榊原康政！」

秀吉は、小平太の前に来て、屈託なく紹介した。

小平太は秀吉に対して後ろめたい気持ちを抱いていたが、秀吉が根に持つ素振りもなく、陽気に振る舞うので、逆に身を小さくした。

「その節はご無礼を」

「いやあ、名文だったがや！」

笑い飛ばす秀吉の言葉を受けて寧々が、

「文武に秀でたるご様子」と褒めながら、酒を注ぐ。

夫婦の見事な連携に、小平太はたじたじとなった。

秀吉は素早く、隣の彦右衛門に酒を勧めながら、

「ほんで、これは……」

と言いかけて、

「あー誰だった？」

ととぼけた。

「兄《にい》さま、鳥居元忠殿」

秀長がきまり悪そうに囁く。

「戯言《ざれごと》だがね！」

秀吉は人懐っこい顔をして、彦右衛門にぐいぐいと迫る。

「忠臣のなかの忠臣、鳥居元忠！　ええのう、欲しいのう、わしの家臣にならんか、元忠！」

一旦、落胆させておいてから、持ち上げられて、彦右衛門は、

「え……」と目を白黒させる。完全に秀吉の独壇場である。

「あんた、徳川殿のござる前で」

寧々がたしなめるが、

「ええではねえか！」

と秀吉は上機嫌で、上座に座った家康に語りかけた。

「のう家康殿、わしらはもう敵ではねえ、おめーさんの息子をわしはもらい、わしの妹《いもと》をおめーさんはもらった！　つまりわしらはもう一つの家だわ！　寧々も秀長もおめーさんの身内！　すなわち、おめーさんの家臣もわしの家臣！　酒井も本多も榊原も鳥居もみーんなわしのもんだわ！」

大仰に騒ぎ立てる秀吉の厚かましい物言いに、

「そんな無茶な」

と寧々は呆れた。

当然ながら、家康と左衛門尉は、何を言っているのか、と不快に感じたが、「ははは……」と愛想笑いを浮かべるに留めた。

小平太と彦右衛門があからさまに不快感を顔に出していることに気づいた正信は、ふたりを小突く。

「笑っとけ、笑っとけ」

正信はこういうとき、笑いもせず、どこ吹く風という顔ができるが、正直者の小平太と彦右衛門はそれができない。

その後も秀吉は飲んで騒いだが、家康たちの表情は曇る一方だった。

夜も更けて、秀吉は広間で酔いつぶれて寝てしまった。乱れた寝姿を、家康はため息混じりで呆れたように見下ろした。家康のみならず、左衛門尉、正信、小平太、彦右衛門、弟の秀長までもが疲れた顔をしている。部屋に残って、秀吉を見守っていた寧々が、

「まことにお恥ずかしい限り。夫がここまで羽目を外したのは久しぶりでございます。お呆れになったことでしょう?」

と家康を気遣う。

「いいえ……」

寧々にそう言われて、家康も少し表情を和らげると、秀長が言った。

「人を知るには、下から見上げるべし……」

左衛門尉が訝しげに秀長に視線を移す。

「兄は昔からよう言っとりました。人は自分より下だと思う相手と対するとき、本性が現れる。だから、みっともねぇ詐りを使い、卑しき振る舞いをして、常に一番下から相手の本性をよう見極めるのだと」

秀長の言葉に、はっとなったのは家康だけではない。家臣たちも皆、自分たちのおごりのようなものを指摘された気がして、めいめい居住まいを正した。

酒宴の終わりのだらしない場の空気がしんと引き締まるなか、秀長は続けた。

「そして、こうも言っとりました……信用できると思えたのは二人だけ……」

それは――。

「信長様と徳川殿……お二人とも裏表がないと」

名前のあがった家康を、家臣たちは見つめた。

「信長様が目指したものを受け継げるのは、今や兄と徳川殿しかおりませぬ」

秀長は、泥酔して寝ている兄の姿に目をやってから、家康をまっすぐ見据えた。

「だから兄は、徳川殿が来てくださって、心の底から嬉しかったのでごぜーます。天下一統したいという思いは兄も同じ。どうぞ末永く支えてやってくだされ」

家康たちも改めて、寝ている秀吉に目を落とす。

だらしなく四肢を広げ仰向けに寝転がり、豪快にがあとしいびきをかいている。小袖がはだけて腹が見える。家康は頬を緩めた。

「どこか得体の知れぬ御仁と思っていた殿下《でんか》も腹を割って話してみれば、我らと同じ。少し安堵いたしました」

家康は寝ている秀吉に話しかけた。

「殿下が人たらしと言われる秘訣がわかりました。秀長殿に北政所様……よいお身内をお持ちでございますな」

があがあといびきが一層大きくなった。

家康はふうっと一呼吸したあと、

「起きておいでござろう？」

と、秀吉に問いかけた。

ぱちり、秀吉が目を開け、がばっと起き上がった。秀吉は悪びれずに笑った。酔いつぶれているように見えた秀吉は、抜け目なく起きていて、一部始終、耳をそばだてていたのである。

「おめーさんにはかなわんわ！」

一斉に身構える家臣たちを、家康は制し、

「ご安心めされ。この家康、殿下を支えると決め申した。もう殿下に陣羽織を着させぬ覚悟」

と恭しく跪いた。

「陣羽織……？」

一瞬、首をかしげた秀吉だが、すぐに家康の言葉の意味を汲み取った。

「おお、そりゃあええ！　明日は一同の前でそれやってちょーでえ！」

秀吉は、思いついた明日の段取りを、家康に喜々として語りだした。

翌日、大坂城の広間に、諸大名が勢揃いした。

家康は左衛門尉を供にして広間に入り、上段に座った秀吉にひれ伏すと、恭しく挨拶した。

「徳川三河守《みかわのかみ》家康、関白殿下のもと天下一統のため励みまする。ついては、殿下の陣羽織を頂戴いたしとうございます」

秀吉の傍らの衣紋掛けに、見事な細工の陣羽織が飾ってある。白地に紅梅の柄、襟と袖には赤地に唐草の刺繍が施された陣羽織である。金糸や銀糸などが光を反射してまぶしい。

「なに！　この陣羽織をとな？　ならぬならぬ。余は関白であるが武将でもある。戦場で陣羽織は欠かせぬ」

秀吉は芝居がかった口調で拒否した。

家康も負けじと応酬する。

「この家康がいるからには、二度と殿下に陣羽織は着させませぬ」

「皆聞いたか、この家康が二度と余を戦場に行かせぬと申しておる！　あっぱれ武士の鑑である！」

実は、これらはすべて、昨晩の打ち合わせ通りであった。家康が丁重に秀吉に挨拶をしたあとに、陣羽織をねだるという流れで、秀吉と家康の関係性が強くなったことを示したのである。

こうして秀吉は陣羽織を家康に授け、ふたりは満足げに微笑み合った。

計画は一応は成功したものの、家康の家臣たちは面白くない。

秀長の屋敷の居室で、小平太と彦右衛門はあぐらをかき、茶を飲みながら大いに愚痴をこぼした。

「殿にまでつまらん芝居をさせおって」

と彦右衛門がむくれる。

「直政がいたら暴れていたかもしれん。連れて来んでよかった」

と言う小平太に、

「まったくよ」

と言いながら、彦右衛門は茶をすする。

「だが、なにゆえ直政とわしが取り換えられたんじゃろうな」

と首をかしげた。

「取り換えられた？」と小平太。

「ああ、当初は、わしが残って、直政を連れて来るはずだったんじゃ。何か聞いとらんか？　正信よ」

彦右衛門は、我関せずの様子で菓子をつまみながら茶をすすっている正信に訊ねた。

「旭様が彦殿と直政を取り換えてほしいと申されてな」

「旭様が？　なぜじゃ？」

「ん？　んー」

彦右衛門が面倒くさいところを突いてきたので、正信は少し困ったが、

「殿のおそばには彦殿がついてなければならんと言うことじゃろう」

と、ごまかした。

「ああ、旭様もようおわかりだわ。うん」

単純な彦右衛門は満足そうだったが、正信は真実を語ってはいない。真実を知れば、彦右衛門が気を悪くするに決まっているからである。

岡崎城の居館では、仲がすっかり直政を気に入って、片時も離さなかった。食事は旭とともにとるが、直政も一緒である。世話係として忠世も同行しているが、仲は相変わらず、直政のことしか

見ていない。そのため直政はとてもピリピリしていた。

「美《うつく》しいのう……」

贅を尽くした食事よりも、直政の顔のほうに欲望がそそられるようで、仲は箸を持つことも忘れて、ぽうっと見とれていた。

岡崎に来たときの不機嫌さはなくなり、日々楽しく過ごしている。

「直政殿でようございましたな、うん、母《かか》さま」

と旭が言うと、

「直政、魚の骨に気ぃつけやーよ、骨取ったろか？　取ったるわ、取ったるわ」

仲は直政のそばに寄り、膳の上で手つかずの魚の骨を器用に取りはじめた。

直政のこめかみが引きつったことに気づいた旭は、部屋の外に目を向け、

「直政殿、あれは？」と指さした。

庭先では、直政の家来がせっせと薪を積み上げていた。そのうち、屋敷の周りを埋めつくすのではないかと思うほど、薪がうず高く積まれていく。

それまで、暢気にぱくぱくと箸を進めていた忠世が、箸を止めて、かすかに緊張を走らせた。直政はぶすりとした顔のまま、

「寒くなって参りましたから、薪に困らぬようにと」と答えた。

それにしても薪の量が多すぎる。だが、

「直政は気が利くのう」

仲は素直に受け取っている。直政と言葉を交わすだけで機嫌が良いのである。

忠世は箸を置き、すっと立ち上がった。それから直政に目配せして部屋を出た。

「すぐに戻ります」

直政も忠世を追った。食事の間から少し離れた場所で、誰もいないか念入りに確認したのち、忠世は声を落として聞いた。

「何の真似じゃ？」

「大坂の殿の御身に何かあれば、あれに火をつけて婆さんを焼き殺す」

直政は自慢の眉をきりりと上げ、目をギラギラとさせながら答えた。

食事中、ピリピリしていたわけは、仲の視線への嫌悪のみならず、何かあったらいつでも過激な行動に出ようという気持ちで張り詰めていたからである。

「やりすぎだろう」

「秀吉への脅しでござる。人質の役目とは、かくなるもの」

自信満々で肩を怒らせ、直政は部屋に戻って行った。華奢な全身から殺気を放ちまくる直政に、若いなあと忠世は苦笑し、後を追った。

その頃、大坂城の主殿では、会席のあと、家康と左衛門尉、秀吉と秀長が作戦の成功を喜び合っていた。

「徳川殿のおかげで、つつがなく祝いの儀を終えることができました」

秀長が微笑んだ。ところが秀吉は、不機嫌になった。

「だが、ここに来なかった大名が何人かおる。わしゃこれから、その一人を叱り飛ばしに西へ向かう」

顔を赤くしながら、今にも走り出す勢いである。

「九州、島津ですな」

と言う家康に、

「おめーさんは東だわ。関東の北条《ほうじょう》を叱り飛ばしてちょーでえ。軍勢を差し向けてええ」

と秀吉は命じた。

「北条は、うまく説得いたします」

と家康は神妙に答えた。家康とは同盟関係にありながら、秀吉に従属しようとしない東の勢力・北条の動きは家康にとって厄介なものであった。

左衛門尉が遠慮がちに続けた。

「ただ殿下、そのためには厄介事が残っておりまして」

秀長は左衛門尉の真意をすぐに察した。

「真田《さなだ》でごぜーますな」

「相変わらず、北条に与えた沼田領に居座ったまま。一向に言うことを聞きませぬ」

ある意味、北条より厄介なのが真田であった。北条との和睦の際に北条の所領として認めた上野《こうずけ》沼田の地から、真田はまったく動こうとしなかったのである。信濃の上田城では、真田昌幸《まさゆき》は息子・信幸《のぶゆき》と暢気に碁を打つばかりで、徳川の命令に従う気はさらさらない。

「真田は徳川の与力《よりき》。しかと飼い慣らせ」

与力とは徳川に従属しているということである。家康が秀吉に臣従したことを受けて、秀吉は真田に対して徳川に従属するようにと言い渡していた。だから真田はあくまでも徳川の配下にあると秀吉は考えているが、当の真田はそうは思っていない。

「お言葉ながら、裏からこっそり餌を与えたのはどなたです？　それでなおさら言うことを聞かなくなったのです」

家康が返すと、

「へへへ……」と秀吉はごまかした。

「ま、真田は表裏比興《ひょうりひきょう》の者だでな」

「表裏比興……」

「表と裏を使い分ける曲者《くせもの》。……我らも手を焼いております」

と秀長が言う。

「力は貸すに、しっかりやりゃーせ。日ノ本《ひのもと》を一統するためだわ」


大坂での出来事を、家康は於愛《おあい》に手紙で知らせた。

届いた手紙を読んだ於愛は、すぐさまその内容を、侍女たちに聞かせた。

「日ごと夜ごと、関白様と天下の行く末について語り合うておられるそうじゃ」

侍女たちは仕事の手を止め、於愛の話に楽しそうに耳を傾ける。

「それにな、なんと京の天子様にもお目通りして、えーと何だったかしら」

と書面を確認し、

「正三位権中納言《しょうさんみごんのちゅうなごん》という位を頂いたそうじゃ。すごいのう」

感心したように目を見張る侍女たちのなかに、一人だけ、つまらなそうに大あくびをしている者がいた。今年十四歳になる稲《いな》である。

「これ、お稲！ 殿の書状をお読みしているときに！」

於愛が注意しても、稲は悪びれる様子もなく、

「相すみませーん」

と、けろっとしている。崩れた座り方をしている稲を、於愛は厳しく注意する。

「ちゃんとお座りなさい。本当にあなたは手が焼ける。あなたの父上に言いつけますよ」

父、と聞いた瞬間、稲は人が変わったようにきちっと座り直した。

「それだけはご勘弁を」

お転婆の稲だが、父には頭が上がらないのである。稲の父が何者であるか、それはもう少し先に譲ろう。

岡崎城の居館では、飽きもせず、仲が直政を離さない。

旭と三人で団子を食べるとき、仲は、直政を幼児のように扱った。

「まー一つ、あーん」

直政にぴったりとひっつき、団子を口に持っていく。直政は仕方なく口を開けた。

仲は直政の口に団子を入れて、それを咀嚼する顎の動きをうっとりと眺める。

そして、訊ねた。

「美《うつく》しいお顔に生んでまって、母上に礼を言わなあかんのう。母上は息災か、うん？」

直政は団子を飲み込み、少し間をおいて答えた。

「私の母は、少し前に亡くなりました」

小牧長久手《こまきながくて》の戦いで直政が武功を挙げた翌年、母・ひよは静かにこの世を去った。まだ一年あまりしか経っていない。直政は寂しい気持ちが拭えずにいた。

それを聞いて仲は、

「ほうか」

と声を落とした。気の毒そうな眼差しで、いたわるように言う。

「ご自慢の息子であったことでしょうな」

「いいえ……私はとんでもない悪童で、母を泣かせてばかりおりました。仕官できたのは、母がほうぼうに頭を下げてくれたおかげ……もう少し孝行してやればようございました」

「でも、ご立派に出世されて、きっと喜んでおられよう」

「どうでしょう。出世ということでは、関白様にはかないませぬ。さぞお幸せなことと存じます」

直政の言葉に、仲は首をかしげた。

「幸せ……わしが……？」

「そりゃ天下一の孝行息子であらせられますから」

そこへ、忠世が軽い足取りで現れた。

「大政所様、お喜びくだされ。我が主、間もなく京・大坂での勤めを終え、帰国の途につきまする。ゆえに、大政所様もお役御免。大坂にお帰りいただけます」

「大坂に……ほうか……」

「ようございましたな」

ところが、仲はしょんぼりと肩を落とした。忠世は察して、

「直政に、大坂までお供させましょう」

と気を利かせた。直政は一瞬、驚いた顔を見せたが、旭に、

「よいのか、直政殿？」

と訊かれると、

「お供いたしまする」

と殊勝に言った。

「ようござーましたな、母《かか》さま」

旭は仲が満面の笑顔になると想像したが、

「わしは……幸せなんかのう……」

仲はうなだれて考え込んでいる。

岡崎に来てからの仲が、こんなにも元気がないことははじめてだった。その丸まった背中は、一気に年をとったように見えた。

「外を出歩くことも許されん……大きな城の隅っこに小せえ畑あてがってまって、いらん菜っ葉や大根なんぞこさえて……こんなときだけ人質に差し出される……これが、幸せな母親なのかのう」

そう問う仲の瞳は大きく、聡明に見えた。

旭はどきり、となったが、

「食うもんも食えん頃に比べたらよっぽど幸せだて」

自分に言い聞かせるように、仲を励ました。

直政は黙って部屋を出ると、庭に積んであった薪を片付けはじめる。忠世や家来たちも直政に続

いた。薪を使う機会がなく、よかったと肩の荷を下ろしていた。

家康が大坂を発つ前夜は、星が降るような空だった。梟《ふくろう》の声を聞きながら、宿舎に戻る家康は、左衛門尉、正信、小平太、彦右衛門をお供に、星空を見上げた。

家康は並んで歩く秀長に礼を述べた。

「於義伊《おぎい》もようやっておるようでほっとしました」

「ああ、実に利発なお子様で、兄も大いに気に入っておられる。行く末が楽しみでござる」

気がかりがなくなって、足取りも軽い。

そのとき、左衛門尉が前方に人影を発見し、

「あの方は何を？」

と秀長に訊ねた。小高い月見台の上に、ひとりの男がすっくと立っていた。

秀長が目を細め確認し、

「ああ……豊臣家臣一の変わり者でござる。常に忙しくあちこち立ち回っておって、我らもなかなか会えませぬ」

なかなか会えない人物とあれば、会ってみたいと思うのが人情である。家康たちはそろりと月見台へ向かった。男はずっと上を向いている。一体何を見ているのだろう。

月見台の下に立ち、男と同じように空を見上げてみた。

「何か見えますかな」

家康は男に声をかけた。

「星が見えまする」

涼やかな声だった。

「星……？」

「星を見て何とします？」

左衛門尉が続いて訊ねた。

「南蛮では、星々に神々の物語を見いだすと聞き及びまして」

「物語？」

と左衛門尉はピンとこない顔をしたが、家康は、

「牽牛織姫《けんぎゅうおりひめ》のような？」

と食いついた。中国から伝わる「牛郎織女《ぎゅうろうしょくじょ》」の物語を、家康は幼い頃から好んでいた。

男は、首をすっと上空に向けたまま言った。

「星と星を様々につないでいろいろなものを形作るのです。あの強く輝いているやつとその右、その下に三つ並んで、少し離れたやつ、これで柄杓《ひしゃく》の形になります。南蛮では熊になぞらえるようで」

空を人差し指でなぞる、その白く細い指は紺碧の海を泳ぐ白魚のようだと家康は思った。まるで星の海の案内人である。

「なるほど。面白い」

家康が興味を持ったので、正信、小平太、彦右衛門もめいめい、「どれ？　どれじゃ？」と空を仰いだ。

「あの赤いやつじゃろ？」

と正信が言うと、

「違う、あそこに三つ並んどるだろう？」

と小平太が指さす。

「いっぱい並んどるぞ」

「どこを見とる？」

きょろきょろする正信と小平太の間に、彦右衛門が頭を入れて、

「どれじゃ？」

とぐっと伸びをした。

騒ぎたてる三人をよそに、家康と男は話し込む。

「この世は、丸い玉のような形をしているのだとも言います」

「聞いたことがあります。にわかには信じがたいが」

男の言葉に、家康は信長が持っていた地球儀を思い出した。

「古い考えに凝り固まっていては、ものの真の姿はつかめませぬ。政《まつりごと》もまた、新たなる考え方、新たなるやり方が求められていると存じます」

「確かにその通りじゃ」

「気が合いそうでござるな。いずれの御家中のお方で？」

男は嬉しそうに、秀長に訊いた。

「たあけ。徳川権中納言殿じゃ」

秀長にたしなめられた男は、

「あ……。こ、これはご無礼を！　豊臣家臣、石田治部少輔三成《いしだじぶのしょうみつなり》でございます」

と恐縮しながら一歩下がって頭を下げた。

「ああ、そなたが切れ者と噂の」

家康は気にしなくてよいという動作をしながら言った。

「手腕に疑いはござらん。徳川殿のお役にも立ちましょう」

秀長が保証する。

「それは頼もしい」

「今後、いろいろとご相談にうかがうことと存じます。何とぞお力添えを」

「こちらこそ」

事務的な挨拶を手短に済ませると、家康はまた夜空を見上げた。

「あれとあれとあれを結ぶと、こう、弓のようではござらんかな」

そう語りかけると、三成も呼応する。

「なるほど。私はあの辺に馬が見えまする。あれとあれが首で、こういって、あそこが尻尾」

家康と三成の星座談議は終わりそうにない。左衛門尉、正信、小平太、彦右衛門はふたりの姿に目を細めた。

「楽しそうじゃな……殿」

そう言う小平太の声には少しばかりの羨望が混ざっている。

彦右衛門も、

「ああ、楽しそうじゃ……」

と少し嫉妬まじりに言う。正信は冷静に、

「我が家中には、ああいう話ができる家臣はおらんからな」とひとりごちた。

左衛門尉は、

「そんなことは……」と否定しかかけたものの、「おらんな……」と考え直した。

確かに家康とこのような話をしている者を家中で見たことはなかった。家康が木彫りを好きなことを心に留めていたのも石川数正《いしかわかずまさ》くらいであろう。その数正とて、家康が武術の稽古を疎かにして人形遊びに耽ることを止めるほうだったのだ。

やけに楽しそうな家康を、左衛門尉はしみじみと見つめながら、

「殿は……戦の話などではなく、ああいう話をしたかったお人なんじゃな……」

と呟いた。そして、

「戦なき世がそこまで来ている……そんな気がするわい」

と付け加えた。

大坂最後の夜、満点の空の下、家康と三成の対話は、穏やかな微笑みを伴いながら、いつまでも続いた。

十一月十二日、岡崎城の居館では仲が出立の支度を整え、旭との別れを惜しんでいた。傍らには直政、忠世もいる。

「母《かか》さま、気ぃつけてな」

「そなたもなあ……また会えるとええの」

「会えますて。直政殿、母を頼みましたよ」

「は」と直政はこの日ばかりは従順であった。

「では、参りましょうか」

忠世が促す。ところが、仲は座ったまま動こうとしない。

「帰りたないのう……」

と深くため息をついた。

「何を仰せです、関白様がお帰りをお待ちでございますぞ」

と忠世が再度促すと、

「関白……って誰じゃ？」

とぼんやり顔を上げた。仲の瞳は虚ろで、一同はぎょっとした。

すかさず忠世が、はは、と笑いながら、

「大政所様ご自慢のご子息、秀吉様でございます」

と説明する。だが、仲はため息をついて、

「わしの……息子なんかの？」

とぼんやり問うた。

「わしゃ、あれのことを何《なん》も知らん。……わしはただの貧しい百姓で……ずーっと働きづめで、あれにゃ躾《しつけ》の一つもしとらん。十やそこらで家を出てってまってな……何年かしてひょっこり帰ってきたら、織田様の足軽大将んなっとった」

仲は遠い目をした。

「それからは、あっちゅう間に出世して、今は天下人……関白だと。ありゃあ、何者《なにもん》じゃ？　……

わしゃあ、何を生んだんじゃ？」

仲は、ぶるっと身震いをする。

「とんでもねえ化《ば》け物《もん》を生んでまったみてーで……おっかねえ」

仲の言葉に、皆もぞくりとなった。

「誰かが力ずくで首根っこ押さえたらんと、えれーことになるんだないかのう……。そう、徳川殿にお伝えしてちょう」

仲は直政と忠世にすがるように頼んだ。

とんでもなく重大事を託された気がして、ふたりはごくりと唾を呑んだ。

「ほんじゃ行こまいか、直政」

仲は直政に右手を差し出した。

直政は仲のしわだらけの手をとり、立ち上がらせた。そしてゆっくりと手を引いて部屋を出た。


大坂では、家康は秀吉に帰国の挨拶をしていた。

「こたびの上洛、じつによいものとなりました」

家康が礼を言うと、

「気をつけてお帰りくだされ」

と秀長が丁寧に頭を下げた。

挨拶を終えると、家康は長年、気がかりだったことを訊ねた。

「ときに殿下、お市様の三人の姫君は御息災でありましょうや」

「おお、息災息災。お市様のことは無念であったがな、みな健やかに麗しくお育ちだて。特に一番上の茶々は、そりゃあもう……」

と秀吉は「へへへ」と含み笑いをし、「もうじき、わし……」と何かを言いかけた。

「兄《にい》さま」

と秀長がたしなめる。

「もうじき……？　何でござる？」

と家康は聞き返した。

「いや、何でもねえ」

と秀吉は口ごもった。意味ありげな態度で気にはなったが、家康はあえてそれ以上は詮索しなかった。

「とにもかくにも、東国《とうごく》の仕置《しおき》をよろしくお願いいたします。真田には、徳川殿のもとへ赴くようきつく申しつけておきますで、しかと説き伏せなさいませ」

秀長が言うと、秀吉も念を押す。

「おおそうじゃ、さもねえと、北条征伐に出陣せにゃならん。陣羽織を返してもらうことになるぞ」

「決してそのようなことにはいたしませぬ。私は二度と無益な戦をせぬと決めております。この世を戦なき世にいたしましょう。では」

そう言って、家康は部屋を出た。

家康の背中を秀吉はしばらく笑顔で見送っていたが、すぐに笑顔は消え、

「ふん、戦なき世か」

と顔をしかめた。

「相変わらず人のええこったわ。日ノ本を一統したって、この世から戦がなくなることはねえ」

秀吉は、傍らで困った顔をする秀長に、吐き捨てるように言った。

「戦がなくなったら、武士どもをどうやって食わせていく？　民もまっとまっと豊かにしてやらにゃいかん。切り取る国は日ノ本の外にまだまだあるがや」

兄の考えに秀長は薄ら寒いものを感じながら、

「まあまあ、兄《にい》さま、今は天下一統でござる。先々のことはおいおい」

と話を逸らすのだった。


十一月二十日、家康は浜松城に帰って来た。

居室では下男や下女たちが引っ越しの荷造りをしている。浜松城を出ることになったのである。そのなかで、於愛が、文机《ふづくえ》に向かって熱心に書き物をしている。家康の気配にも気づかず、一心不乱に書いているので、愉快になって、そっと背後に回って覗き込んだ。それは日記のようだった。

ようやく於愛が気配に気づき、

「人の日記を勝手に覗き込む人がありますか！」

思いきり家康のお尻を叩いた。

「お行儀の悪……」

下女のひとりだと勘違いした於愛は、家康だと気づいて、ひれ伏した。

「申し訳ございませぬ！　近頃ますます近眼《ちかめ》が進んで……」

「よいよい」

於愛とはじめて会ったときを懐かしく思い出しながら、家康は居室を見回した。

「慣れ親しんだ浜松ともお別れじゃの」

「急に寂しくなって参りました」

「そこでな、どうじゃ、礼を言いに行かんか？」

「礼？　どなたに？」

「みんなに」

於愛と連れ立って家康が繰り出したのは、城下町である。

彦右衛門と家臣や侍女たちも伴って、広場で餅つきをして、集まった多くの民につきたての餅を配った。

「皆、世話になったのう。世話になったのう」

「遠慮するな、おう、小僧、持ってけ、持ってけ」

於愛と彦右衛門が先頭に立って餅を配る様子を、家康は微笑みをたたえながら眺めた。

大人も子供も、男も女も、農民も商人も、大勢の人たちが集まって、餅に手を伸ばした。

皆、「ありがたや、ありがたや」と大喜びで受け取って、すぐに頬張る者もいれば、大事そうに持ち帰る者もいる。

そのなかで、於愛は、侍女が餅を手渡そうとすると、大きくかぶりを振って、後ずさっている老女がいることに気づいた。

於愛は人混みをするすると縫って、老女の前に立ち、

「どうした？　遠慮せずもらっておくれ、さあ」

と餅を手渡そうとした。

「いけませぬ……わしはもらえんのだわ」

「何故？」

「わしゃあ、昔お殿様にひでぇことを……。団子に石を入れて……」

老婆の姿とその言葉に、彦右衛門は昔のことをまざまざと思い出した。

「あ！　あのときの！　殿、あのときの婆さんだわ！」

浜松にはじめて入り、町を見回った際に、茶屋で団子に石を入れた老婆だったのだ。家康の代わりに彦右衛門が食べて危うく歯が欠けるところだった。

「おお、達者であったか、ちっとも変わらんのう」

家康が笑いかけると、老婆はますます後ずさる。

「あ、あのときゃ、こんなにご立派になられるとは思いもせず、わしゃあとんでもねえことを……」

老婆のそばにいた商人も、一緒にひれ伏した。

「わ、わしら、いろいろとひでぇ噂も広めちまって……殿は、戦場から逃げるときに怖くて脱糞して、焼き味噌だとごまかしただの……」

「団子を勝手に食べて、わしが追いかけて銭を取っただの」

老婆も告白する。

「ありゃあ、お前たちか！　ものすごく広まっとるぞ！」

彦右衛門が呆れた顔をする。

「こんなに広まるとは……」

商人たちは、罰せられるのではないかと縮こまる。だが、家康は「よいよい」と一笑に付した。

「あのときわしは本当に怖くてな、少し漏らしたんじゃ。団子を取ったのも、きっとわしじゃろう。わしが情けない姿をさらしたのは紛れもないこと。存分に語り継いで、わしを笑うがよい」

家康は、かつて直政に言われたように、自分が笑い者になることで皆の心が軽くなるならそれでいいと思っていた。

「何というお殿様だわ……。ありがとうごぜえます！」

「ありがとうごぜえます！」

老婆と商人は餅を受け取って、見違えるように明るい顔をして去って行った。餅をもらったことよりも、長年抱えていた罪悪感が消えて、よほどほっとしたのだろう。

よかったと思いながら老婆たちを見送った於愛がふと横を見ると、手伝っていた侍女の稲が、しゃがんで餅を頬張っていた。

「お稲！　なんでそなたが食べておられる！　父上を連れて参りますよ！」

於愛が目をつり上げると、稲はすかさず逃げ出した。

「こら、お待ちなされ」

稲と於愛の追いかけっこを見ながら、

「父親譲りじゃな。稲、逃げろ逃げろ！」

と家康は腹を抱えて笑った。皆も笑った。

家康が浜松に城を移して十七年。戦に次ぐ戦で、哀しい出来事もたくさんあった。多くの大切な人を失った。だが、最後は笑顔で離れることができる。家康は海の香りのする町に別れを告げた。新天地は、駿府城《すんぷじょう》である。家康たちは十二月四日、駿府城へと移った。今や五か国の大大名となった家康は、政治的にも経済的にも駿府を拠点とするのがよいと判断したのだ。

少年期を過ごした、懐かしき今川館の跡地に家康は城を建てた。天正十三年（一五八五年）から築城を開始し、今年、本丸御殿が完成したばかりである。駿府城はこれまでのような土を掻き揚げた城ではなく、石積みの城郭であった。今川義元の愛した富士山の借景はそのまま生かした。

天正十五年（一五八七年）、三月十八日。真新しい木材のにおいのする廊下を、左衛門尉から左衛《さえ》門督《もんのかみ》となった酒井忠次が家康の待つ広間に向かって歩いて来る。

周囲を警戒しながら、案内をしているのは、真田昌幸、信幸父子であった。上田城で碁ばかり打って動こうとしなかった昌幸が、秀吉に命じられてついに重い腰を上げたのである。

広間の上段に家康、下段の左右に左衛門督、正信、忠世が並ぶ。彼らに囲まれた形で真田父子は、家康に対面し、伏した。

顔を上げた父子はやけに愛想よく笑顔を浮かべている。だが、口元が笑っているだけで、目は笑っていない。そして、一向に名乗ろうとしなかった。

家康も負けじと、余裕の笑みを浮かべて昌幸を見つめた。

笑顔の根比べが続き、やむなく左衛門督が、

「殿、こちら真田昌幸殿。そのご子息・信幸殿にございます。真田殿、こちら、徳川権中納言様にあらせられる」と紹介した。

それでもなお、昌幸はただ笑っているだけだった。肩の力が抜けて、余裕さえ感じる。さりとて

無礼には見えず、掴みどころがない。隣の息子は顎を引き、殊勝に見える。

昌幸の、まるで翁《おきな》の能面をかぶっているような態度に、忠世は辛抱できなくなり、

「正三位、徳川権中納言家康様にあらせられる！」と紹介した。

左衛門督が続けて問う。

「真田殿、いろいろと行き違いがござったが、こうして参じてくださったのは実に結構なこと。しからば沼田の地、北条に明け渡していただけますな？」

昌幸は答えず、笑みを浮かべ続けている。

「お耳がお悪いのかな？」

「答えよ！」

左衛門督と忠世が続けざまに詰問した。

すると、ようやく昌幸が口を開いた。

「徳川殿にはこれまでも幾度となく同じことを言われ、そのたびに同じお答えをして参りました。が、今もまたこうして同じことを。……これはおそらく徳川殿というお方は言葉がおわかりにならぬのだと」

昌幸のぬけぬけとした態度に、

「無礼であろうが！」

忠世が激昂した。

「よい」と家康は制し、

「家康である。言葉は人並みにわかる。改めて聞く。なぜ沼田を渡してくれぬ？」

と静かに訊いた。

昌幸は、家康の背後に飾ってある壺を見て唐突に、

「見事な壺でございますな」と言った。それから、

「信幸」と声をかけた。

「はい」

「あの壺、そなたにやろう」

「かたじけのう存じます」

なんという人を食ったような態度であろうか。

「お、おぬしの物ではなかろうが！」

真っ赤な顔で怒鳴り声をあげる忠世に、

「おお、皆様もご存知でござったか。自分の物でない物を人にやることはできぬということを」

と昌幸はからかうように言った。

「沼田は我らが切り取った物。徳川殿が北条殿に差し上げることはできませぬ」

昌幸の屁理屈に、生真面目な家康たちは返す言葉がない。

それまで黙って真田親子を観察していた正信は、いよいよ自分の出番とばかり、身を乗り出した。

知恵者対知恵者の対決である。

「真田殿、貴殿は徳川の与力でござる」

「は」

「ならば、徳川に従わねばならぬ。それはわかりますな？」

「は」

「沼田を明け渡せ」

「できませぬ」

「言葉が通じぬのは、貴殿のほうでは？」

「与力であっても所領を明け渡す道理はありませぬ」

「これは関白殿下のお指図でもある。よもや関白殿下に逆らうおつもりではありますまいな？」

「容易《たやす》く関白殿下のお名前にすがらぬほうがよろしいかと。格が落ちまするぞ」

口の減らない昌幸に、あの正信すら閉口している。

「初めてお目にかかったが、噂通り面白き御仁よ」

あくまでも譲らない昌幸に家康は苦笑いして、

「わかった。沼田のことは、わしにも落ち度があったと思う。代わりの領地を与える。それでどうじゃ？」と持ちかけた。

家康がそこまで譲歩したにもかかわらず、昌幸はまだだんまりを続ける。

左衛門督が、

「この辺で手を打つのが御身《おんみ》のためぞ」と促した。

昌幸はじらすように、間をたっぷりとってから言った。

「ありていに申せば、我らが徳川殿を信用できぬということで。一度踏みにじられておりますでな」

「ならば、何を望む？」

家康が問うと、昌幸は、それまで黙って隣で伏していた信幸の肩をぐいっと抱いて、家康の前に突き出した。

「いかがでござろう？　これの妻に、徳川殿の姫君をいただくと言うのは」

これにはさすがの家康もすぐに反応できない。

代わりに忠世が、

「な……何を図々しいことを……身の程をわきまえられよ」と咎める。

が、昌幸は、

「その物言いこそ我らを蔑ろにしている証し！　徳川殿の姫をいただきたい」

の一点張りだ。

「あいにく、殿には年頃の姫がおりませぬ」

左衛門督ができるだけ穏やかに言うが、昌幸は粘った。

「ならば、ご重臣の姫君を徳川殿の養女にしていただく形でも、こちらはかまいませぬが」

無理難題を提案され、家康はううむと考え込んだ。

重臣の娘のなかに、ふさわしい者がいたであろうか――。

広間で重苦しい空気が流れている頃、居室では於愛と侍女たちが花を活けていた。そのなかに稲が混じっている。いつもなら、ふざけた態度をとる稲が、その日は珍しく背筋を伸ばし、行儀よく花を活けている。よく見れば、手がかすかに震えていた。

「どうかなさいましたか、お稲殿？」

於愛が訊ねると――。

「どうかも何も……そんな怖い目で見張られていては、気になって仕方ありませぬ、父上！」

稲は、そばで強い圧を発する父に向かって悲鳴のような声をあげた。

そばで腕組みして稲を見張っているのは、平八郎であった。このところ目にあまる稲の振る舞いに、於愛が父の平八郎を呼んだのだ。

「於愛様、いっそう厳しくしつけてくだされ。このままでは輿入れ先がござらんでな」

平八郎の言葉に、稲は餅のように頬をふくらませた。

その頃、昌幸は、さんざん家康たちを翻弄し、課題を残して帰るところだった。廊下を左衛門督に連れられて帰ってゆく真田父子を家康、正信、忠世がやれやれという顔で見送る。

「食えん奴じゃ」忠世はぼやいた。

「まさに、表裏比興の者……」

と正信は、昌幸にある種の敬意を感じていた。

「信玄と勝頼があの世に持っていきそびれた……武田の忘れ物よ」

真田父子の後ろ姿を見ながら家康は呟いた。武田信玄、死しても、あの偉大なる魂は受け継がれている。家康はそう感じていた。

この後、家康と真田父子は宿命の関わりを持っていくこととなる。

本書は、大河ドラマ「どうする家康」第二十五回〜第三十五回の
放送台本をもとに小説化したものです。
番組と内容・章題が異なることがあります。ご了承ください。

装画―安原成美
装幀―アルビレオ
帯写真提供―NHK
DTP―NOAH
校正―松井由理子
編集協力―向坂好生

どうする家康 三

二〇二三年七月二十五日　第一刷発行

著者　古沢良太
ノベライズ　木俣 冬

発行者　松本浩司
発行所　NHK出版
〒一五〇-〇〇四二 東京都渋谷区宇田川町一〇-三
電話 〇五七〇-〇〇九-三二一（問い合わせ）
〇五七〇-〇〇〇-三二一（注文）
ホームページ https://www.nhk-book.co.jp

印刷・製本　共同印刷

Printed in Japan ISBN978-4-14-005732-2 C0093

古沢良太　こさわ・りょうた
2002年脚本家デビュー。「ALWAYS 三丁目の夕日」で日本アカデミー賞最優秀脚本賞受賞。「ゴンゾウ 伝説の刑事」で向田邦子賞受賞。主な作品に「外事警察」（NHK）、「鈴木先生」「リーガル・ハイ」「デート～恋とはどんなものかしら～」「コンフィデンスマンJP」。またEテレ子ども向け人形劇「Q～こどものための哲学」の脚本を担当するなど多分野にわたり活躍中。